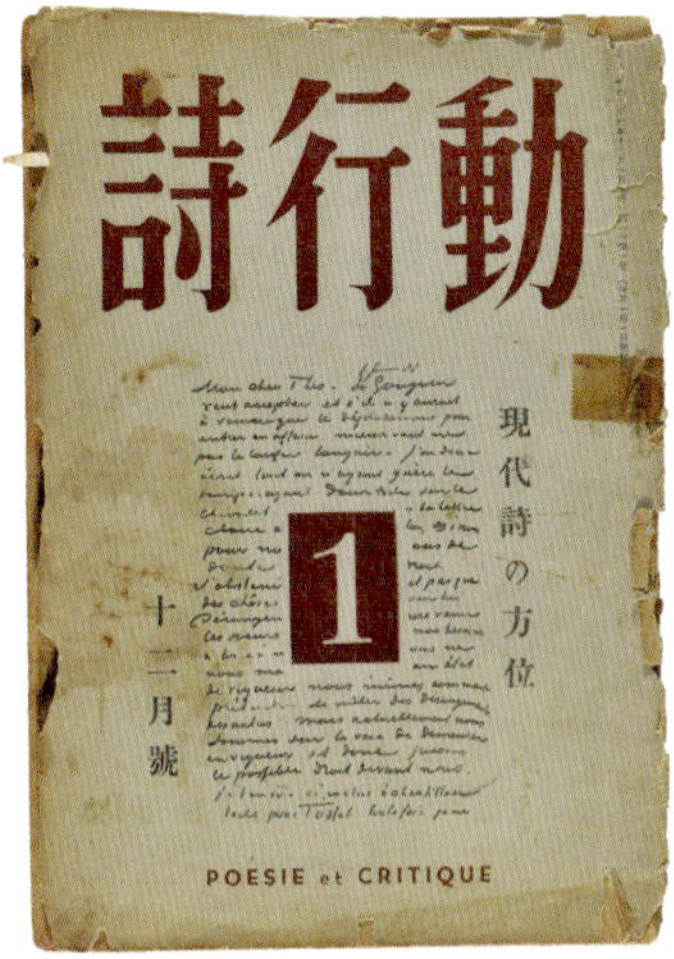

『詩行動』第 1 号 1951 年

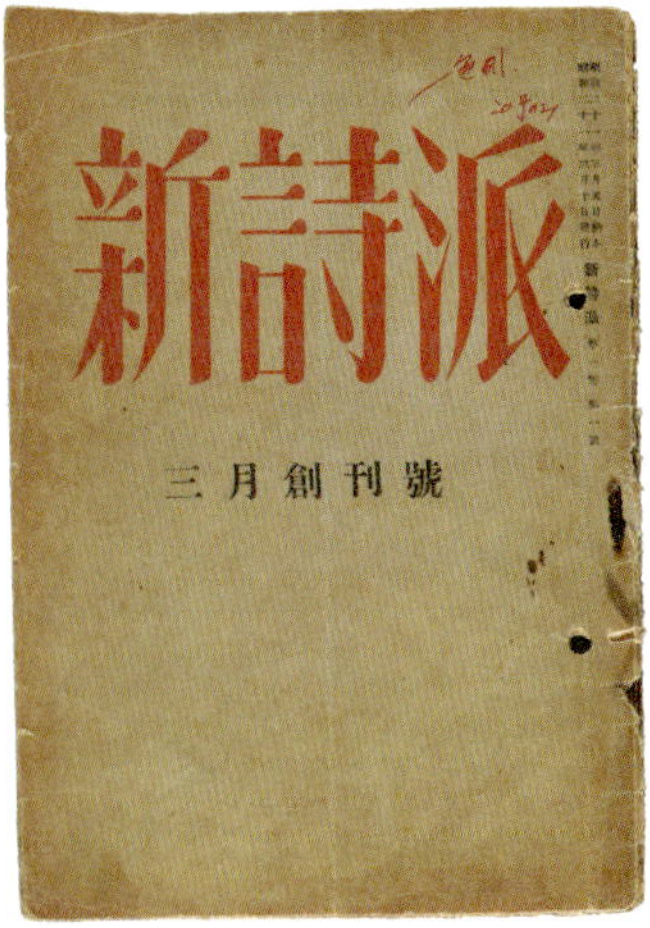

『新詩派』創刊号 1946 年

『今日』第 1 冊 1954 年

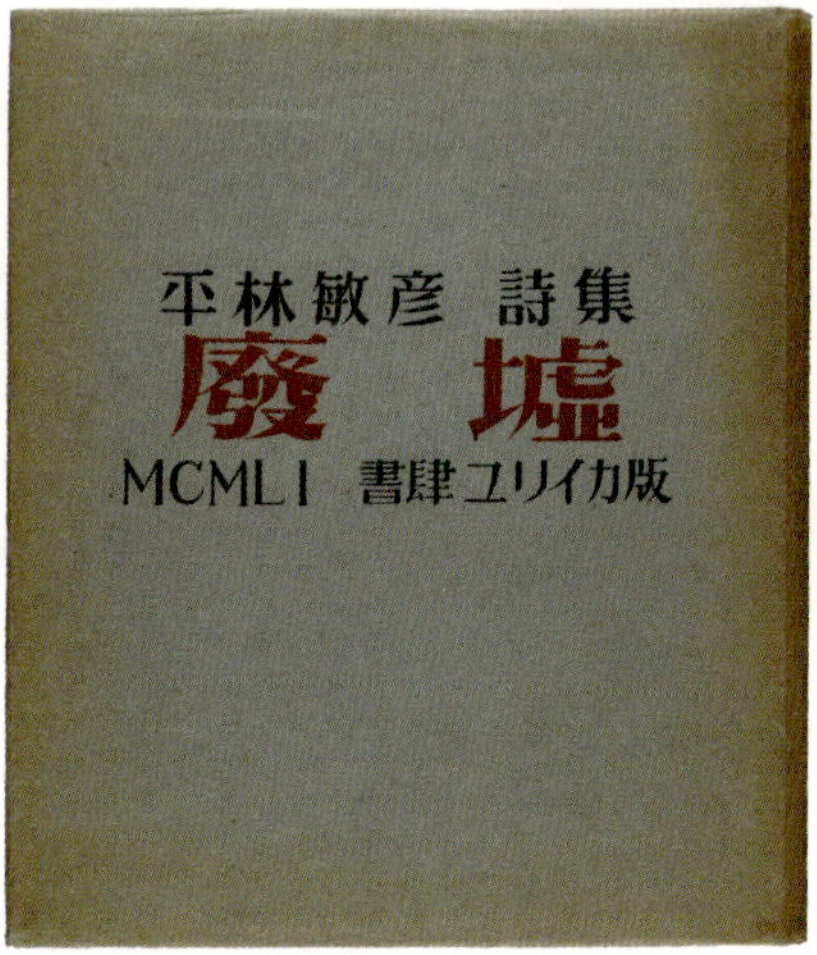

『廃墟　平林敏彦詩集』1951年

『詩集　種子と破片』函

『詩集　種子と破片』1954年

『水辺の光　一九八七年冬』1988 年

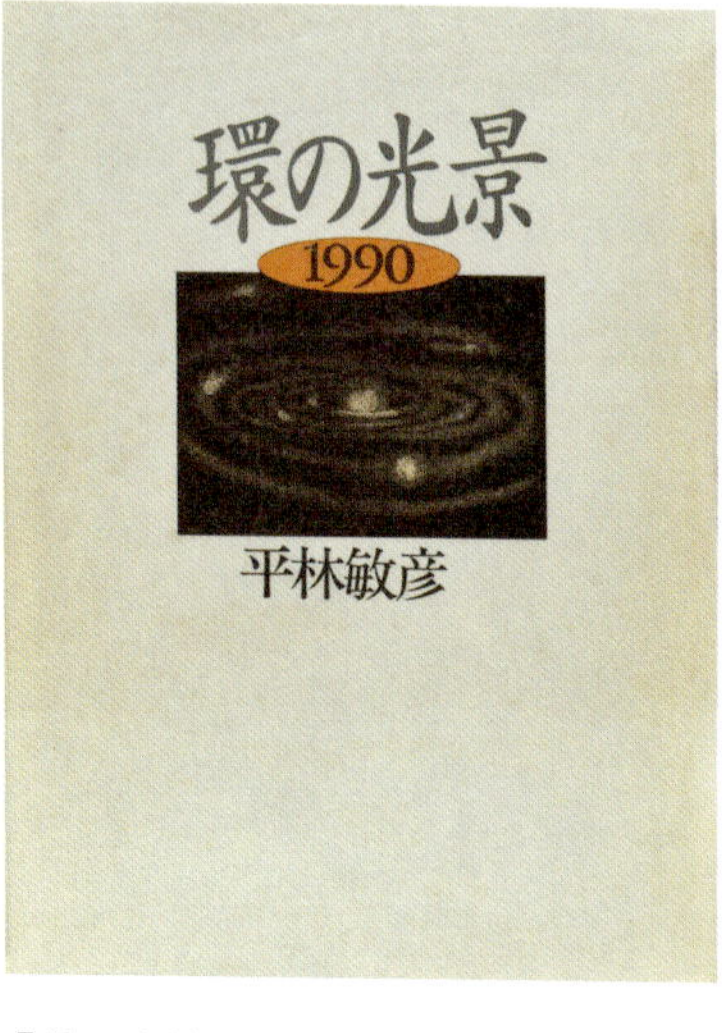

『環の光景　1990』1990 年

『磔刑の夏　一九九三』1993 年

『[Luna^2] ──自乗の月』1995 年

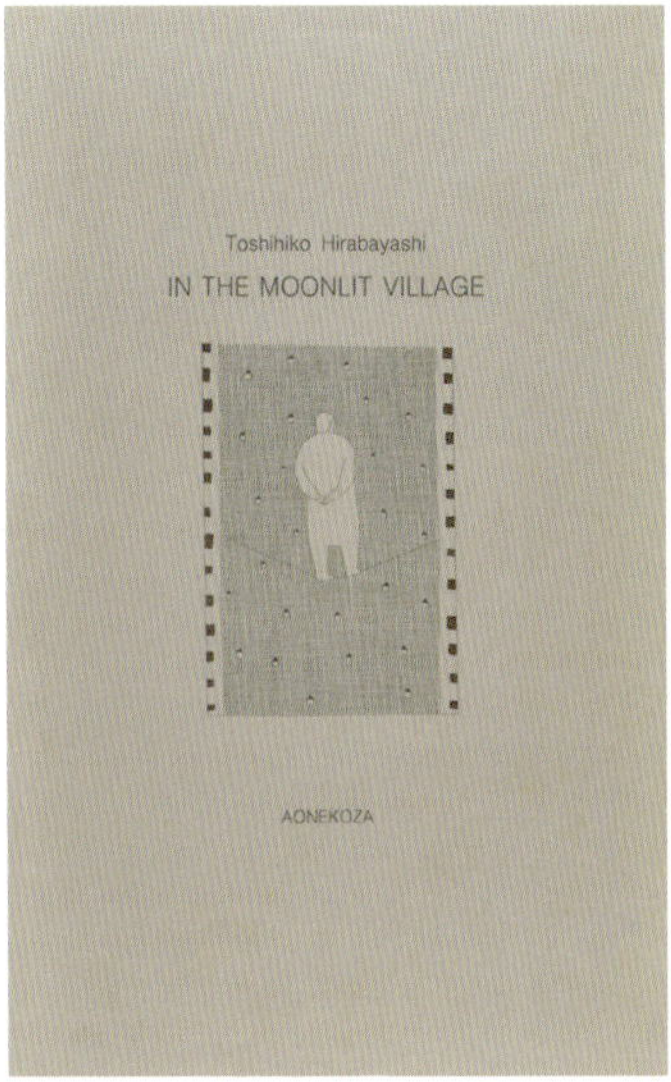

『IN THE MOONLIT VILLAGE』
1999 年

『月あかりの村で』1998 年

『IN THE MOONLIT VILLAGE』
筒函

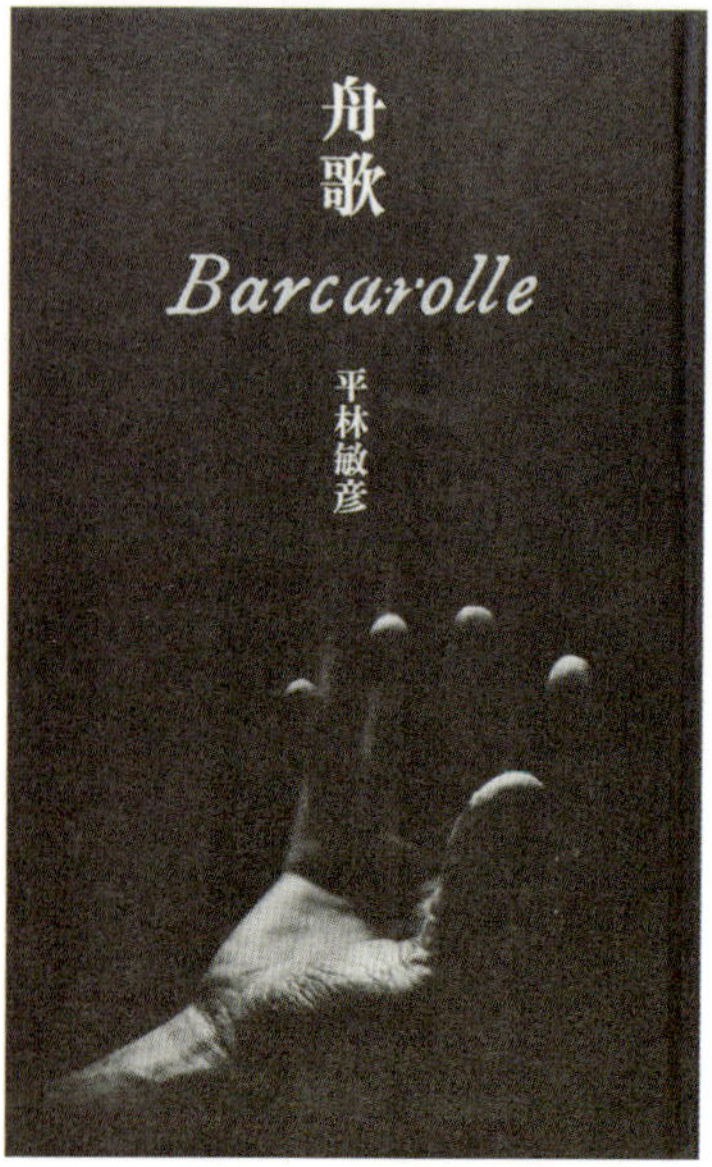

『舟歌　*Barcarolle*』2004 年

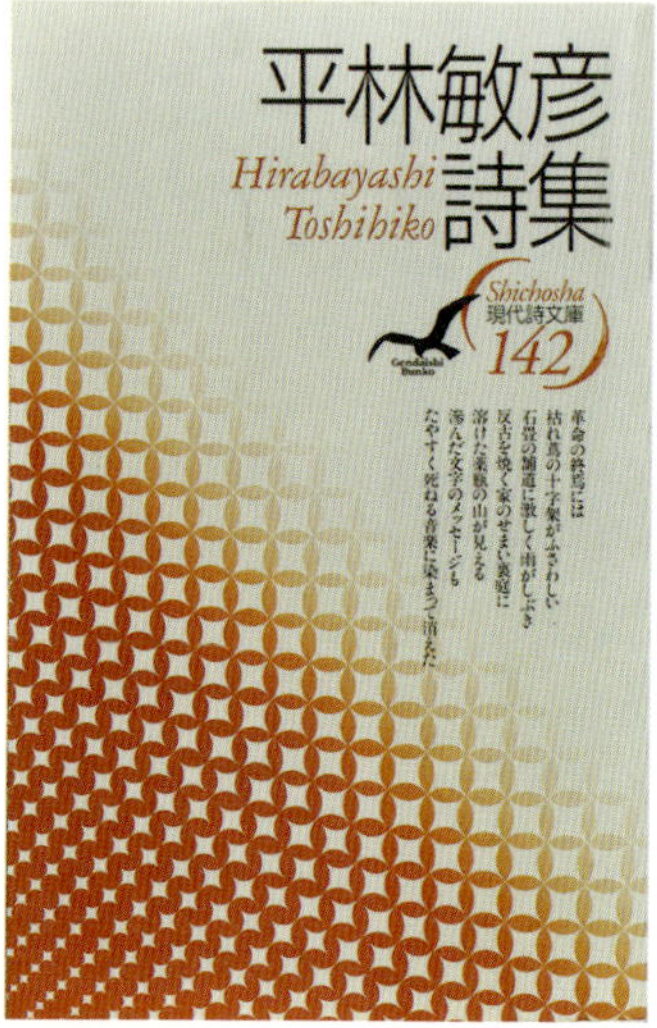

『現代詩文庫 142　平林敏彦』1996 年

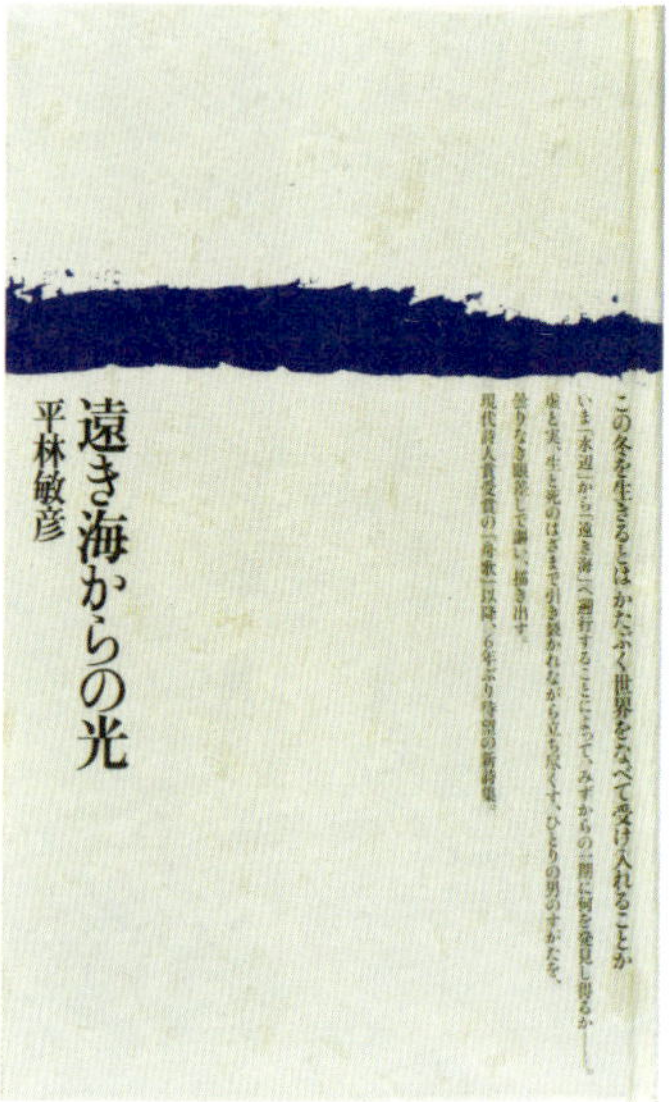

『遠き海からの光』2010 年

『ツィゴイネルワイゼンの水邉』2014 年

『言葉たちに　戦後詩私史』2021 年

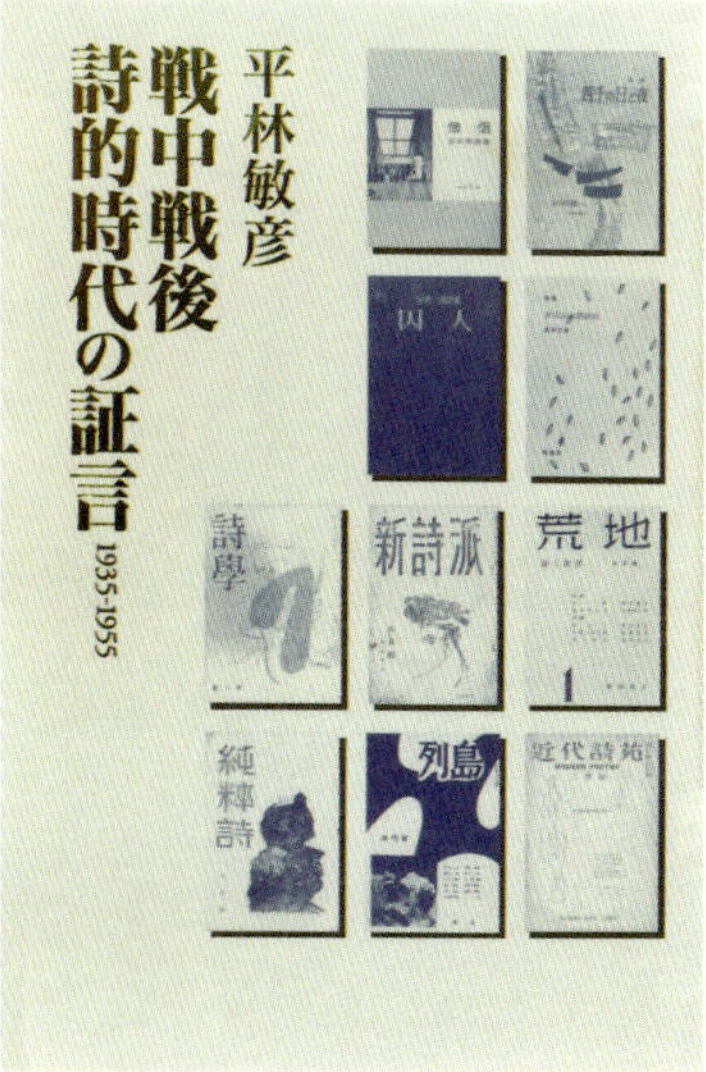

『戦中戦後　詩的時代の証言
1935-1955』2009 年

撮影　吉原洋一

「平林敏彦　2010. 9. 9」撮影 吉原洋一 「菊池伶司展」ギャルリー東京ユマニテにて

斜塔から

平林敏彦

港の人

十代詩篇

斜塔

甕

球根は
濕土にふかく
白い甲蟲をつけた

山の雨は
昏れてなほ降りやまず
とほい追想の
髪を焚いた

たまゆら
厨からする

食器の触れる音に
きき呆け
冷えた
壁をふまへてゐた

ゆふやみは
歯朶に這ひ
寥寥と土にきてゐた

独り
村に在る日
日もすがら
甕のひかりを愛《かな》しんだ

車座

風は寥寥と
山裾につづく
麦畑を
往きわたり
吹いた

村落は
暗く低く

灯をつり

なほとほく昏れた

名を知らぬ
紅い実熟れて
径にちりばひ
濡れてゐた

さみしく
巨木を倒す
木精を耳にしながら
車座になり
蚊やりの草を焚いて
夜をふかした

径

末枯れた草深い径が尽き
あれあとの風が
とほく墜ちて鳴つた

閑《ひそ》かに背を杖にもたせば
崖崩れは茜にしみ
とほい点鐘を抱いた

迎へられるもののごとく

赤土のみちを
夏菊を売る車がかへつた

あえかな麦を噛み
額を天に曝し

わたしはわずか祈るために
幽かに嗚咽する胸を耐え

星屑のやうにしろい
雛卵の殻を踏んで歩いた

城址の町

ふるい城址のある町を、わたしは雨に濡れてあるいた。礫のやうにくろく墜ち、鳥はいつか傾げた傘の尖にとまつてゐた。かなしいこゑで啼く鳥であつた。駅の引込み線に残雪を載せて三輛貨車が濡れてゐた。城外はいちめん、霧氷がさいてけむつてゐた。わたしは水滴で重くなつた帽子をふりながら、むかしのひとを尋ねてあるいた。

朽ちかけた城壁のうへには、ひそやかに咲く花があつた。かすかな風にその葩はしろく道を蔽つてゆくやうであつた。やがて閃きのやうに、あらはな陽が城内にをりた。まずしいわたしの上衣も靴も照り出された。鳥は頻りに馬糞を啄んでゐた。それからわたしは洋傘を抱へて歩いた。たずねるひとは何故かわかい母親に似てゐるやうでもあつた。薄暮、町は日照りの雨であつた。

斜塔

涯しない
砂丘をめぐり
夕ぐれの遠景は
すべての響音を噛んで
焦げる天を
噴きあげてゐた

礫のやうに
海のとりは

懸崖に濡れて啼いた
わたしは蹠《あしうら》を
かすかな
思念のやうに
砂に埋めた

とほく
斜塔は
氾濫する海の花群を
ひるがえしてゐた

詩　拾遺

帰郷

山のうへから小学校が見えた。軽やかなひかりの噴きあがる中で、菜の花のあざやかな小庭苑が、睫毛を伏せようとする。ずつく鞄と金釦でむかし通つた教室が、ぺんきの剥げた窓をひとつあけたまま、しづかな呼吸をついてゐる

山に夕日がかたぶきかける。ああ一葉の素描のやうな校庭の頁を繰れば、雅い四季のあけくれを匂ほはせて、小川のやうに文字が流れる。

その杳いながれの音をきくやうに、わたしは石を投げこまうか。教室
の窗はしづかに、昏れぎはの陽に炎えてゐる

麦にほふ、故里のちひさな町にかへつて、滾れおちる砂のやうに一脚
のさみしい椅子に坐つてゐる、すべてはしあはせであつたと…

村

蒼皇と
山は昏れかけてゐた

軒端に
草鞋の影があさい
家竝が
閑やかな
煙をあげてゐた

わたしは
郷里《くに》をたつゆふべのやうに
ひとり
石くれを蹴つてあるいた

草光る村道を遥か
日照りの雨が
影のやうに
近づいてきた

山雨

葦切《よしきり》の径を　とほく　ちかく
日もすがら吹きとほる風

ああ　昼の炎のなかで
わたしの　骨が鳴つてゐる
そして　すべてが
其処に杜絶えるやうに　四肢を伏せ

想ひ　はるか
真むかふる　あはつけき景

一円　麦低し
しようじようと霧は流れ
山はそのまま雨

雪

とほい　山脈には　まだ雪があつた　冴え冴えと　女のこゑは　天に
光つて　散るやうであつた　麦畑にゐるのは　しかし　ふたりきりで
あつた　流弾が峡の空を　たまゆら截つて　ゆくやうであつた

しづかに　女は麦の穂を　噛んでゐた　それはふと　思ひまうけぬひ
とに　旅先から絵葉書のたよりを　貰つた時のやうな　あはい懐しさ
であつた　ひとしきり　山肌の雪が　眩ゆい　朝であつた

夕景

裸樹の　木群を搖り
風は
白壁を衝いて墜ちた

れうれうと
葦切《よしきり》の原が
山裾にとほく昏れてゐた

夥しい　ゆふべの景《かげ》に
わたしは

肘をかかへてゐた
もはや
支ふべきなにものもなく
つかのまの
羽搏く鳥を
片影のやうに聞いた

杜では
老いた園丁が
坂に落葉を焚いてゐた

兵列

銃把に
汗したたり
額には
土の匂がしみてゐた

草叢は
涯しなく
落陽をかへし
風をおとした

馬も

砲車も
余光のなかを
傾きざまに進んだ

兵列は
蒼くたそがれた
麦畑の勾配を
下つていつた

土埃のなか
遠ざかる背嚢に
擬装の花が
白くゆれた

熱処理工場

早暁
あを暗い作業場に
火を噴いてゐる瓦斯炉から
引きもきらず赤鉄が引き出される
黙々と夜を徹し
灼熱の鋼を打つ人びと

此処には一掬の涼風も無い
研ぎすまされた眼は
小動ぎもせぬ決意をたたへ
鎚ふる澄んだ姿勢を整へる

ふかい息が吸ひこまれる刹那
凄絶な気搏が漲り
高速度鋼は逞しく生誕する

一抹の安らひすら許さず
汗あえた額に
白い炎がかがようてゐる
白木槌が祈禱のやうな響を
明けてゆく工場に反響させる

外壁には
雁来紅のひとむらが
あざやかにもえ
熱処理工場は

毅然たる
朝やけの富士に立ちむかつてゐる

界隈

瓦斯殼でしきつめられた葦沼の埋立に
増設の分工場が建つらしかつた

とたん葺のちひさな材木置場に
くらい裸電球が吊つてある

新しい木の香がにほふ角材の山に
藤から伝つて葡萄の蔓が絡んでゐる

その辺りは真静かな真夏の影で
斧も円鋸もとほい睡りを噛んでゐる

庇の陰に首を傾げたポインターと
側に朱塗の子供下駄が脱ぎ捨ててあつた

うみにくだる葦原にあをい光砕き
今宵も謐かに星が降るやうな天だ

竹

暮れかかる
竹林の合間に昏く
栗の大樹が
影おもく聳えてゐた
幹はしつとりと
水気をふくんで冷え
笹の上に落ちた若い毬が
ときをり
わたしの蹠を痛くした

空は未だ明るかつたが
道は低くはるかになり
胸は若竹の青さに
沁みて重く
かすかに
よい風が
栗の葉を吹きためて
ゆくやうであつた

すでに蒼然たる
羊腸のうへ一帯は
真あらたな墓地だ

高原詩抄

（その一）

炎えてゐる
夕闇のなかの
わずかな雲の断れまから
謐かなひかりが
稲田と
草むらを
つき刺してゐて
動かない

草深い道には
しぐれのやうな
蟲が鳴き始めてゐる

高原の冷気が
僕のひたいを吹き
かすかに
唇がかはいてくる

あをく
手のとどかぬ山肌に
一日の悔恨を投げよ

樹

樹々は　虐げられた
年輪をふかく　秘めて
渺茫たる　土に目醒めた

野に　花々は砕け
踏みにじられた　土壌を裂いて
萠え出でる芽が　ある

既に　樹林は　陽の中の

確かな座に　ついた
ああ　厳しさ極む　刻々
木末は撩乱の葉を　ふるひ
寥々たる　冬ざれの
天を　突いてゐる

編集注

この度、詩人平林敏彦が長く筐底に秘せられていた、『詩集　故苑』（部分）が明らかになった。奥付から推察すると、著者、平林敏彦、志沢正躬、細野暁一、根本正の四人の合同詩集である。昭和十八年七月二十五日印刷、同年八月一日発行。五十部限定、非売品。発行者は「代表　平林敏彦」と記されている。判型は二〇五ミリ×一四八ミリ。残念ながら、『詩集　故苑』の全容は残されていない。詩人が大事に保管していたのは、「斜塔　平林敏彦」と扉に書かれた自身の詩「甕」「車座」「径」「城址の町」「斜塔」の五篇が収録された十頁と奥付頁の切り抜きである。「戦争末期の詩篇」と表紙の裏に手書きされている。志沢正躬、細野暁一、根本正は、Y校（当時、横浜市立商業学校）の同級生で、詩人仲間である。（詳しくは『戦中戦後　詩的時代の証言　1935-1955』（思潮社）を参照）

五篇のうち「城址の町」は『日本詩壇』第十一巻第八号（一九四三年八月）、「径」は『文芸汎論』第十三巻第九号（同年九月）に掲載されていた。

「斜塔」の五篇の詩は、平林敏彦が詩人としての出発点を刻むものである。十代の平林敏彦は盛んに作品を詩誌に投稿している。現在判明した限りであるが、「詩　拾遺」としてまとめる。

「帰郷」　『文芸汎論』第十三巻第七号　文芸汎論社　一九四三年七月

「村」　『文芸汎論』第十三巻第八号　一九四三年八月

「山雨」　『日本詩壇』第十一巻第八号　不二書房　一九四三年八月
「雪」　『四季（第二次）』第七十八号　四季社　一九四三年八月
「夕景」　『日本詩壇』第十一巻第九号　一九四三年九月
「兵列」　『文芸汎論』第十三巻第十号　一九四三年十月
「熱処理工場」　『文芸汎論』第十三巻第十一号　一九四三年十一月
「界隈」　『若草』十一月号　宝文館　一九四三年十一月
「竹」　『日本詩壇』第十一巻第十一号　一九四三年十一月
「高原詩抄」　『詩と詩人』十一・十二月合併号　詩と詩人社
一九四三年十二月
「樹」　『文芸汎論』第十四巻第二号　一九四四年二月

目次

十代詩篇

散文　I

九十代詩篇

散文　I

個の発掘

思えば野望より他に純粋な目的を持たなかった戦争に人々は疲れ果て、思想の昏迷と批判精神の欠除を来しつつ詩精神はいつかこの偽善的な懶惰にむしばまれ斯くして詩は思想を急速に喪失していったがこの状態でやがて迎えた終戦前後の作品に秀れたものを見出せぬ嘆きは頗る当然と謂わねばならないにしても、この現実は日本の詩のために痛切な悲嘆としてつきない。我々は謙虚に敗れたる祖国の山河の底から起ちあがるものを期待したが、終戦後の作品は依然として戦時中の無意欲を露呈し、脱皮を怠り、安易な反動性を暴露した作品の横溢にその期待は虚しく裏切られた。彼等は戦時中に於ていつか無反省に個性の喪失を来し、又斯くあることによってのみ当時は詩人たる任務を身につけていられたかの如き錯覚すら起さしめたのである。あまつさえ今日の反動的作品に潜むものは反動と呼ぶに足る熾烈さは勿論、戦前に於ける思想性すらも悉く戦争の齎した懶惰に征せられたべんべんたる惰性からの制作態度でしかない。

我々が希求してやまぬ明日の文化国家の核心たるべき思想は戦前の蒸し返しの域に安住すること

は許されず、その水準は真に世界的な深遠を衝かねばならない。この思想への真摯な探求は我々の生活に根ざした精神環境から打ち出された創造意欲によって未来性を持つ。就中文学に於ける思想性の質困は今日極めて重大な課題を日本文化に提示しつつある如く、思想の苛烈なる洗錬は個の発見と昂揚にかけられているといってよい。我々は今にしてもっとも寡黙に自己の内奥なる精神に目醒め、もっとも峻厳に己を虐んでゆかねばならない。詩に於ても勿論、それが進歩的、前衛的であるかぎり、我々は如何なる思想の上に如何なる技巧のメスをふるおうと自由である。久しく自我を喪失し批判を忘却した世代が躊躇なくこの実験を試みるなら、案外近い将来に於て詩も清新な血脈を発見し得るにちがいない。而して自慰と独善をして個性的なる語を冠する愚かしき誤謬を犯してはならない。眠れる個の発掘はあくまで永遠の努力であり、営々としてふるわれる自虐の鞭によって刻々かがやきを増すものであることを知らねばならない。詩の本質は不変的でありながら思想の転移に敏感であり常に斬新な表現への苦悩を希求してやまぬものであることを銘記すべきである。至純なるエスプリの放射と独自なるフォルムへの志向が、ひとしく個性の基盤に立つ創造意欲に他ならぬことを信じよう。

なお詩はきびしい薄明の風雪にうたれている。強靱な一脚の椅子から起ちあがる精神はもはや傷つくことを怖れてはならない。純粋なる彷徨の果ての明日の精神のため、己を焼く劫火の中に身を投じて悔いぬ悲願のかなたに、まさしく詩は花ひらかんとしている。今日の詩人に求むるすべてが斯る個の発掘と再認識に尽きることは、そのまま日本詩の貧困を指摘することに過ぎないが、「文化」という語がこれまでに喧伝されたことのない今日の日本に於て、このもっとも平凡な反省が貴重なる再出発の初歩であることを我々は慎ましく自覚すべきであろう。而してつねに時代の苦悩を尖鋭的に享受しつつ生きた詩人が、この平凡なる良心の遂行を謙虚に而して苛烈に推し進めることは自然の運命であり当然の権利でもある。

詩人の感覚と思想と技術に峻烈な秩序を与えてゆくものこそ詩人の個性であり、反対にある場合――今日の青年詩人にあるが如き批判精神と創造意欲を欠く場合――に於てはこれらを痛烈に破壊してゆくのも個性である。斯くすれば個の昂揚こそ詩人の潔癖をきびしく促しつつ表現の独自性を切り拓き、今日の詩に一脈の希望的暗示を与うべき必須の課題でなくてはならない。一篇の詩を生む詩人のすがたはもっとも高度な意味に於ての個の燃焼であると言えるのである。現代の詩人に望むものも、次代の詩人に冀うものもひるみなき勇敢なる作品行為であり、時代の苦悩に生きる詩人の全的な努力に尽くされる。而して詩は前進せねばならない。

架空の近代——北園克衛論ノオト

第一次大戦後の欧洲を席捲した思想的動乱の渦中で、あらゆる思想、権威、権力とたたかいつつその無力を痛切に体験し、それらへの絶望と不信から来るべき人間の営為の中に一切の権力を否定し反逆して、ひとしくコンミュニズムへ趨ったフランス・シュウルリアリズムの道程と、これをモダニズムの立場から単に形式主義的に移植し方法論の一隅を歴史性社会性との隔離した状態で模倣した存在であった、わが国のシュウルリアリストと看做されている詩人たちの位置とを対比して論ずることはもとより出来ない。

詩集「白のアルバム」(昭和4年)以来北園克衛は言語そのものが持つ既成観念に依って作品を構成し、意味づける方法を一切否定してきた。之れは日本語に因襲的に内在する概念性への依存を一応つっぱね、あらたに視覚的、感覚的な詩形式の構成を志向した点で斬新的であったと言えるが、それは飽くまで詩形式にかゝわるひとつの志向であって、それを支える確固たる世界観のうらづけがなかったことは致命的であった。そして彼が思惟した純粋の場は架空の近代性に支えられた歴史、社会からの孤絶の場に過ぎなかったのである。彼がモダニズムの立場を持ちながら実は現実とのあくなきたたかいの道程を迂廻して東洋的永嘆と遊心の思想を温存する封建的文学に通ずる世界にあったことは、日本の侵略戦争の進行と共に彼が十数年来の自己の詩法を放棄し、一転して郷土への回帰を説き、

「今日我国土に於て少くともやや純粋且つ完全なる状態の下に、民族の伝統を保存しているところのものは地方の生活環境をおいて他に求めることができない。例えばその住宅・什器・器具・服装・容貌・姿態・習慣・道徳これらのものは殆ど純粋且つ完全なる状態のもとに悠久二千六百余年の伝統を保っているのである」として、戦争中の詩壇を毒した一方の潮流、愛国詩の罪禍と共に、あの苛烈な現実の中での詩人の抵抗が微塵だに見られぬ、ぬくぬくとした現実逃避の面に立って、結果的には戦争を肯定し、さらに戦争を推し進める役割をも果した彼の郷土詩集「風土」の検討もあらためてなされるべきである。

常に流動を止むことない歴史の潮流の中でなお幾多の封建的残滓を持っていた地方の生活環境、殊にその習慣や道徳を純粋且つ完全なる民族の伝統を保存するものとして肯定し「明治以来の七十余年に亘る国際的文化性にいま新しい改変を加えるとすれば卒直に郷土の具体的な姿態に規範を求めることが最も簡明な方法である」と論じているが、果して明治以来わが国は国際的文化性などと言うものを一度でも持ち得たことがあったろうか、そしてこの変貌いちじるしい郷土詩人にとっては、彼の生活が一切日本的な什器や器具に一変されたように戦争への方向に最も抵抗が少ないとい

う点で好都合の迎合に転落することが、選ばれた容易な道であったにちがいない。

郷土詩集「風土」は昭和15年以降17年迄の作品26篇が収録されてある。これらの作品は必然的に自然を永嘆したものが多く、その形式はテクニシアンとしての彼の視覚的なスタイルを浮立せているのみで、あの暗黒時代に対する詩人の抵抗は全くない。シュールリアストとして彼を批判する者はこの詩集を戦争期に於ける特殊的産物として看過するかも知れないが、これらの作品を一貫して流れている消極的なニヒリズムの匂い、実は現実肯定的永嘆は、四囲の一切の思想権力とのたたかいを通じて歴史社会を現実に推し進める核心となったフランス・シュールリアリズムとは根本的に背反する反動的思想であることは明白である。

例えば、

流される日日は　いろもなく　匂ひもなく　なにものも止めなかつた（雨）

すでに　ものみなはむなしかつた　硯はかわき　郭公のこゑもとだえてゐた（夏）

すでに識るべき　なにものも無く　書物も　客もなかつた（小寒）

すでに　木木は黒く　野は暗かつた　人も　家畜も　みえなかつた　落莫として　言葉もなく

なにもなかつた（送行）

の如き章句はいたる箇所で安易に使用されめんめんたる永嘆のリズムを形式している。更にわれわれが指摘し得ることは、彼が嘗て詩語の内包する既成観念への従属を拒否する方法を自己の詩法の上に採用したにもかかわらず、ここは日本語の持つ因襲的既念に極端に依存した姿態を隋所に暴露していることである。これはどうしたことであろう。むしろ好んで彼は漢語を用い、熟語を使用することによってその活字形体からくる視覚の効果をも考慮に入れたアナクロニズムに陶酔したものの如くである。彼はこうした方法のみを殆んど純粋且つ完全なる状態のもとに悠久二千六百余年の伝統を保ったものと確信し、錯覚したのであった。

あ、的皪ときらめく　小砂利の庭は　森閑と蟻もなかつた　（夏）

僕のおもひも蕭条としてゐた　（風）

庭の石も　濡縁も　嬋娟と霰がつもつてゐた　（茶）

ひとり山すそをゆき　柿の木の下の　凄凄たる百合を見た　（夏）

その極端な使用の例としては

音もなく　にほひもなく　その家族たちは蘆をたき　淡い象徴のやうにくらしてゐた　（家）

ぼくは　ひくい土の橋をすぎ　寂寞だつた　（野）

などがあり、これらの観念的な表現は全く独善以前の稚拙な横暴さを感じさせる。嘗てはその感覚的表現技術によって新しい思考の角度から詩を発見しようとつとめた技巧詩人が、戦争という苛責ない外部からの圧力に対しては、過去の技法とは全く対立的な言語の意味に凭れかかった無感覚さを露呈したこと、それ自体が歴史、社会のあるべき発展の方向に背をむけた。現象への便乗性をものがたっている。それと同時に所謂「純粋詩」の理念が、詩を孤空に描いたテクニックとしてのみ理解し、われわれの歴史を推し進め、社会を革命に導く何らの原動力でもあり得なかったこと、形式の差異はあっても結果に於てはこの国の歴史の発展を阻んできた短歌、俳句の遊心性、永嘆性と通じる反進歩的文学であることをうなずかせる。

敗戦後、いち早く筆を執って国土の荒廃を嘆き、未来への希望をうったえた詩人の一人は北園克衛であった。

「われわれの理想、われわれの未来への構想は、世界的なスケールをもって行わなければならないという自覚のみが、われわれの民族を永遠的な保証の下に置くということを、知るとともに、われわれの芸術の理念もまたこの海流の上にあるということを明晰に悟らなければならない」（絢爛たる世紀への憧憬）と言う彼の言葉から、嘗ては国際的文化の一環として純粋に伝統を保全したものとしての郷土詩の理念と、今またそれらへのいささかの苦悩も内省もなく、世界的スケールへの自覚を口にする豹変的態度の矛盾は、技法上では郷土詩の域を一歩も出ていないが、敗戦後の様相を空疎な詩語に誇張して、観念の無為なる空転を来している戦後の作品の断面に多くにじみ出ている。

すべての都邑は焼きつくされ　燃えさかる火焔とともに　あの気取り屋でお洒落な　愛すべき市民は消えてしまつた。
そして昨日は軍閥の専断に悩み　今日は食欲の専横に彷徨ふ　襤褸に覆はれた群集があるばかりである。
—喪はれた街にて—

「愛すべき市民」北園は、あの一瞬の菫いろの閃光と共に消え去って、今日は襤褸に覆われた群集を冷やかに眺めている。然し、彼にははげしい怒りも祈りもない。彼は依然として飢える民衆の外側にいる気取り屋でお洒落な傍観者にすぎない。彼は地上にいない。彼は歴史の軌道の外でうたっている。

蕭條たる秋の風に吹かれ　自分は天に歎願する。この愚かなる世紀の一刻もはやく過ぎ去ることを！（同上）

そして「愚かなる世紀」の革命をはばむものが他ならね彼自身であることには気づかない。こうした彼の「何ものにも執われない純粋な思考」とは、文学と社会との絶縁、ひいては文学と人間との遊離を必然的に醸成する観念論に過ぎないことは明らかである。「詩人はその生れながらの潔さのゆえに、いかなる国、いかなる社会においても、その闘争と術数から身を引いて、その汚濁の日日を拒絶しつづけているからである」と言い、さらにそれを「詩人の蒼白の運命」とし、「純粋な人間としての詩人の良心」とするに到っては、変貌をきわめた形式主義者の自己弁護か、彼自身の戦争中の責任をもふくめて、生れながらの潔さと言うファシズム思想に対する無抵抗な没批判性への転落を自ら肯定するものと言う他はない。

さらに彼は「運命に対する不遜な態度が日本人を永遠に堕落させ、人間的率直さから引離してしまうことを怖れる。詩人は率先してこのことを詩によって示すべきであった。」と言い、戦後の、詩壇に発表された作品を指摘して「詩人の多くはそれとは全く反対に、その気取りを利用して、自らの小さな文学趣味のなかに韜晦しているにすぎないのである」と論じている。これと次の作品「街」との対比に、われわれは既に文学の圏外に置去られた一文学趣味人の決定的な敗北の姿を見ることが出来る。

落日が街を瑪瑙いろに染める　僕は今日も疲れて　暗澹と雑沓のなかを歩いていく　この群集
兇暴な衣服を銜ふ闇商人　この世紀の野獣と僕とは何の関係があるのか　埃を浴び　突風に吹かれる　この醜悪な玩具
生活よ　詩よ　その絢爛の紫の鬣よ　誇りもなく　また今日もなく　敗徳の谷間にみちて漂ふ
荒涼たる命よ

ひややかに知性のゆがみの中に韜晦しているこれらの空虚な表現と、それを裏づける何らの思想すらも無い詩そのものの貧困。われわれは「豊かな食卓と優婉な文化とそれ以上の何がこの地上に必要であろう」（朔風の日に）とうたったこの詩人の願望が、何らの歴史的現実をも意識せずして刹那的痴呆的に発しられたことを憤らずにはいられない。今日の歴史がさらに一転することを仮定すれば、次の日彼はいかなるうたい手に変貌するか、彼の遊心的世界観、文学観が容易にこの国の鸚鵡使いたちに乗ぜられ隙を持つことは言うを俟たない。

新なるシュウルリアリズムの認識は、それが歴史、社会の現実を基盤とした明日の民衆の線を意味する真のアヴァンギャルドであることの他には無い。そしてフランスのシュウルリアリストの道程がものがたるとおり、今日の日本の段階に於ては最早文学に於ける自我の追求、近代の確立も必然的に社会主義的な様相を帯びざるを得ないまでに進展している。
これと対蹠的に歴史、社会と孤絶した架空の近代を、その知性のゆがみの中に辛うじて保たしめようとする反動的文学の胚胎が一方にある。北園克衛もその一人に過ぎない。

一九四七年六月

欺瞞者の文学

屢々われわれを愕ろかすのは、大衆という言葉がいわゆる知識人たちによって、もっぱら下降的、通俗的な意味のみを持たされ、少数者の独善を擁護するためにむしろ積極的に利用されていることである。その意味での大衆とは、素朴な、彼等のヂレッタンチズムなど解さぬ、と言うよりそれを一向必要としない市民、それを生活のすみずみでも拒絶せざるを得ないような現実に当面させられているわれわれの中のひとりひとり、彼等の観念とはあまりに疎遠な、あまりに現実的なすべての人たちを、主観的に拘束せんとする独善的幻影に他ならない。その言葉は彼等によって軽蔑のかぎりをこめたひびきで、あるいは全く無関心なポオズで、芸術とは異質の存在という雑ぱくな規定の中に塗りこめられ、彼等の独善を満足さすために極めて好都合に使用されている。この一事からも、歪曲された詩壇という小児病的な特殊地帯と、その非現実性を基盤として、現に擡頭しつつある反革命的態度を八方に指摘することが出来る。

八月十五日以後の現実に、彼等は恐らく唐突な直面を強いられたにちがいない。たとえ彼等が戦争に屈服することはなかったと言い張ろうとも、その主観的な抵抗は何らの現実的発展をも伴わなかったではないか。その現実の内容が、ただちに彼等自身の内側にひきつけられなかった貧困な思想性、そこから来た混乱、さらにその混乱を逆手にとって利用せんとするあらゆる反動理論、創作があらわれたという彼等の生活態度の間隙が、今日の歴史的社会的転形期の段階を、先ず自己革命の問題として、近代的自我の追求、文学の主体性の確立を実践的にたたかいとる努力、そこから生み出されるべき積極的な反省と志向を独善の底に埋没させてしまったことは否定できない。

現実的には戦争傍観の、あるいは異なる観念的な抵抗のみの、精神の安全地帯に逃避していた彼等にとって（抗議する必要はない、これはわれわれの世代全体が持つ自己反省だ）敗戦が外からもたらした自由と頽廃との混乱に生じた虚脱的環境は、止むなく個室を閉塞されていた彼等にとって（愛国詩詩人は論外である）うってつけの空気であった。戦後、われわれの眼前には、乱雑に街路になげだされた仮装の痴呆的ポオズと、焦燥にゆがんだヂレッタントの告白とが臭気を放っている。それらの腐臭の中からでてきた無意識な文学盲信癖の産物である幻影的自我の相貌が、現実の大衆とは全く別箇な基盤の上に架設されている。

黄昏――進行する尨大な人間の帯のきれまから、彼等の孤独が身を起す。夜のあいだだけ彼等は詩人よばわりされ、義眼に映る過去の絶望や悔恨の底から、ひよわな幻影をたぐりよせる。自己を盲信するあまり、彼等は歴史を逆転させ、ペンと用紙の与えられるかぎり、すべてが計画通りの結果を生むであろうことを信じる。歴史の進行が、自分たちの先導によって推進されるかのような誤算が、自尊の上にれいれいしく成立する。もはやこの世の壁のむこう側で、着実に矛盾のない遊戯の繰返しをするに過ぎないのだ。しかも、この紳士ばかりの冥土では、しきりに作家とか芸術家とかいうような言葉にかかわる論議が蒸しかえされている。

今日では、もはや嘗ての如き新旧の時代の区別はない。われわれを囲繞する既成詩壇の腐敗はその極に達している。ここでは試みに「純粋詩」八月号から、この誌による若い世代の「主張」の一部を引用してみよう。ききたまえ、「空白はあつたか」と鋭い自己批判を叫んだこれらの世代の主張でさえ、肯定的に自己の立場を擁護して、「日本的宿命を背負って気軽で陰鬱なエトランゼのように生きようとする我々だって、時には兇暴になってもよいであろう」と、四囲の昏迷にかすかな抵抗を示しながら、その抵抗を現実的に発展させ得ぬ彼等自身の限界を訴えているではないか。御丁寧にもT・S・エリオットの「——人民戦線に参加する自称リアリスト達は、出来あがってみれば極めて非人民的な妖精に過ぎぬものを苦心して創り出そうとしているようなものだ」という、十年以前の言葉を断片的に引用して、第二次大戦後の日本の特殊事情には案外無関心に、機械的な適用をおこない、デモクラシーとコミュニズムを意識的に対立させることによって、そして彼等の小ブルヂョア的自己保存をコミュニズムと無縁の世界においてはたすために、それをインテリゲンチャと政治の問題に及ぼして、今日の民主主義革命の発展を、暗に阻止せんとする態度に出てきている。それが彼等の無意識な自己保存の本能によっておこなわれていることは、さらに危険視されねばならない。

現実社会の基盤を観念的に逸脱した彼等のずれは、ヨオロッパに於ける文化的伝統主義や宗教的立場を何ら持たぬ日本の民俗性を、歴史的社会的現実の複雑な諸条件から、根本的に究明する意志を欠き、どこまでも個人的な主観の範囲から発展せずに、「文学者、芸術家が今迄常に個人主義であり、これからも良かれ悪かれそうであろう」などという、文学のいろは的な定義を雑ぱくに使用して、反革命的規定の上に自己を安易に立脚させている。又、彼等はこの国に於ける、個々の階級的な基盤の薄弱さからくる、反動ロマンチシズムの過誤の繰返しを指摘して（過去に於て彼等自身がそうであったことは全然伏せて）、「自由な市民性を保持してゆく健全な中庸の精神」を「文化」の主体として主張しているが、それは、われわれ個々の人間的確立が今日の革命を通して、われわれ自身の手によってたたかいとられることを前提としてのみ正当である。中庸の精神とは、彼等の身についている穏当な紳士性や、文学青年気質などとは全く別物である。あらゆる半封建的な因襲にわずらわされ、暗鬱な宿命の影を負わされた今日の現実の民衆が、（ましてエトランゼ気取に感傷している彼等が）なんで革命の潮流に背をむけて自由な市民性や、中庸の精神を自覚することが出来るであろう。こうした独善と思いあがりから、彼等自身の罵倒する日和見主義の楽天家根性が、またぞろ貌をあらわしているではないか。

　また彼等は言う「知識人（この耳ざわりな語感にしばらく辛抱して欲しい）を代表する作家、芸術家は戦後の政治的、社会的諸権威の崩壊と、まだ新らしい世界の形成が緒につかぬ混沌期に滲透してきたコミュニズムに対して、自己の態度を明確にしてゆかなければならない」。この言葉によって、彼等がコミュニズムとの間に明確な一線を画そうと意図するのは、自らの反革命的生活態度をデモクラシーの名にかくれて擁護せんとする没批判的本能のあらわれとして、異とするにあたらないが、新しい日本の形成を緒につかしめつつある現実の層、それまでも否定することは許容出来ない。彼等の思想の中には、政治を外からする権威とか強制とかの観念として理解し、その誤解から生ずる政治回避の態度が文学を孤立化へ追込み、例えば嘗てのプロレタリア文学運動等への批判を画一的、公式的に「政治的偏向の誤謬」の一話に結論づけるようなあやまりを犯していることには一向気づいていないのだ。小児病的な中庸の市民性とやらが現実的に言って一体何をしたというのか。今日の知識人の根本的問題である思想的対決とはあくまで今日の歴史的段階に於ける革命の進行を、自己の内側から豊富に肉づけるための、あらゆる矛盾や不平等への抵抗の問題である。そして、屈辱に満ちた過去の日本的なものを一掃するのは、われわれ個々の近代の獲得であり、われわれの実生活のすべての面の解放が政治的社会的な発展のらち外にあっては到底解決されね今日、近代的自我の内容もまた社会主義的な展望を持たざるを得ない。

　自己を解放し、歴史的発展の過程に意義づけるためのたたかいのみが新らしい文化の未来を予知する。この国の文学の伝統が持つ没批判性、精神の易変性は彼等の指摘する如く戦争下に俗悪な愛国詩人を生み、戦後にその転身である偽民主主義詩人を生んだが、戦争そのものに何らの現実的抵抗すら試みなかった彼等によって戦後発表された数多くの幻想的な作品（これを詩壇人は主知詩と呼んだ）のもつ現実遊離性を目撃するとき、劣悪な自己保存の本能によって自己盲信の錯乱状態に陥っている点で、この二様の世界は多くの共通性をもっている。そして次のような彼等の自己反省も彼等が自己を知識人という観念的な存在として、現実の発展の母胎となるべき民衆の各層の外側に設定された架空の足場に立っている以上、革命の進行に密着した実践的な問題の発展はもち得ないであろう。彼等はよわよわしくつぶやく。

「今日の詩や小説が、我々にとってどれだけ役に立ち得るのだろうか。我々の世代の不幸を、その原因から除くことをせずに、我々の暗い精神の方向を他の代用満足の下水溝に導くことによって、不幸を不幸と感ぜしめない詩や小説は果して我々の生活の上で第一義的なものとなり得るであろうか。」ここでは素朴以上の懐疑が彼等の衰弱した大脳にどんよりした影をひろげている。これらの机上の遊戯者は我々の世代の不幸を、その原因からとり除くためのたたかいが、彼等の卑下する民衆を主体とする革命によって徐々に進展しつつある現実を認識していない。一見文学とかかわりのない日常のあらゆるたたかいが、われわれの人間的解放を通して作家、詩人の現実的な足場を築きつつあるということ、およびその民衆の一環として自己の人間性に密着した独自な表現の発見によって、未来をたぐりよせる文学上のたたかいを観念的に逃避するところに、彼等の決定的な近代への敗北が横たわっているのだ。こうした彼等の反革命感情が「詩を大衆化させようとか、社会的に価値あらしめようなどと考えている詩人がいる。『詩は万人によって書かれねばならぬ』という誰かの有名な言葉も、どう善意にとってみても今日の事態に適合しない、およそ非現実的なはかない影を持っている。詩は世界的な文化や思想の転形期に立って、何らの革命的な原動力となるものでもなければ、又個人の実生活にとってもさして重要な役割を持つものではない。」というような無自覚な暴言を、極めて因循姑息な態度で放言している。こんな白痴的な戯言がいわゆる詩人によって吐かれるという日本の詩壇のゆがみかたにわれわれは呆然たらざるを得ない。(貴様らは詩を鑑賞という一面からのみ、低劣なロマンチスト相手の取引に使用したり、書斎の暇つぶしに書き捨てたりする抒情詩人の代弁者になり下っている癖に、仲間以外の人間の前で詩という言葉を口にすまいなどと思わせぶりなポオズをあからさまにみせて、実は詩人であるという虚栄心を満足させているぼうふら種族だ。今さら居直って、日本の詩などというケチな代物を高飛車に否定したつもりでいるかも知れないが、先ず自分自身を否定することだ。それにどうやら本音は主体性を欠いた個人主義文学の幽霊を追いまわしているらしいが、自己革命を回避したなれあいの個人など噴飯ものである。第一、こんな言葉を聞いて拍手喝采する馬鹿者を相手にした仲間惚れの公開など止めた方がいい。アナクロニズムの頭脳でいまさらプロレタリア詩人の公式的な諷刺をはじめるようでは底が見えすいている。君らの罵倒してやまない三好達治でさえ、君らと同じ自己保存の本能のために天皇制批判というすこしはまともな芝居にとり組んでいるではないか)

こうした態度が無意識のうちに文化反動の温床となって露骨に現実化してくるのだ。詩の革命は、われわれ自体の革命であり、未来を志向する階級に密着して進行する以外に道はない。今日の段階を積極的に明日へ、非現実的な影をもっている環境を明日の現実に発展さすためには、もはやこうした無批判的態度の産物であるいわゆる純粋詩と呼ばれる作品など無益であるのみか、根本的な抹殺が必要である。こういう手合が自称知識人の実体であるのだ。

さらに「我々が現代に生きるということと殆んど無関係に詩や小説が存在している。生きることと無関係だというのは、必ずしも生活と無関係であるという意味ではない。単に生を享受することと、生きるという自動性とをはっきりと区別しなければならぬという意味である。」というこの論理のすすめ方は、第一に彼等の規定する「生活」の内容が「生きるという自動性」とは全く別箇の単に生を享受するものでしかないということ、第二に戦争中の暗闇をくぐりぬけてきた少数の蕾が現実に民衆の基盤から徐々にであるが擡頭してきた戦後の文学作品をも「生きることと無関係な存在」として、排他的に見逃しているということ、第三に彼等の口にする「生きるという自動性」とは前のふたつの観点から全く観念の捏造物である非個性的な亡霊にすぎぬということ、この三つの誤謬を同時に犯している。こうした独善的な放言によって、彼等が現実の社会に対決してでもいるような錯覚を起さぬために言っておくが、それもこれも知識人という彼等の虚栄の衣裳、生活と無関係な虚栄の文学への盲信にはじまっているのだ。他人事ではない、戦後の社会の衰弱をぬって彷徨しているのは、君たちの亡霊ではないか。

人間性が社会的不平等の克服や環境や生活条件の変化によって、新しく開発されてゆくということと、その裏づけとして思想の責任が問われねばならぬということは理論的に正しい。この実践的な問題を推進し、豊富に肉づけてゆく思想はいわゆる知識から観念化された架空の世界のものでは断じてない。現実に足場を持たぬ彼等が、この知識人の観念から割りだした「批評的精神」の幻影を、ここでやむなく持出しているが、「我々がもし文学を、我々の社会について考えるように考えることが出来たら」という彼等にとって絶望的な仮定は、既に二十数年前のプロレタリア文学運動から今日にいたる歴史の中で、生き生きと実践されてきているのである。たとえ嘗てのプロレタリア文学運動の足跡から、政治的偏向による多くの矛盾と混迷を指摘し得るとしても、この国の文学史の何処であのような人間性のはげしさが展開されたであろうか。批評とは近代的人間性の自己確立への道程にあるべき抵抗の問題である。

今日の知性が一応つきあたらねばならぬ絶望、転形期のさまざまな苦悩を自らのものとしてより高次の発展にいたる個個のたたかいが継続されねばならない。それが知識人という特殊地帯に切り離されてあるはずはなく、つねに現実の民衆を一歩前進しつつたたかわれることによってのみ、革命を内側から肉づけてゆくことが可能である。もとより観念的な文学そのものが人間の究極目的であろうわけはない。しかし、「文学は人生の間接目的に過ぎぬといったところで恰度よいのである」という場合、彼等の位置と文学との間隙、あるべき現実と抽象された幻影とのずれが人生そのものの把握を逃避的にそらしている。彼等にとっての文学とは、人生の間接目的どころではなく、単に独善的虚栄をみたす自慰にすぎぬことが次のように詠嘆されているではないか。「誰もかれもが文学的なお喋べりをやめてしまった時でなければ、我々の精神に深く滲透する詩や小説が現れることはないだろう」文学的なお喋べりがこの言葉からこそきこえてくる。矛盾や懐疑を彼等は忌避する。すでに彼等の思想は四囲への蔑視、自己保存の本能からくる排他性によって、流動する現実からの超越的存在として後退している。傍観を客観と錯覚している彼等は、「対象と自己との間に隙間をつくらないといった方法による自己主張の様式には、個性をさらに個性的に限定する」というが、個性の個性的限定とは何の意味か分らない。この言葉から、対象と自己の距離にリリシズムやロマンチシズムの感傷を移入せずにはいられない彼等の資質の非近代性を指摘することが出来る。「対象と自己との間の隙間」を客観の方法と規定しているつもりかも知れないが、客観とはそんなぼやけた日和見主義ではなく、個の歴史的社会的な認識から出発する批評的な方法である。「批評とは先ず学ぶ精神であり、同時に自他に対する教育的精神でなければならぬ。……我々は自己の方法の中にとじこもっている優れた独断家であるよりは、むしろこの時代の現実に躓ずきつつも根気のよい歩行者でなければならぬ」ここには一応彼等の謙虚な自己批判のすがたがあり、必然的な抵抗に直面した世代の自覚の芽生がある。しかし、肉体を喪失したところに批評の発展はない。「学ぶ精神」も「自他に対する教育的精神」（苦笑を禁じ得ない言葉だ）も自我の追求と表裏の関係に置かれる時にのみ、彼等自身を豊富になし得るであろう。そして「根気のよさ」を、雑多な転形期の矛盾を現実的に克服しつつ進展さすべき革命を内部から支えることに役立たせねばならない。

今日のわれわれに肝要なことは、過去の文学的遺産に対する旺盛な再批判を展開しつつ、近代詩の確立にかかわるあらゆる問題を現実的に批判し、追求して実践的な解明の方向を辿る積極的な志向にあるといえよう。そして、社会革命の進行に密着する強靱な批評精神の裏づけをもつ新しい文学活動の発展によって、すべての腐敗面に蔓延しつつある欺瞞者の文学思想の入りこむ余地は現実的に喪失されるであろう。

われわれは前方を直視せねばならない。

三好達治論

第一回

詩人みずからの内部に、いやすべての人間の内奥に目ざめずにはいない何らかの抵抗が、彼らを詩に駈りたてたに相違ない。彼ら自身のうちに芽生えた矛盾に間近く対決するとき、もはや暗黙のうちにそれを抑圧することは彼らにとって困難にもました苦痛なのだ。しかし彼らの中の少数者は、直ちに安息の場をもとめようとはしない。彼らには嘔吐が必要なのだ。自己を痩せ枯らすための長い、ある場合には永久的な嘔吐をつづけなければならない。一時的な鎮痛や麻酔がなんで必要だと言えるだろう。彼らの内奥からの遅々たる抵抗と、それに通じるすべての人間の遅々たる抵抗が、彼ら自身の社会を推し進める歴史の調帯ではないのか。歴史と呼び、伝統と呼ばれるながい影を、われわれの誰しもが負っている。それと同時に、われわれは因襲的な環境に対する幾何かの抵抗は常に身につけずにはいられない。どっと焦燥が背に襲ってくる。虚無、絶望、自虐反抗など、あるいはそれらすべての感情の葛藤が抵抗の姿勢をとる。半ば本能的なそのわれわれの内部のたたかいが、ある限界を意識したとき、われわれの凝視は流動する歴史にそそがれ、それが歴史、社会への抵抗に発展する。われわれの足場は、個人から歴史へ移動し、自虐から反抗へ進展する。しかし自己確認の限界が、あくまで歴史、社会を孤絶した個の内側で行われるか、それをはみ出ようとするたたかいを経て社会的な展望を持つか、根本的にはこれらふたつのたたかいの経路があるに過ぎない。いつから、ふたつの道は截然と分たれたのであろう。しかし事実は決定的なのだ。挑戦と逃避、反逆と諦感のずれが両者を根底から引きはなしている。――もはや嘔吐すら無い世界、出来合いの寝台が置かれる黄昏の病室。夜の底に沈むたったひとつ孤立した部屋に移された、孤独な患者と人形と造花、音もなく、塵もないこの空間で老いてゆく幸福な詩人を、われわれは幾度か目撃した。そして、ともすればわれわれ自身の中に折々散見されがちなその症状について慄然とする。

測量船

三好達治の第一詩集「測量船」は昭和五年に刊行された。

あの息苦しい黄昏の季節に、彼の孤独な魂の抵抗が、どのようなかたちをとって創造の営為にむすびついていったか。しかし、彼の文学的志向は歴史、社会への抵抗を動機として持ってはいない。彼自身その反逆すらも直接の動機ではない。――（彼は永久的なペシミストでロマンチストではない）そこに「詩的精神」と言うほどの影はあっても、「詩精神」の模索は無い。彼は架空の世界と、そこに置き去られた架空の精神との緊密な環境、そのゆるがぬ静謐からくる架空の孤独感の遊戯に耽溺し得た、幸福な、そして痴呆的な手芸師の一人であった。しかも言葉という道具と、形式と言う仕事場を与えられたために、密閉された室内で註文どおりの仕事を忠実に果す筋書どおりの役者、生きのこりの名優の一人になったことは事実である。しかし簡単に、そんな狂言はわれわれにとって無用であった、とは言えない。フォルムのみに憂身をやつすことも、そうざらには出来ない業だ。形式と内容は相互に規定し合うというような機械的、架空的な原則論はもうごめんだが、逆に言えば形式とは内容そのものでもあり、創造の営為の具象物なのだから、彼が詩の形式に関して何らかの推進的役割を果したと仮定すれば、それが彼の詩人としての幾何かの内容を実証するものだ。

二三の箇所で彼は積極的に「詩的精神」について語っている。「私が一番最初に詩歌の類に関心を覚えたのは言葉がある制約——フォルムの中でうまく終結し完結しているということへの興味からであった。……『言葉がウマク運んでいる』ということへの興味なのである。内容などは全く問題でなかったといっても宜しい」（ある魂の径路）この言葉に対する論議の余地は無いが、彼の詩の出発は短歌俳句的限界への抵抗によるものでないと言うこと、短歌、俳句自体の持つ、すべての因襲的感情への反撥が全く見られぬことが指摘されねばならない。屢々使用される「詩歌の類」と言う雑白な規定は、彼の言う「言葉の制約」が時代的懸隔を超えて、短歌、俳句を質的に現代詩と同一圏内に包容せんとする矛盾を露呈した論理であり、言いかえればそれらの間に実質的な何らの差異も抵抗も彼自身は抱いていない。彼は単に「言葉の魔術、錬金術、奇蹟、意想外な組合せ」による「詩歌の魅力の創造」を、詩のフォルムに幻想的な世界を意欲したに過ぎない。そしてその欲求自体が、歴史的な人間感動の変革につながるべきものであることを自覚し得なかった。短歌、俳句の歴史的否定の上に意識出来なかった彼が、前時代的な「人生の皆無と詩歌の十全」とを、詩形式のすべてに求めたことは当然である。彼の詩にあっては、内容と形式が全く痴呆的な調和のうちに支えられた。もはや必然的に彼は歴史の外側に幻影的宇宙を設定せねばならず、すべての現実逃避は当初から矛盾なくおこなわれた。こうした状態のうちに「測量船」の詩篇は書上げられたものである。

結果的に見て「測量船」は、彼の精神の遍歴を一応の終焉までたどらせる意味を持つ詩集である。わずかな彼の抵抗は、殆んどこの詩集の作品のみに尽くされ、二年後の「南窗集」の作品との間には彼にとっての決定的な敗北の深淵がよこたわっている。その「測量船」は、彼が肯定的な敗北感をついに身につけるまでのいく度かの動揺が、作品の上にあきらかな影を曳いている。「春の岬」「乳母車」「甃のうへ」「少年」等の作品は、架空的な哀の世界に支えられた平板さで、「母」や「おみなご」や「美しい少年」が作者自身の幻覚愛好癖の産物として捏造されている。これらの直後に書かれた「湖水」「村」などによって代表される、やや暗鬱な作品の系列は、彼の夢想的な思考が「世外の感興的」な俳句的詠嘆に変貌しつつある時期の所産である。その変化は、所詮彼の生活現実がもたらしたものではなく、彼の資質である仏教的諦念の没批判性が作品を拘束し初めた証左であろう。

背中を見せて、小女は藪を眺めてゐた。羽織の肩に、黒いリボンをとめて。
藍を含むだ淡墨いろの毛なみの、大腿骨のあたりの傷が、椿の花よりも紅い。

——村——

これらの表現は前作に比べて明かに変貌の過程を表出している。しかし物憂げな少女の肩に「黒いリボンをとめ」ることによってことさらに意味を持たそうとする意識的な構成、打ち殺された鹿の弾痕を「椿の花よりも紅い」という詠嘆の表現で処理する作者の眼は、偶然的な叙景からくる淡い哀感を、自身のうちで感傷化するのにとどまり、いずれも傍観的な叙景的手法で作品の終結を図り、ひとつの転機と思われるこの頃からの写生的手法は、いきおい彼に散文詩を多く書かせている。これらの作品と同一系列にある「落葉」「峠」等の詩篇夢想的な希求を自己の外に求める焦燥感を漂せて、ことさらな明るさに自己の姿勢を向けているが、実作は哀感と暗鬱の動揺になだれていっている。

そして日は暮れ易い。もう私の散歩があまりに遠くはないだらうか？

——落葉——

もうすぐに海が見えるであらう。それだのに私の心の、何と秋に痛み易いことか！

——峠——

ここに沈んでいる彼の悔恨と、それに凭れきった逃避の表情が、「池に向へる朝餉」「冬の日」の文語調に見られる諦念的な悲哀感情への馴れと共に、それ自身架空的ながらの行き詰りに彼を当面させている。果して、その孤独感、悲哀感へのやや積極的な抵抗が、自虐的な傾向を伴って「鴉」と言う作品に滲み出ている。ひきちぎられた彼の寂寥、恐怖、冒険への姿勢も、肉体を持たぬ作品ゆえにそらされ、たたかいへの歓喜に辿りついた積極性も、結果的には

風が吹いてゐた。その風に秋が木葉をまくやうに私は言葉を撒いてゐた。冷めたいものがしきりに頬を流れてゐた。

というような彼の資質からくるぬきさしならぬ悲哀感情で易々と処理されている。形式への興味のみにつながる彼の痴呆的偏向が、無意識のうちに内容に対する公式的な限界を規定していることをわれわれはここで発見する。すべての生活感情の多様性が、彼のフォルムをとおしては、一様に憂愁にみたされた感傷の世界に矛盾なく終結させられている、そのことへの抵抗がつねに見られぬこと、それが彼の詩形式を一見全く破綻の無いものとして見せるが、この内容と形式とのおそるべき不具性は、今日に於ける短歌、俳句的定型と類を同じくする、抒情詩の白痴的定型の形となって表れている。

次の段階にある「庭」と言う三つの散文詩は、いずれも小動物の死をとうして、虚無と詠嘆を象

徴的手法で匂わせることに意を用いている。そしてそれらのどれもが、虚無感それ自体の模索や追求の態度には背をむけている。天衆のとも言うべき哀感が、彼の周囲にあつらえむきの風景を仕立てあげて、彼は老いた渉猟者のように、予定されたコオスを慎重な足どりで歩行している。

私は土まみれの髑髏を掘り出したのである。私は池へ行ってそれを洗つた。私の不注意からできた顳顬《こめかみ》の上の疵を、さつきの鶴嘴の手応へを私は後悔してゐた。部屋に帰つて、私はそれをベッドの下に置いた。

——庭——

彼は、わずかに悔恨の重さを抱えて帰る。そしてついにはそれすらも「不思議に優雅な城のやうに」歎賞されてしまう。彼のフォルムはいよいよ痴呆的なスタイルの完成度に向っている。そして彼自身はさらに一歩を踏出そうともしない。

「鳥語」は絶望的な精神の径路を内容とした、やゝ長い散文詩で、鸚鵡を主題とした寓話風のモチーフが、幻覚的な暗鬱感のなかで、彼を嗜虐的にとらえている。そして、その漠然とした憂鬱を、ついには彼自身の宿命的な肯定感にすり変えている点で、あらたに彼が遁世、回避の仏教的諦感を身近くひきよせた作品だと言える。そしてここに見られる非近代的内容が、近代的産物である詩形式へのおどろくべき彼の執着にひきつけられて、それ自体、ある均整を保っていると言う変態的特徴は、やはり一概に看過出来ない彼の秘密をものがたっている。この時期の作品が、彼にあってもっとも陰影に富んだ詩篇であったことも、暗黙のうちに内容と形式との反撥がぎりぎりの頂点につきあげて、徐々に瓦解する直前の、不思議に研ぎすまされたスタイルの完成があったことによるのであろう。

「私の追求した興趣は一種『世外の感興』とでもいうべきもの、現実世界に均衡するところの――常に架空の何ものかであった。」（ある魂の径路）彼は「現実世界との均衡」を、現実世界からの逃避として、あるいは現実世界を当初から回避して、自己の足場を世外に求めた詩人であり、別に言う「生活そのものの表通りに対比した裏通りというほどのもの」として、彼の作品は受けとれない。生活そのものとは異質的な、架空の世界に浮上った彼の姿態は、この時期からふたつの面、すなわち彼自身のフォルムの破綻を社会との密着に於て求めるか、これと対決に立って近代の抹殺に趨るかに分岐せざるを得なくなった。――しかし、不幸にも彼はその頃病床にあった。彼はやや哀願的な表情で「草の上」「僕は」等の作品の中で、安息と逃避をもとめている。

友よ、この笛を吹くな、この笛はもうならない。僕は、僕はもう疲れてしまつた、僕はもう、僕の歌を歌つてしまつた、この笛を吹くな、この笛はもうならない、――昨日の歌はどこへ行つたか？　追憶は帰つてこない！　春が来た、友よ、君らの歌を歌つて呉れ、君らの歌の、やさしい歌の悲哀で、僕の悲哀を慰めて呉れ。

――僕は――

彼の転落の端緒を、失意と衰弱による逃避感情の肯定が決定した。彼自身の中のすべてのかなしみ、くるしみが放棄された。「私にはもはや、非現実のものを、私の空想ででっち上げる苦労はなかった」。彼はもはや「現実的なものを丹念に要領よく写生すればいい」ことになったが、現実的な対象に彼は不安と傲慢とを持って対立した。現実に直面したとき、覆うべくもない孤独感への焦燥を、彼はたちまち傲慢に塗りつぶそうとした。その混乱が「燕」「鹿」等の詩篇のモチーフになっている。

私たちは毎日こんなに楽しく暮してゐるのに、私たちの過ちからでなく起つてくることが、何でそんなに悲しいものか。今までも自然がさうすることは、さうなつてみれば、いつも予め怖れた心配とは随分様子の違つたものだつた。ああ、たとへ海の上でひとりぼつちになるにしても……。

——燕——

彼の寂寥は初めて現実的なものとして彼自身を襲ったが、そこには後退しながらの回避的な打消があるばかりで、寂寥そのものへの凝視や対決は見られない。彼の孤独はここでも没批判的に安定感をひきよせている。そしてこの転換期の抵抗からいちはやく逃れるために、「昼」「MEMOIRE」「Enfance finie」「アヴェ・マリア」等の作品は、いずれも別離、旅情、郷愁などの哀愁によって、遥かな世界へ彼は出発しようとしている。彼は「豊潤感、屈託のない、明るさ」を未知の世界にもとめた。自己の過去を紋章のように負いながら、すべてにわずらわされぬ静謐を彼は欲していた。北川冬彦にあてた作品「菊」には彼の自慰がうたわれている。

私の悩みには理由がない。——それを私は知つてゐる。
花ばかりがこの世で私に美しい。

「十一月の視野に於て」「私と雪と」の二篇には、彼自身の過去、すべての因襲的感情、忘印すべきそれらに又復讐される果てでの自己否定と、そこからあらたな自己の出発がなお因襲をいささかも拭い切れぬかたちで横たわり、彼は宿命的なものとして敗北感を肯定している。——しかし、安逸な午睡の果てに、彼は「それだけが何かの表徴《しるし》である一つの閃光」をうけとった。——そして思はず彼は、彼の思索の無力を知って、ただ奇蹟の再び操返される周期にまで思慕をよせた。——彼は焦燥し、絶望的にもはや自己と密着することのない現実との対立を意識するほかは無かった。「獅子」は、彼の最後の抵抗をなすりつけた作品であったかも知れない。そして、この詩集の最後の作品「パン」は、皮肉にも彼の精神の衰弱と終末を、つぎのようにうたっている。

追憶は帰つてくるか、雲と雲との間から
恐らくは万事休矣、こうして歌も種切れだ

なお、故意に批判を向けなかった集中の詩篇に、「雪」「春」の二篇に、「秋夜弄筆」「落葉やんで」の二篇がある。「雪」は静謐の幻覚的な表徴としての雪と、それへの沈潜を、「春」は人生的な寂寥と失意を、それぞれ彼の結論的な意味でのフォルムによって提示している。強いて言えばこれが彼のわずかな積極面であり、後者の俳句によって構成された無抵抗な半面に対比さるべきものであろう。そして、彼の形式が彼の精神の衰弱と併行して、「南窗集」以後の転落を辿った過程を考えるとき、「測量船」のもつ意味が奈辺にあるかやや明確に意識することができる。

三好達治は日本の黄昏のなかで、つねに悲哀感を唯一のよりどころとして、その動揺と推移にまつわる、ある種の人間のすべての生活感情を、多くの作品として提出した。「架空の哀感」から「世外の感興」へ、その現実遊離の方向にやがて追いつめられた「孤独感からの暗鬱」それからの逃避としての「夢想的な希求」「失意感」「自嘲」をとうして、結果的には、「敗北感を宿命的に肯定した」彼の現実離反からの「自慰」こうした精神の彷徨が、まれに見る破綻のない（――実は破綻そのものである）詩形式の推移の中に、多くの矛盾と抵抗をはらみながら表出されている。そして、彼の場合にあっては、内容と形式の反撥、屢々おこなわれる状態に当面しながらも、ついに形式が内容を規定しているという事実、すべての処理と結論が、哀感的な詩形式による痴呆的な調和のうちにまやかされているという事実は、彼にとって、もはや致命的であった。形式がすべてであった詩人、短歌、俳句の実践的否定の問題、ひいては近代詩のもっとも重要なモメントを、歴史的に意識し得なかった詩人としての三好達治は、所詮、前時代的な錯誤のなかの痴呆的な存在でしかない。彼の背後に歴史を、彼の周囲に社会を発見できなかったわれわれは、さらに三好達治という存在がどういう意味あいに於てであっても、とにかくこの国の代表的な詩人のひとりとして通用しているという「近代詩の歪み」を、そのまま歴史的、社会的な歪みとして嘆かずにはいられない。

彼はこの間の矛盾を裏書するものとして、このように言っている。「詩歌の正体なるものは、時代によって、世紀によって、そうそう変化するものではない。変化するのは、ただ詩人の意識だけだ。詩興を如何に導くか、如何に生かすか、如何に形づけるか、（つまりは、如何なる意味をそれに与えるか）そこに働く詩人の意図、――意識だけが、教養と環境と新たな意志とその他等々の条件から、時を追って変化する。」（現代詩は難しいか）しかし事実はどうであろう、詩精神の本質もまた、歴史、社会の発展に密着し、むしろ反逆と抵抗によって歴史自体を推し進めるために、絶えず未来への変革を志向するものであり、詩人の意識、意図と呼ばれるものは、その反逆であり、抵抗でなければならない。短歌、俳句の温存が、その歴史的錯誤の上に許容されているかぎり、三好達治の詩の革命はあり得ないであろうし、この没批判性のあらわれを右の文章に見ることができる。

彼の転落はつねに矛盾なくおこなわれている。もっとも悪質な戦争責任にたいする反省は微塵もなく、居直った傲慢さで敗戦後の雑誌に天皇制排撃を発表したのも彼であった。悲哀主義者としての詩人三好達治と、傲慢不遜な戦争責任否定者としての彼との間によこたわる関連から、われわれ人間性の問題、近代的精神の問題、そして三好達治によって代表される多くの作品と詩人の、積極的な否定の問題が実践的におこなわれねばならない。

（未完）

第二回

我々は自己の周辺にみなぎる悲哀主義が、実は愚かしい楽天主義にほかならぬことを屡々目撃することがあるだろう。はて知れぬ日本のたそがれの傍で、孤立した個人的自我の幻覚を軸とする、いわゆる遊心の場に身をゆだねた詩作者たちの自ら口にした孤独や哀感や苦悩の内実は、いずれも文学の真としての全人間的な営為とは異質のものであったことを我々は否定することができない。その時期における詩人としての三好達治を、彼の第一詩集「測量船」について論究するとき、彼の詩形式に対する志向が、その調和の世界の美を発見し希求しているという事実から、形式と内実とが相互に作用しあう混沌を作品として統一する方法が、一方的な形式的技法の点だけで解決されていることを知らなければならない。即ち、結論的に三好の場合はつねに内容が形式によって規制されているということ、言いかえると思想が方法によって圧殺されているということが指摘し得る。そして、この思想と方法との二元的解決は、思想そのものが方法を持つ、或は方法そのものが思想であると言うきわめて常識的な大前提の前に於てすら、全く否定さるべき不具的な意味を持たざるを得ない。時代的特殊性の圏外に自我をみとめた彼が、その時代および来るべきその後の時代環境のなかで、如何に身を処したか、生きざるを得なかったかを剔抉することが此の小論の目的である。

それが三好達治個人をはなれて、その批判の意味をひろく抒情の問題に浸潤せしめることができるなら、それはこの小論のより大きな目的でなければならない。

霾　南窗集　閒花集　山果集

「霾」は十篇の作品からなる。諧謔をモチーフにしたその名の詩のほかは、いずれも自然環境からさえも後退した傍観の視覚から、異邦人的哀愁をいつわりのまま肯定し、ほとんど作品内部の実在を喪失した形骸にすぎない。とも角、嘗て「測量船」でうたわれた孤独が、観念的な孤立感以外のものではないにしろ、幾何かはある積極的な意味の投影を持った事実に反して、この時期の同じ「鴉」という作品はつぎのような独白を彼に吐かせている。

けれども、時既に去つた。つと、この訪問者は、肩胛骨のあたりに音をたてて、羽風を残して去つてしまつた。残された私は、虚ろになつた心にひとり呟いた、「エトランジエ！」

その彼が、「自画像」という作品に於て、無料宿泊所と一銭蒸汽の息絶えようとするひとりの詩人に自己をなぞらえていることは何を意味するか。自己にかかわる一切のものを、ただひとりでうたうことさえできなくなった詩人の衰えが、この三つの首題に共通な哀感と孤独にむすびつき、それらの持つ現実性、その凝視はそらされている。ここに詩の韻律の秘密がある。そして中世的抒情とはこうした詩人の精神状態の中に温存を欲するものだ。三好達治はこの時期から、その内実に韻律を必要としなければならぬ類の詩歌人に脱落したのである。

「乞ふ　僕　憐れむ勿れ」これだ、三好が周囲から憐れまれねばならぬほどに、自己を貧因にせしめたというのは何故のことであろうか。わずかに「大阿蘇」の持つ骨格は、彼の諦感のあたらしい一つの角度を構成している。この詩はあくまで諦感に支えながらも対象にそそがれる誠実な瞳を持っている。だがその誠実を誠実として行動に到らせる精神の基盤を、彼は当初から持たぬ詩人であった。彼の悲劇がそうした人間内奥の資質の問題につきつめられねばならぬことを、彼自身は思い及ばなかったに相違ないのだ。

別段何を考へてゐた訳でもない。こんな闇の中でひとり心を動かして感興を覚える、人生のさういふ季節を私は既に遠い日にうしなつてゐる。

——静夜——

彼が遠い日にうしなったと言う「人生のそういう季節」諦念と感傷の境涯は、しかしいまはじめて彼を拘束しはじめているのである。この錯覚が彼の落差をいちじるしく拡大したことは否定できない、「行雲流水　い往きとどまるものはなし」というような一行が、事実彼の作品にそのままとりいれられるとき、形式への執着すらも、この時期に及んで執着そのものの内質的な変化が兆しつつあったことを想像するのは困難でない。

三好達治の作品に見る思想的推移を知るために、度々引用をかさねねばならない「ある魂の径路」という文章中「それから私は、百日余りも病院のベッドの上に横はっていた」と書かれている期間は、おそらく次の「南窗集」へ移ろうとする時期ではないかと想像される。その前の時期に、彼は専ら散文詩を書いたと言い「そうして私自身は、思想の真暗などん底にいた」と書いている。しかし、幻覚美の夢想家にすぎなかった彼が、やがてその「夢に復讐され」現実写生の意欲を持ち、散文形式を自らの詩に持ち込まねばならなかったその時代、はたして彼は「思想の真暗などん底」にいたであろうか。むしろ、このわずかな時間にこそ思想と呼び得る何ものかの実質を、持つことができたのではなかったか。この集にはその成果がたった一つの作品、前に書いた「大阿蘇」ににじみでているのである。

しかし重大なことは、たった「百日余りの病院生活」が三好達治を中世にひき戻してしまったということ、言いかえれば、彼の反逆の質が到底歴史的な意味を持ち得なかったことだ。「南窗集」以後の詩が決定的な中世的抒情の性格をあたえられたことの意味は、彼の自我が歴史的な展望をいささかもその根に持たなかったという、そこにかかっているのである。暫く「ある魂の径路」をたどろう。

別段私の詩歌が、そのために、どのように変化を蒙った訳ではなかった。ただ、私は、私の心の窓を、四方にむかって、無邪気な女中が掃除にかかる時のように、その時分、風の中におし展くことにしたのである。知慧というものは、不意にそんな風にやってくる。そうして私は明るくなった。

私にはもはや、非現実のものを、私の空想ででっち上げる苦労はなかった。

私はただ私の眼前の自然の中から、それだけが何かの表象《しるし》である一つの閃光をうけとった。私はそれを、最も短い言葉で書きとめたのである。

「南窗集」はそうした自然諷咏の作品で埋めつくされている。そのすべての作品が四行で律しられているのは、あきらかに彼が韻律の故郷を慕う定型のあらわれであると見ていい。「馬」「土」「路傍」等の歌、俳的抒情の世界が、多くの「替え歌」によって試みられているのだ。その「馬」が俳句の、「路傍」が短歌の音数律をそのまま使用していることも意味があるし、「土」が詩の形式を持ちながら、しかし、彼の技術の或る程度の適確性を保ちながら、自然諷咏の世界では前二者の立体的構成に遥かに及ばないことは興味ある問題である。これを詩における抒情の敗北とは言えまいか。描写をこととしたこれらの四行詩のなかでは、その技法的正確さを視覚的に示したものに「鴉」「牛」「土」「街道」があり、官能的に示したものに「鶺鴒」「牝鶏」がある。表現の洗錬が、これらの詩に於ても適確な技巧を駆使していることは否定し得ぬが、それは歌、俳技巧の形式的変態であるに過ぎず、その根底に横たわる中世的抒情の質的転換ではない。ただここには新な足型が歌、俳のそれと同一平面上に併列されているばかりである。その意味に於て、中世的抒情へのひとつの屈服のかたちとしてそれは指摘されねばならない。

三高在学当時からの友、梶井基次郎と彼は多少の影響を相互に与えたと思われるが、梶井の死にたむけられた「友を喪ふ」四篇は、いずれも淡い追慕の念をうたった詩に過ぎない。悲痛も、悲痛の抑制もそこにはない。

「南窗集」に二年遅れて、昭和九年四季社から「閒花集」が上梓された。「閒花集」の作品は依然として四行詩の形式を固執しているが、そこには一層いろ濃く諦念がにじみでている。「鶯」「昼の月」「藤浪」「空山」「頬白」等の作品は、その傾向のいちじるしいものである。これらの詩は彼の言うごとく明るいるものではなく、むしろ思想の喪失に由来する陰影の乏しさからくる希薄性であって、その中から「智慧」や「表象」と呼ばるべきものを感じとることは到底不可能である。単なる「描写」と「写生」との質の相違を彼は混同し、それを「静物を写生する」「ことの真実を記す」こととして、「そういう努力が十数年もつづいた後で、その後私は、一つの精神のある場所、その雰囲気を、あたかも事のついでのように、詩語の影と日向とに不用意にふり撒きながら、そういうやり方で、その日その日の散歩のような、さりげない、しかし着なれた着物のように身にあった、そういう詩歌を試みたいと願っている」と書いた彼は、予測どうり果して日本敗戦後の物心両面からする昏迷の中で、回顧的咏嘆という「一つの精神のある場所」から詩の形骸を無数にふり撒いているのだ。

「測量船」から「南窗集」へ。わずかに三年の歳月がもたらした自己内部の変転を、「人の好尚はどうしてこうも移り変るのであろう。それは私自身にも、いっこう不案内な仕掛けになった船のように、未知の海原を航してゆく。私はその甲板上に佇んだ一人の乗手に外ならない。——願くば、新らしい音楽の離れ小島よ、私のために発見の名誉を残しておいてくれ給え。」と感じた彼の危惧は、この発言以来まったく無用になり終った。回顧的抒情詩人としてえらばれた径路が、ほとんど彼を逸脱せしめなかったほどに、三好は自己革命を拒否したのだ。

さらにこの集で指摘されねばならない特徴的な点は、鶯、カナリヤ、雲雀、鶉、百舌、雀、家鴨、鶺鴒、燕、啄木鳥、鷺、鶸、雉、頬白等の鳥族の類が目立って対象にえらばれていることである。それらは彼自身の悲哀や自然の諷詠的点景をうたうために利用され、別に蜜蜂、蠅、虻、蝶等および猫、犬等の小動物を対象とした作品を加えれば、全作品四八篇中三九篇の圧倒的多数を数えることとなる、これを単的に花鳥風月的詩歌観の投影として断定することは容易であり、且つ正しくもある。しかし花とよび、鳥とよばれるものの内質を深く剔抉することが、ここでは必要とされなければならないのではあるまいか。

「痴人饒舌」という文章の中で、彼は幼年時代から水禽が遊弋している風景を愛し、「何か私の願わしいものの願わしいありよう」をいくらかは自分のものにする、つまり「半ばは意欲的なその意欲的な分量だけまた哀切な気持」を抱いたのを「私ひとりの秘密のようなものだ」とうすうす感づいていたと言い、さらに「阿呆の鳥好き」という言葉から、日本の風流の四つの象徴「花鳥風月のうち、最も人の心に複雑な訴え方で訴え来るものは、囀鳴と賦菜とを兼ね具えてしかも木の間をかいくぐり雲表に遊ぶところのかの羽族でなくてはならないように思われる。さてそうなら、かの鳥好きの心は、またやがてもののあわれを知る心に最も距離の近い――と言うよりも寧ろ両者は一つのものと言ってもいいほどの相似通った心情ではあるまいかしら。」と書いて、悲哀をもとめる悲哀感の内質を露呈し、中世回帰の抒情詩の径路に疑問なく立ちはだかっている。近代から脱落――彼はもはや一個の革命意識なき俳句作者と何ら撰ぶところはなくなったのである。そこでは、芭蕉の数句を引例して、そこにうたわれている羽族は遠方からすれば、渺たる点景に過ぎぬが、それなしにはその遠景の詩的焦点、即ちもののあわれを欠くと言い「それらの羽族は一個象徴的の、謂わば存在と非存在との境目のものとして、あればこそそういう遠景の渺たる点景物にまで押しやられて謳われているということ」を指摘している。彼の言う「痴呆性のポエジイ」とは大体以上のことを指し、それを俳句以後の近代的所産としている。

しかし、俳句そのものを近代の産物としている処に彼の根本的な歴史認識の誤謬が横わっており、彼が俳句的象徴の境地を詩形式のうちに十全に生かし得たと仮定しても、それは前近代的な幻影としての意味を持つに過ぎない。「阿呆の鳥好き」三好達治が「閒花集」の大部分に「痴呆性のポエジイ」を移入したということは、彼自らの作品を近代詩から区分けした結果をもたらしたのである。「象徴」とは言え、象徴し象徴さるべき内質の時代的変遷の必然が計算されず、「もののあはれ」が中世抒情として固定せざるを得ない問題と同一視することから当然生じた精神の亀裂であり、客観的には近代詩人としての三好達治の自己否定であった。

それならば俳句的詠嘆の世界への傾斜を自らみとめ愛好した彼の精神の遍歴を我々はどのように辿ったらいいであろうか。「夜沈々」「風蕭々」「諷詠十二月」「屋上の鶏」等の随筆中、彼は屢々短歌、俳句への思慕を書きつづっている。そして詩人としての彼は「詩歌一般」という「もののあわれ」の限界に自己を自ら拘束しているのだ。この国の文学の縦糸としての短歌、俳句、詩が、それぞれの時代的背景をなす古代、中世、近代の超歴史的混同の裡に各々の特殊性を全く喪失して理解され、いずれも「調和的審美感覚」という彼の性来の幻覚愛好癖を基底としていることは幾度か指摘した如くである。彼は、「詩歌の思出」のなかで、自分は小学校卒業前に樗牛、独歩、漱石を知り、浪六ものを愛好しつづいて俳句、川柳を作り、ホトトギスを愛読した。高等学校時代は牧水の短歌をものし、詩人としては最初犀星を好み、古今、新古今を経て詩作に入ってからは朔太郎に傾倒、彼の「月に吠える」「青猫」や犀星の「ふるさと」等を愛読したと語っている。短歌の本質を、三十一文字の形式であると観じ、直接的な主観の流露によってその形式を最も効果的に駆使することであるとしている見解は、ある意味で正当な把握と云えるが、利玄、憲吉のリアリズムを否定して、吉井勇のリリシズムをその本道とする論理は彼が、短歌を短歌として架空の超歴史的存在化する錯誤を犯している。彼の形式主義的偏向がこの短歌観から根ざしていることを我々は知る。

彼はまた俳句の抒情性について「思想と態度とをもって歌うところの」「従来の伝統の外に新ら

しく樹立した」ところのものであると規定した。その規定の仕方は正しいと言えるが、彼は殊更に蕪村の抒情を好み「春眠不覚暁底の趣」を粋なるものとしたことから、我々はここでも彼の資質である審美趣味が正当に俳句の精随を自己のものとし得なかった点を知ることが出来る。

しかし朔太郎によってうたいあげられた近代の複雑な心理風景、形式への反逆、個性の拡充、頽廃の剔抉等の展開は、はたして彼になにものを与えたであろうか。三好は「実感の美学」という言葉で朔太郎の反逆を理解しているが、形式をめぐる破壊と温存の態度が両者の岐路を示唆するものであったことは否定し得ない。

繰返して言えば、三好達治の詩の位置がまったく歴史的発展から逸脱して、歌、俳（句）温存の平面に存在したという錯誤、その錯誤の場に立つ彼の詩が近代詩として何らのレエゾンデエトルを持ち得なかったという悲劇が指摘されねばならない。古今新古今、蕪村、牧水、朔太郎、犀星に至る彼の愛好した封建的抒情の系譜は、もはや時代の谷間に阻まれて達治によって継承されることはなかった。中世的抒情の色腿せた没落の様相を、彼は重苦しく負った最後の詩人であるかも知れない。

「山果集」は「南窗集」以来の一系統列の最後の集である。いずれも四行詩で彼の数年に亘る停滞を反影して、そのスタイルには更に主観と諦観が色濃くただよっている。ただ「雷蝶」「一隅」「目白」「微雨」等の作品を支える描写の的確性について学ぶべき点があるのを看過してはならないが、その内奥に韻律への傾斜を予感している「海辺」「燈下」「回花」「白薔薇」等の作品には全く主観的な詠嘆の影を暗く見るばかりである。一つの例外として「水声」という作品は一切の主観と審美感を排除した素朴、平明の裡に或る象徴を感じとらせる。しかし、その象徴が拡充する方向を持ち得ないのは、作者の眼の孤立、言いかえれば作者の歴史的自覚の喪失によるものであろう。我々はそれを知らねばならない。

日本の文化、思想の全般にわたって最大の影響感化を及ぼした仏教思想、即ち「無常迅速現世厭離」の遁世回避思想が、この国の生活自体の根につよくはびこる封建的因襲と絡みあって彼の詩を支配し初めたのは、ようやく形式がその内質に韻律を求めざるを得なくなった精神的衰弱の断層期からであったと言える。そこに見る三好自身の形式の自殺を、彼は「醇化し精神化した」ひとつの道ゆきとして肯定した。さらに附言するならば、この時期の三好達治は、全く感覚的な一面から詩形式に平明と韻律とを与え、それがいささかも思想的な成熟を持ち得なかったということである。それが生活のあらゆる面で、自己を主張し得なかった時代の人々の安易な逃避の場としてえらばれ、一種の音楽的陶酔が詩の作品の生命として尾を曳いていった。その一つのあらわれとして彼は犀星の詩集「小景異情」や松本はつ子歌集「藤むすめ」を挙げて、その詩境歌境は「ひとしく現代詩歌中の最も主情的に純粋な、また率直簡明な作風」であるとし、それを犀星やはつ子に含まれている「匠気」として次のように言及している。

「匠気とは何であろう。（中略）単一な個人的述懐告白の立場を離れて、何らかの意味で、公共の代弁者となろうとする意欲の存するところに、即ちこしらえごととしての、匠気は兆して来るのであって、そこに於ては、作者一個の世界に属するものと、読者の分としての何ものかの表現とが、不可分離に一体となって化合し融合して、その作為や表出の出発となっているものと見るべきであってそう考える時、匠気は即ち芸術世界の積極的の努力や企図の証左のようなものと見なされ、その方角にこそ文学詩歌の真の本道大乗道の存することも従って肯かれるであろう」と。何という愕くべき錯誤であろう。「公共の代弁者」としての詩人の態度が、全く二元的な「こしらえごと」として主情的世界から処理されようとする事実、それが「芸術の積極的努力」であるとされるとき、一個の抒情詩人の独善を温存するものが「公共」であり、その「公共」を幻覚することが精神の衰弱を合理化する「芸術世界の積極的方途」であるというのであろうか。社会公共の一分子としての素朴な自己認識、それで個々の素朴な人間反逆、無数のそれが集合する宇宙そのものの歴史、その発展がこれらの「こしらえごとの匠気」によって阻まれてきたことを、それを阻む一員として三好は理解することが出来なかった。

「南窗集」以後の系譜を貫いて三好達治は最後の孤独の場さえ喪失せねばならなかった。彼の詩の愛好者の多くが韻律への思慕を棄て得ないように、音楽の故郷である中世にまで詩は歴史を逆行した。ただ封建的抒情の温存と言うその方法によってのみ彼の詩人的生命は保持されたのである。「艸千里」以後の詩集の悉くが、文語形式による韻律を基底とし、その韻律によって「戦争」に結びついていった三好達治の内質的批判がここで展開されなければならぬ。

（未完）

第三回

三好達治の詩業を若し数期に分って思考し論究する必要があるならば、その第一期を処女詩集「測量船」とし、第二期を「南窗集」「閒花集」「山果集」の三集にもとめ、第三期を次の「艸千里」「一点鐘」について論じなければならぬ。

第一期に見られる幻覚美による思想的起伏を経て、詩形式の均整的美感の追求へと移行しつつ、みずから抵抗を回避した第二期の過程を通り、彼は第三期の転形期を如何に形成したか。戦争の様相が漸く生活そのものに生々しい傷痕を強いはじめたこの時期、彼の作品に対する社会的投影が「艸千里」の後期に到ってあるかたちであらわれはじめていることにわれわれは注意しなければならない。

艸千里　一点鐘

詩集「艸千里」は昭和十四年四季社から刊行された。第二期に試みられた四行詩の形式思慕から、この集では多くの二行、若くは三行一聯の作品へと移行している。それらの作品のことごとくは、もはや彼の思想を成熟せしめるための何の試みでもない。云わば遍歴の旅中で読み捨てられたおりおりの咏嘆として、その遊心の場のいたずらなひろがりがあるばかりだ。

私の詩《うた》は
一つの着手であればいい
………………
昨日と今日と明日と
ただその片見であればいい

——枕上口占——

彼の詩が一体何の「着手」になり得るであろう。「ひと日ひと日に失はれる」感慨が、彼を「涯しない流沙のうち（又）」に駆るということから、嘗ては自己を「駆るもの」に対して、所詮は哀感をよりどころとしながらも矛盾と抵抗を感じずにはいなかった彼が、ここではむしろ「読む人よ　憐れと思へ（又）」という倨傲な言葉を負って、無抵抗になだれていくのだ。何処へ。「涯しない流沙のうち」は、絶望や虚無の影すらみとめ得ない喪失の世界である。彼の「着手」は、喪失の世界への架橋作業に対する「着手」でしかなかったのである。

はたして嘗ては彼がもっとも腐心しつつ我がものとした散文詩形式をとる作品でありながら、「蟬」には何らの思想的投影もない。あれほどまでに散文形式を駆使し得た適確な表現も技術も、過ぎさった時間のかたわらで無為に回想の詩情をかき立てゝいるに過ぎない。

蟬！　新らしい季節の扉を押し開く者！
私がさうひそかに彼に呼びかけた時、空は再び灰色雲に閉ざされた。さうして蟬はその日はそのまま鳴かなかつた。

私は鳴きましたよ、私は鳴いてゐますよ、蟬は恐らくさういふつもりで鳴いてゐるのであらう、ほんのそのしるしだけ。

この作品そのまゝに、三好は「鳴いていますよ」という「ほんのしるしだけ」の存在をよわよわしく主張しているばかりだ。そして数百匹の蟻に選ばれている蟬の死骸を見て、その生命の七百倍にも及ぶ己れの過去を、ただあわただしかったこと！　と言うだけの感慨で回想しつくしている、その「あわただしさ」はただ哀感の眼差で見すてられているのだ。意志するものをことごとく喪った精神が、いたずらに衰弱への径路を辿ってゆく道ゆきがこの期の作品の基底をなしている。必然的に彼の作品の唯一の重量であった表現への抑制がうしなわれ、ほとんど無抵抗な諦念のみが「南の海」や「涙」の基底をなしている。
「呼ばふとも　はやわがためには　新らしき風景も老いたるかな……」（南の海）。かかる境地へ彼を追いこんだものは何であろうか。それを宗教的世界観への傾斜を持つ、空虚な精神主義のあらわれとして、次の「紅花一輪」という作品に指摘することが出来る。

「紅花一輪」は一読短歌的格調に支えられた文語詩である。その背景はわずかに宿のうしろ雑木の中にみとめられたやぶ椿の一輪にすぎぬ。

神在《かみいま》す——
わが心既におとろへ　久しくものに倦んじたり
神在すとは　信うすきわれらが身には　何の証しもなけれども
われは信ず
ただにわづかに
われは信ず
かの紅花一輪　わがためにものいふあるを

あるいはこれまでも彼の心象風景の救いはつねに「神」であったかも知れぬ。しかし意識的に「神在す——」という表現を用いたのはこの作品が恐らく最初であろう。彼の哀れがひとつの明確な拠りどころを「神」にもとめざるを得なかった秘密は、単に彼の精神に加うる衰弱にのみよるものではない。彼の抒情は明らかにひとつの意思を持ちはじめたのだ。われわれはこの作品の最後の数行の詩句を読んで、ここに潜められるものが、もはや単なる哀感と言うよりはむしろ倨傲であることを感じとらずにはいられぬであろう。そして、実はひそめられたこの「倨傲」こそ、気づかれざる彼の精神の本質にかかわるものであるのだ。

「赭土山」では、「何といふ目あてもなしに」歩き廻った赭土山の風景を淋しみ、「人生の　感情の噫　何といふ季節であらう」と言う落莫感のなかから、なお彼の青春を形成した「古い一つの思出の方へ」「羽ばたくもの」を「愚かなこと」として否定してるが、そしてふるくは「南窗集」以後の殆んどがその回顧的抒情に支えられているのだが、その切実感は一作毎に喪われて徒にモチーフの固定と観念化が目立ってきている。時間の喪失された架空の椅子が徐々に彼の悲哀感をすら奪いつつあるのだ。


　大阿蘇の外輪山をうたった作品「艸千里濱」は、嘗て「霾」中に攻められてその対象に注がれる誠実な凝視を感じさせた作品「大阿蘇」を同時に想起せしめる。そして一個の詩人の精神の遍歴の、あまりにも急速な転落の様相について驚かざるを得ない。「われ嘗てこの国を旅せしことあり　昧《あけ》爽《がた》のこの山上に　われ嘗て立ちしことあり」という冒頭の詩句が単なる追慕の念から発しられて、その間に横たわるべき歳月をあまりに遠く押し流している、と言うより彼自身がその歳月の呼吸した歴史の実質に背をむけねばならなかった悲劇を、われわれはきびしく客観しなければならない。

「水辺歌故き胡弓の二篇は並びに昭和二年同五年秋の旧作に属す」という。そして第一期の制作にかゝるこの二篇は「作者たまたまおのれが縁の下より見いでし古き瓦をひと時惜しむ」ためにこの集に収められたと言うが、恰好な韻律に支えられた哀感は、むしろ測量船時代の作品として肯き難い点を多く持つ。いや、彼はこの哀感から出でてふたたび此処へ回帰したと断ずるのが至当であるかも知れぬ。ただ測量船の詩人には形式への抵抗が執拗に存在していたのだ。

一種定型による音楽性を意図したかに思われる作品に「あられふりける」二篇があるが内容の空疎さから一顧に価する意味すらも持たぬ。そして俳句的傾斜を表現に漂わせながら、詩的観念という程の内質さえ持たず、「あられ」そのもののもつ「音楽」への依存が図られているのみだ。「俳句に於ける音楽性は一句の主旨とする詩的観念を背後から裏づけ支えているというほどの消極的意義を認めるに過ぎない」という意味に反して、これらの作品に意図された音楽性は敢て言えば「積極的意義」をさえ有する。この「韻律」の威力が次第に彼自身が拘束する道ゆきが、やがて「国民詩」に通ずる径路でもあったのだ。「とほきことのは」「昼の月」等の一連の作品も亦ここに繋りを持って理解される。

その間にあってや丶明確な意図を持つ作品は「汝の薪をはこべ」であるが、冬を迎うる日日の中で、「薪をはこべ」と言う詩語の強調が、「孤独なる　孤独なる　汝の住居を用意せよ」という一行によって心理的、主観的な側面にのみそらされている。「孤独なる住居」を予想させるものが実はすべての社会的現実を逃避して宗教的諦感に依存せざるを得ないものに動機を持つことを知らねばならぬ。次の一文によってこの期に於る彼の心理的傾斜をやや明確に知ることができるかも知れない。「「万葉集」以後の和歌史上に、最も大きな思想的影響を齎し、その情操修辞詩材等の上に無限の変革を生ぜしめ、否ただに歌詠のみならず、わが国文学全般に亙ってあまねく最大の感化を及ぼしたものは、いうまでもなく仏教思想、その無常迅速現世厭離の思想感情であった。万葉の現実的素樸精神はこの仏教思想彼岸欣求の超現実的情操の下積みとなって覆いかくされ、変質され、繊弱のものとなったが複雑化し、陰鬱のものとはなったが深化し、遁世的回避的のものとはなったがそれだけまた明らかに醇化し精神化したことも争われまい」。ここにも古今新古今を愛し、蕪村にひかれた彼の資質の片鱗をみとめることが出来る。万葉以後の国文学にぬきさしならぬ抒情性を浸潤せしめた東洋的諦感に、彼は唯一至上の芸術精神の一致を見たのであった。彼が「醇化し精神化した」と観じた「繊弱陰鬱」な思想感情こそ、彼自身の作品から現実的基盤のいっさいを喪失せしめたもっとも卑俗な欺瞞の実体であったのである。そして、衰弱の上に居直った「倨傲」の精神と、嘗て彼みずからが「新しい詩人に与えて」（夜沈々）語った「真に、詩風の新鮮なるものを企図せんとする者ならば、彼らはまず第一に、彼らの過去に向って挑戦し、彼らの古典に向って斧鉞を加えなければならない」というような言葉の位置との断層を目撃するとき、かかるまでに彼の自我を喪失させたものが何であったかをおぼろげに察知することが出来る。

「おんたまを故山に迎ふ」は、当時の社会情勢に乗じた、いわゆる「国民詩」の代表的作品としてあまりにも有名である。この詩が少からぬ政治的効用を持ったということは、一にかかって嫋々たる哀調を構成している韻律の不可思議によるものであろう。しかし、かゝる作品といえども作者の感動はことの外稀薄であり、ここにはどれほどの悲痛も憤怒も見られない。あくまでも「旅びとのたびのひと日を　ゆくりなく　われもまたひとにまじらひ」て葬列を非情に眺めやる作者の孤影がつきまとうのである。そして

われらがうたの　ほめうたのいざなくもがな
ひとひらのものいはぬぬの
いみじくも　ふるさとの夜かぜにおどる
うへなきまひのてぶりかな

と傍観し得るほどの余裕と「風流」をさえ持つということも、彼の「孤独」が「現世厭離」の架空の場に在る幻影にすぎぬことを実証するのだ。「しるしばかりの　おん骨」の悲痛感はことさらに空虚な反響にそらされている。この作品に見られる彼の内と外との——内容と形式との緊密な結合、その韻律の破綻の無さにこそ、やがて国民詩に「新らしい国民道徳の探求」（国民詩雑感）という積極的意図を見出していった精神の虚が内在していたのである。

巻末の散文か「廃馬」は集中唯一の注目すべき作品である。遠く砲声が轟き、降りつづく雨の中の泥濘に一頭の廃馬が佇んでいる、すべてのものがその「憐れな、孤独な、平野の中の点景物」を残して立去ってゆく。作者はむしろその惨虐な風景を静かに見守っている。彼もまた部隊や自動車のようにその場を立去るにちがいない——しかし、すべてのものの最後に。

やがて時が来るだらう、その傷ついた膝を、その虔ましい困憊しきつた両膝を泥の上に跪づいて、さうして彼がその労苦から彼自身をとり戻して、最後の憩ひに就く時が、やがて間もなく来るだろう。

ここでも彼はあくまで傍観者であるに過ぎない。彼はその「ぐつしより雨に濡れたこの生き物」に「影の影なるものの一種森厳な、神秘的な姿」をさえ感じているのだ。そして孤独への愉悦が彼を拘束してやまない風景である。一枚の戦争画を観て彼はこの作品を書いたかも知れぬ。若しそうであったとしても、「廃馬」はその時間と空間を恐らくはその絵画よりも克明に且つ執拗に書いたという点に於てすぐれている。

詩集「艸千里」は「おんたまを故山に迎ふ」「廃馬」の二篇を収め得たことで或る意味を持つであろう。

次集「一点鐘」は太平洋戦争の勃発直前に公けにされた。その題名が追想的感慨の象徴であるように、「十年の月日がたつた　その間に　私は何をしてきたか　私のしてきたことといへば　さて何だらう……　一つ一つ　私は希望をうしなつた　ただそれだけ」（木兎）とうたう彼に何らの思想的転形期の訪れもない。処女詩集「測量船」はこの詩集の十年以前に刊行された。その十年の間に彼が喪ったものは一口に言えば詩人の精神の本質的な面に深く関連する思想的基盤そのものであった。彼が一時期に執拗に試みた「詩への抑制」であった。「一点鐘」の作品が持つスタイルは一様に「艸千里」の系列に属するもので、いよいよ抵抗を排除しつつある。ここでは韻律にのみ信を置く夥しい作品の批判を繰返すのを避けて、いずれも散文詩形を持つ作品の若干に触れて追求してみたい。
「物象詩集の著者丸山薫」に与えて書かれた「浅春偶語」という作品は、作者にとっては勿論寓意的な意図を持つに過ぎぬかも知れないが、彼の心象風景を裁断して見るには好都合である。

友よ　詩のさかえぬ国にあつて
われらながく貧しい詩を書きつづけた
孤独や失意や貧乏や　日々に消え去る空想や
ああながく　われら二十年もそれをうたつた
われらは辛抱づよかつた
さうしてわれらも年をとつた
われらの後に　今は何が残されたか
問ふをやめよ　今はまだ背後を顧みる時ではない

悲哀と歎きで　われらは已にいつぱいだ
それは船を沈ませる　このうへ積荷を重くするな

彼はすでに悲哀感情をうたうことにすら耐えがたい疲労を感じている。そしてその悲哀なるものは彼の文学にとって「とっておき」のよりどころである、何らの思想的背景をも持合さぬ中世的抒情主義への敗北に他ならない。何らの志向も何らの目的も持ち得ぬ「孤独や失意や貧乏」が、およそ現実のそれらとは対極に立つ「悲哀と歎き」によって傍観され、もっともブルジョア的な懶惰として表出されている。「積荷を重くする」のは彼等の世界の根底を支えている伝統抒情の韻律である。

さらに「閑雅な午前」において、春という季節の持つ（と彼は信ずる――）閑雅に人生の希求をむすびつけて思考し、「冬の日」において「静かな眼　平和な心　その外に何の宝が世にあらう」という旧套的倫理に陶酔し、跋に代えた巻末の「南の海」では諦念に定着し腐蝕しきった感慨を「――私は老い、私は変つた。あの楽しかつた夏のひと日を、私の過去の日と、ともすれば私は信じかねる、信じかねる。――噫、あはれな私になつてしまつた」という自嘲に終結せしめている。しかも尚彼が「日常生活の雰囲気の濃厚な詩歌を好む」と言い「実感」を尊ぶと言うとき、彼の作品の基盤をなす生活現実そのものがまったく「実感」を喪失した痴呆的症状を呈していたということ、言いかえれば「実感」そのものの否定の上に成立っていたことを指摘せねばなるまい。

「時には何の感興もなしに手先の細工で何とかお茶を濁しておく、というようなことも絶無ではない――真の工夫精進は、時に休息や放心の上に成立つ」（詩人の独語）。斯うした放言からも、この詩人の驚くべき「倨傲」が貪慾な眼を見張っていることを知るだろう。

「一点鐘」には朝鮮旅行中の作品の二三があるが、いわゆる「国民詩」と呼ばるべき詩は皆無である。しかし、この後に刊行された「寒柝」「捷報いたる」等の戦争詩集との間の断層には何人といえども一驚せざるを得ないだろう。この事実は三好達治の本質を追求する上に極めて重要なキイポイントを提供するに違いないと思われる。

戦争詩集について

三好達治は戦争詩を中心とする詩集「寒柝」を昭和十八年に創元社から「捷報いたる」をスタイル社から刊行した。

「征戦五閲月」等の意識的な作品には殆んど矛盾なく「愛国的至情」が、痴呆的な激烈さで生硬な用語をのみ選ばせている。彼の「哀感」の一片だにとどめぬ怒声がそこには漲っているのだ。多くは戦場と郷土を背景にしてノスタルヂアとペシミズムが作品の基底をなすものだが、この場合にも彼は対象に対するかぎり極めて粗暴な憎悪の言葉を浴せかけようと意図している。「寒柝」は生活の寂寞に一の啓示を感じとり、「十柱の神」は嘗ての「おんたまを故山に迎ふ」の悲痛感に到らぬ哀感に支えられた作品である。

嫋々たる抒情の奴隷であった彼が、一転して兇暴な戦争詩を矛盾なく書き了せた所以は何であったか——。彼の場合、権力への屈服が自動的なものであったか、若くは他動的なものであったかということはさして意味を持たない。彼にとって「征戦五閲月」を書くことには、むしろ何等の抵抗すら存しなかったかも知れぬ。「征戦五閲月」は「征戦五閲月」としてはっきりと区別した上で書き上げることさえ出来るほどに、彼は倨傲な一面を持っていた筈だからである。

又、彼は国民詩について次のように書いた「前古未曾有の戦時下国歩艱難の秋に当って、国民詩は一つの計画ある内部的文化運動として、また戦線銃後の直接なる、切実なる前進的抒情詩として誕生し、現に誕生しつつあるものと見ることができるであろう」と。「征戦五閲月」等の煽動的作品は「計画ある文化運動」であり、「おんたまを故山に迎ふ」や「十柱の神」等の詩篇は「切実なる前進的抒情詩である」とでも言うのであろうか——。

果して終戦直後「新潮」に発表された「なつかしい日本」に於て、彼は「愛国詩人」としての戦争中の態度、行動に対する責任の一切は、為政者の負うべきものであると主張している。そして、戦争責任に対する明確な態度をもっとも速かにもっとも真向から主張したのは三好達治であった。

勿論、権力への過信と自我の喪失が彼を根底的な錯乱に陥入れ、それは戦争責任　文学者個々の内奥の問題として追求することを、正面から阻む反動として表れたが、その「なつかしい日本」そのものが、実は奴隷的リリシズムのまんえんに他ならぬことの解明が、ここでは最も重大な課題なのである。

（未完）

近代詩に関する二三の批判

あたらしい近代詩の確立は、詩人が歴史的社会的現実のただしい発展の方向に於いて自己を確立し、それを生活と文学との唯一のきずなとして強く推し進め、実践していくか行かぬかにかゝっている。いわば、真の近代的精神とは、あるべき未来を強烈に志向する過程に於いて、なにものにも侵されない自由で酷烈な自我の確立を基盤とする積極的な意志のあらわれであらねばならない。近代の確立は過去に於いても勿論、常に詩人の当面する必須の課題に他ならなかったが、詩人各々の自我の追求の過程で、この国の詩そのものの未成熟や詩人の思想的独善性のために、いつかその核心がはぐらかされ、歴史社会を孤絶した架空の近代に憑かれて、多くはかなしむべき精神の分裂症状を露呈して来たのである。この安易な逃避癖は孤立した自我の谷間へ詩を転落させ、この国の韻文は短歌、俳句をふくめて現実を遊離した星やすみれの封建性の温床となって、弱々しい虚無や諦念にささえられた抒情にもたれ、思わせぶりな嘆きのうたと、怠惰な頽廃の混濁とに終始したと言っていい。かかる近代の喪失が結果として侵略戦争を謳歌し、或いは戦争期の郷土詩の如き後退を、偽装していたモダニストたちによって為さしめた。これは異とするに当らない。あの暗く息苦しい、気ちがい染みた時間は、自我を喪失した凡百の詩人の正体を曝露したと同時に、寡黙な日常の底にはげしく集結した批評を、自らのこころの壁になすりつけて、はっきりと歴史の未来を信じていた少数の不屈な詩人の精神をよりわけた。最近刊行された三つの詩集「襤褸の旗」岡本潤、「果実」壺井繁治、「編笠」ぬやまひろし、はいずれも戦争の実体に目ざめていた、苛烈な詩精神の尊い成果と言える。

――私はいつの日か「襤褸の旗」という特集の出せるときを胸のおくで待望しつつ、おもくるしい十年余の歳月をおくってきた。不幸な戦争で殺されればそれまでだとおもっていたが、さいわい死なずにすんで、人民の旗のひるがえる時にめぐりあうことができた。(「襤褸の旗」序文)――一個の苛烈な人間性のかがやきをわれわれはこの声のひびきの奥に感じとる。終戦以後の彼の詩や評論がむしろ暴力的な意欲をさえともなうことは、久しい間鬱積された彼の精神のみずみずしさと激しさを同時に感じさせる。これらの詩篇に技術的な雑駁さをなお指摘する余地はあるが、ここには文学のための文学や、人間をはぐらかす甘い抒情の形骸はない。彼とほゞ同一の感慨を壺井繁治は次のように述べている。

――戦争中のあの重苦しい空気の中でも、私は詩を書くことを放棄しなかった。しかしそれは、私にとってささやかながら一つの抵抗作業であった。私はその当時の風潮に足をさらわれることなしに、如何にして自分の内部から湧き上る真実の感情を表現するかに、ある程度骨を折ってみた。

（「果実」序文）——一個の詩人に於ける節操のきびしさがここにある。刻みつけるような詩人の足どりが、一歩一歩を推し進める異情な美しい努力が、壺井繁治の戦争中の作品に潜められていることは見逃せない。この詩人の作品に対する位置は、その明確、健康な人民的詩精神に於いて最も尊ばるべきであり、こうした真の近代的精神が従来の腐敗昏迷した詩壇の圏外にあったことは当然であるが、彼の不屈な詩精神の結実の成果は日本の近代詩に正当に位置づけられねばならない。また、十二年に亘る獄中生活の複雑な環境が、多角的な感動の表現をとらせて、いささかも暗鬱な影をともなわない作品から、むしろそれゆえの根づよい抵抗精神を感じさせる「編笠」は、その作品を単に作品としてのみの孤立的な立場からする批評の誤謬に歪ませてはならない。長期の獄囚生活に終始非転向者として耐えた詩人が、尽せぬ困難を克服してうたいつづけたことは、決しておろそかにされる問題ではない。完成された一個の鑑賞物としての詩に、もはや何の価値が発見されるというのであろうか。あたらしい近代詩の座標はこれらの詩人たちの不屈な詩精神の延長に於いてのみ設定されうるであろう。芸術が真に歴史的産物であり、詩が批評の文学であるかぎり、今日われわれははっきりとした敗戦の意識から、未来を志向する人間のめざめの中に自己を確立し、歴史の流動する方向に苛烈な批評精神を沈潜させねばならない。自我の確立——人間性の再確認は今日必然的に歴史社会の現実の上に、社会主義的文学の確立として結びついているのである。この意味で「コスモス」第五号所載「近代詩を語る会」に於ける小田切秀雄の主張——近代の確立が単なる近代的近代の確立ではなくして、社会主義的な確立に結びついて行く……その場合に二つのもの、つまり自我の確立及び社会主義の確立というものではなくて、自我の確立そのものが社会的ならざるを得ない、或は社会的になることによって自我を確立出来る、そういう意味で社会的自我の確立というように一緒の問題として出来ている――はそのまま近代詩の確立につながる問題の中核をはげしく衝いたものとして注目される。

明治の封建社会を背景として、西欧文化の形式的移入によって萌芽を見たこの国の象徴詩、抒情詩の流れは、当時の社会的矛盾との闘争に、未来を志向しつつ殪れた透谷や啄木の業績の発展を阻み、国民の島嶼的封建性に根づよく食いこみ、退嬰的な虚無と詠嘆を主流とする逃避的文学として流れた。抒情と浪漫と頽廃の系譜がつねに歴史と社会を孤絶して、近代の喪失と批評の欠除を伴い、俳句的或いは短歌的抒情の限界内での自慰に低徊せしめた。その間にあってプロレタリア詩による人間性の回復とシュールレアリズム運動は貴重な実験であったが、前者はファッシズムの弾圧に発展を阻まれ、後者は第一次大戦後のフランスに於ける歴史的現実とシュールレアリズム運動への必然的な思想的関連を忘失した、単なるフォルマリズムの移入に過ぎぬものであったため、その後一部の進歩的分子と決裂し芸術至上の孤塁に拠ったが、その思想的基盤の脆弱性は今次大戦の産物としての白痴的愛国詩や郷土詩によって指摘されるところである。尨大なこの国の荒地に確立すべき近代は、これらへの徹底的な批判と袂別によって開始されねばならない。今日の日本の特殊な条件として、社会革命と文化革命を併行に推進することの必要は、われわれの文学的実践の面から言えば、一切の逃避的文学の基盤となっている生活自体の封建性を、果敢に剔り出さねばならないであろう。

短歌的抒情の否定を主軸として批評の意味を追求する小野十三郎の詩論はその意味に於いて正しい。しかしながら反面彼の自認する俳句的発想への傾斜は、彼の詩の基底を小市民的な虚無と詠嘆によって支えている。常に自己と対象との決定的距離を設定する小野の技法は、その距離を批評の場たらしめる志向を持ちながら、結果的には虚無的感覚に詠嘆を移入したダダ以前の微温的症状を出ていない。最近の彼の詩集「大海辺」の諸作は、詩語の制約という技術上の観念からすれば卓抜したものと言えるが、もはやこの詩人は現実を一歩後退した架空の個の内側で、観念的空転の危機に当面しつつある。しかし、民衆のうたごえに懐疑の凝視を注ぎ、不明な詩境への技術的反省を伴い、短歌的抒情の暴力的否定を主張するこの詩人は未だわれわれを絶望せしめない。次に来るものをわれわれは凝視せねばならない。

短歌的抒情、虚無的詠嘆などの一切を含める文学の封建性は、終戦後の詩壇にも依然としてあとを断たぬばかりか、われわれが息苦しく潜りぬけてきた暗黒の季節すら欺瞞と言い、懺悔と言う安易な肯定的態度に解消して、すでに歴史を逆行した四季派やうすでなモダニズムのエピゴーネンが氾濫し、そこには何の苦悩も反省もなく逃避地にひよわな花を咲かせようとしている。終戦直後の文学者の戦犯追求は壺井繁治の高村光太郎批判や、岡本潤の論説によって火蓋を切られたが、低佪趣味の域を脱け出さないこの国の抒情詩人は逆に敗戦後の衰弱した精神の中に食い入って安価な抒情にもたれきっているのである。東京新聞紙上に於ける北川冬彦の壺井・岡本批判は、別の意味で我等の抵抗の実質と、批判の位置についての矛盾を内包するものであった。「他に対する批判の中に自分もひっくるめてやる」という岡本の言葉の積極性の中から、われわれはそのひっくるめ方を問題として、あくまでも詩と詩人に対する批判の手をゆるめてはなるまい。

この問題に関連して若草所載の「反駁一件」と題する北川冬彦の西條八十に対する駁論は、詩人の内部に於いて戦争責任の追求が如何に行わるべきかの問題について、ある疑問を抱かせる。抒情詩人西條の愚劣な自己弁護や、高村、尾崎、三好らの精神の擁護は問題外として、自身の具体的な戦争責任については未だ一言も語らぬ北川が、責任の性質を裁判や判決によって一時的に処理し、詩人の根柢に喪われた近代の回復への努力を忘却しつつある危険をわれわれは直観する。彼の言う文化人の戦犯性が政治行政の上で、どのように扱われるか知る由もないが、それは「災禍」と言わるべき性質のものではない。罪過である。罪過は罪過として甘受すべきである。「そう言えば、君も幹事（文報）の一人として時々出席した人ではなかったか？」と（西條氏）は言われる。たしかにそのとおりである。その点で、私も裁きの庭に立つことを回避する者ではない。――「罪過を甘受」し「裁きの庭に立つ」ことは極めて容易な問題である。自己の戦争責任はここから追求批判され、明日につながる近代の確立に向って、前進せねば意味がない。

今日の歴史的社会的現実を没却した反動的文化はむしろ居直ったかたちで到る処に残存し、擡頭してきつつある。彼等は無定見なジャーナリズムを利用して巧みに攻勢を開始しているが、こうしたところで今日の日本では詩が批評の埒外にあるということ、つまり批評の貧困が指摘されねばならない。その卑近な一例として「近代文学」四月号に掲載された「マチネーポエティク作品集」がある。この集団は既に一九四二年秋から発足しているが、一貫した定形詩論者であるらしくしかも「近代の精神を以て」定形詩を詩作していると言うのである。こうした恐るべきアナクロニズムがこの国の批評家たちの組織する中央雑誌にのさばっているナンセンスさ加減、そして彼等は佛蘭西象徴の亡霊に憑かれ、今日の歴史的段階の理論からは詩が出来ぬとまで暴論を欲しいままにしている。陶器製の西洋菓子の如きその作品はおよそ次のようなものだ。

孤り身の膚《はだ》を責める沙《いさご》の床に
薄闇の注ぐ優しい罪のいざなひ
悔いの実を抱く乳房の喘ぎを洗ひ
汐風は妖しく沁みる心のそこに

――人魚の歌の一連　窪田啓作――

右の作品の如きは「飜訳のほとぼり」にも如かない観念の切紙加工である。これは一九四二年の作品であるが、彼らは妖しげな「日本語の擁護」をふりかざして何の苦悩も柢抗もなく、今日の現実の中へ提示しているのである。「日本語の擁護」とは何か。試みに彼等の作品中から、「その方向のみが正しい」と放言する作品に使用された日本語の実体をさぐってみると、「悪霊の歌ふしるべにくだり」「優しい罪のいざなひ」「薔薇の笑まひ」「裸身を羞じらふ我れの沈む頃ほひ」「往く日々の夢のかたみに」「うつせみの狭霧　萼をこぼれ」の如き古文調であり、府《まち》、指《おゆび》、縁《ふちど》られ、噴泉《ふきあげ》、宇宙《てん》、貴人《あてびと》、腕《かいな》、梳《くしけず》り、項《うなじ》、凶《まが》の如きルビ附の漢字氾濫である。「言葉の擁護」とは、われわれの生活する歴史、社会と共に流動し、変革しつつ常に未来につながる精神の具体物としての言葉を、われわれ自身がえらびとり改革しつつ、現実生活の内容を表出するにもっとも適切なものとして推進させる努力にほかならない。歴史社会の進行をよそに、骨董的、遺産的言語を固執する愚は一蹴されねばならない。「近代の精神を以て」こうした作品をぬけぬけと書きなぐる、その精神を信ずる「近代文学」の三十代の知性は数ヶ月前にも少女趣味詩人野上彰のめんめんたる抒情詩を掲載していたことと思い合わせて全く詩に対する迷妄を曝露したものと言うべきである。正しい詩の発展からすれば、これらの無定見な批評家の言説を速刻封じなければならないし、彼等自身の積極的な反省をも強要せねばならない。結果としてこれらの批評は近代詩の発展を阻止するものだからである。

　形式に於ける文語と口語の問題は今日の論の一焦点となっている。もともと、言語は歴史的社会的産物であるが、昏迷の中にある現在の過渡的時期に、詩人としてははっきりした文語否定の態度でゆくか、口語をより豊富にし得るという観念からある場合には文語の使用をも許容する態度でゆくかは充分批判の対象となるべき問題である。あらゆる面に封建的残滓が見られる現在の段階に於いて、詩人みずからの内奥に潜在している幾何かの封建性を否定排除する途上にあって、その戦いの過程の表出に文語を使用する場合が皆無であるとは言えない。こうした場合には暴力的に形式からする文語の絶対的否定は些末主義への傾斜を物語るものといえるが、果してその限界を何処に設定するかは困難な問題である。こうした特殊な場合に拘泥することよりむしろ積極的な文語否定の後に出発する態度が、ある場合若い世代にあって必要ではあるまいか。と同時に「些末なそういうこと（文語の暴力的否定）で、革命的でない点が非難され、そのことで内容そのものの革命性に対する詩人の誠意がどこかでスラリと柔らげられるならば、それは僕は反対です」と言う小田切秀雄の主張の重要なポイントを看過してはならない。要は内容と形式の分離した状態で詩を考えられず且つまた、封建的内容が口語によっても易々とうたい得ることを知らねばならない。詩は批評の文学である。

（一九四七・六）

危機の自覚——現代詩の革命について

最近、批評家の立場から小田切秀雄氏は「さまざまな目新しい技法と試みと意見とにはこと欠かぬがただ実体がないという状態、詩人のつくった作品は詩人仲間だけが読んでそれ以外のひろい世界ではほとんど全くといっていいくらい読まれていない状態、——これがこんにちの詩の状態だ」（「詩学」六号所載「抒情の理論」）と発言して、現代詩の貧困を詩人がわの責任として追求し、逆に詩人でないがわからの詩への渇きを訴えている。

なんらことあたらしいこともないこの意見は、ひさしく詩人たちのあいだでも感じとられていながら、その一般的停滞の起因をかたちづくっているさまざまの問題を剔抉する努力を欠いているがために、いっこう的はずれな批評とはならずに提示されている。現代詩の弛緩はほとんど一方的な傾斜をたどって刻刻にその抵抗をうしないつゝあるのだ。実を言えば、今日の詩には「め新しい技法」も「試み」も「意見」さえもない。勿論、実体がないという状態からそれらはみちびき出されるのであるが、あたらしい現実の中にいきづく新な人間の生活内容をじかにおのれのものとなし切っていない詩人たちは、詩精神の実体をいずこに形成すべきか——今日の急激な現実変革の様相に背をむけていることによって詩精神の実体を喪いつゝある危機を自覚する段階にまで立到っていない。

それは多くの人々によって漠然とした不安としては語られているかも知れない。しかし、それらの人々の詩に対する不信は、たいていの場合既往の抒情詩への生理的な嫌悪感であったり、或る種の技術のゆきづまりからくる焦燥であったりする観念的な枠を出てはいないで、詩と詩人とのむすびつきを、時代の革命にともなう人間の生活意識の変革と、それによってさまざまの屈折やたたかいをくぐりながら言葉の革命をとおして詩をうちがわから豊富に肉づけていくための、無限のいとなみとして具体的に自覚してはいない。すなわち今日の詩と、今日の現実とをじかに詩として嚙みあわせ、詩として批評させることをはばんでいるいろいろの問題を、つぶさにえぐりだしはっきりさせていくという態度をいちじるしく詩人は欠いているようである。

われわれは現実生活のいとなみの上で、じつに多様な矛盾や障碍を経験している。そしてそのひとつひとつを自己の切実なことがらとして解決することなしにはもはや生き得なくなってくる。その場合の自己はいやおうなしに社会的な人間としての自我意識をもち、現実的に今日の民主革命のひとこまとしての場所に立つ。われわれをとりかこんでいる今日の現実はもはや嘗てのそれ（現実）ではない。しかし、われわれの生活意識のすみずみには、未だ嘗ての生活意識の残滓がこびりついていて、それは容易に拭い去られるものではないし、そのふるい意識の残滓は、社会の変革によって惹き起される生活のたたかいに直面しながらも、日本の封建社会にあっては妥協や、馴れあいや、隠蔽によってはぐらかされてきたのである。矛盾を回避したそれらの残滓は、生活のそとがわに堆積されることになって、逃避的な文学の温床をかたちづくってきたのである。短歌や俳句に見られる伝統的抒情の実体は、うしろむきの詠嘆であり、諦感であって、現実の対象を感傷なしに切り裂いたものはきわめて少い。詩に批評がとりいれられたのはごく最近のことであり、今日でも厳格な意味で批評に昇華され切った抒情を強靱におし出している詩はほとんどない。日本の詩が批評を嫌ったのは、文学と生活が背離していたながい状態をものがたる。

数千年の過去から日本の伝統抒情詩はある意味で完成された形式を持ってきた。短歌の三十一文字、俳句の十七文字の韻律は風流のすさびとして驚くべき生命を持ちつゞけたまま今日におよんでいる。数十世紀にわたる人間の歴史が、この世界ではほとんど不変の用語と不変のリズムによって詠嘆されているのである。このぬきがたい伝統文学のながれに抗して発生した明治新体詩の位置は、その詩そのものの今日的な評価は別として、まさに劃期的な性質を持つものと言わなければならない。以来、半世紀におよぶ近代詩が、伝統的抒情の残滓をどれほどに排除しつゝ現代詩としての性格を如何に形成してきたかは別の問題として、島崎藤村によってまずうたわれたみずみずしい人間の解放の息吹きが、あたらしい時代の欲求にうらづけられ和歌俳句の否定を基盤として溢れでたことはたしかである。しかし、清新な香りにみちみちたこのうたごえは、その後の封建社会の圧力にゆがめられて必ずしも正常な発展の過程を辿ることは出来なかったが、個々の詩人による抵抗は、この自由な詩形式を通すことによって過去の如何なる時代にも見ることのできなかった、批評精神の芽生えを生き生きとうたいあげたのである。いまわれわれは資本主義勃興期にあった明治の封建社会の圧力の中で、自己を歴史、社会の歯車とともにおしすすめながら主張した、透谷や啄木を思い浮べることが出来る。さらに、孤立化した自我の社会的拡充のために、政治と文学の関係を実践的につきつめようとして、ついに傷つき倒れたプロレタリア詩運動の成果を思い起さずにはいられない。

しかし、近代詩の必然を批評にもとめて、文学と歴史社会との背離に抗して捨身にたたかった詩人たちは、今日までの詩史においては近代詩の主流を形成していると言えないばかりか、或る種の傾向的産物として片隅におしやられているに過ぎない。彼等に代って白秋や朔太郎や春夫や犀星やが目白おしにそれぞれの時代に於ける代表的詩人として扱われている。そこには短歌俳句からの形式の拡充があり、西欧近代思潮の模倣があるが、その本質をながれるリズムは伝統的抒情のそれと殆んど差が見られない。近代詩発生の後も、依然として短歌俳句の温存を許容してなんらの矛盾をも感じなかった彼等が、詩の意味を理解し得なかったのは当然とも言えるが、一方、ともかくも急速に発展成長した散文とならんで、詩が独立の宇宙を主張しつゝ、そのためのたたかいを数少い詩人がうけついできたということは、またたしかな事実であった。

けれども、それらの進歩的なたたかいはしばしば中途で挫折させられたために、伝統的抒情と本質的にはなんら異質のものであり得なかった日本の近代詩は、当然批評を軸とする強靱な独自の文学にまで生長することは出来なかった。戦争初期のころまでは比較的独自の立場に立っていた詩も、ファシズムの圧力が加重されると忽ちのうちにその本質を喪失していった。ながい戦争のあいだ、詩は獄舎で、あるいは発表など思いもよらない、くらい状態の日常でひそかに書かれていた。その暗い苦しいたたかいをつづけてきた、金子光晴や壺井繁治やぬやまひろしや岡本潤や小野十三郎などの名は、それまでの詩壇で決して有名な名としてとりあつかわれてはいなかった。日本の詩壇のゆがみかたがひと通りでないことは、今日のような時代の転形期になってはじめてはっきりとしてきている。

こうして断続した歴史と実践をしか持ち得なかった現代詩は、戦後の今日に到ってようやく過去の二つの時期につながる縦糸をひき出そうとしている。民主主義文学運動が過去のプロレタリア文学運動の新しい発展としてみちびかれようとする、その転形期のながれにそって詩も前進しなければならない。しかし、第三期にあたる今日の段階は、その社会的歴史的な基盤が嘗ての段階といちじるしく異ることをわれわれはふかく理解する必要がないだろうか。——原子力によって終結した今次大戦後の詩壇が、いまだに第一次大戦後のモダニズム的風潮の横行を黙過し、嘗てのアヴァンギャルドを気取った詩人たちがほとんど例外なく創造力を喪失してふるい詩集を筐底から取り出しているような惨めさを見るならば、近代詩も既にその生命を枯渇させて伝統抒情詩のごとき形骸を永久にさらしかねない危惧を抱かせるのである。

今日、われわれが現実への抵抗を詩によって表現する場合、もはやなんらの掣肘をうけることはない。われわれは革命の途上に横たわるさまざまな抵抗を、ある時は憤怒としてある時は歓喜として表現することが出来る。そして、その文学のいとなみは歴史の中へ無限に人間を解放しようとする方向を持つ精神――苛烈な批評を基盤としていとなまれなければならない。われわれは、詩をとおして、当然階級的な横のつながりにむすばれつゝ、現実に対するプロテストを繰返すことを意欲している。――嘗ては詩人がそうした抗議の姿勢をとゝのえることすら困難であった。そして、そうした状態であったがために詩の方法の追求よりも、多分に政治的観念的な偏向をとるのに急であったのは当然である。今日のわれわれはその時代のたたかいによってもたらされた傷痕や成長を追究し、それをひとつの発展のきっかけとして新しい現実への批評を内容とする作品創造を意欲しなければならない。

半世紀の昏迷をくぐりぬけて、現代詩はようやく重要な転形期をむかえようとしている。過去の如何なる時代にもまして現代詩は深刻な危機に直面しているのである。――しかし、半世紀にわたるカオスがわれわれに示唆したところのものは今更ながら人間と文学、芸術の宇宙と歴史的社会的現実とのぬきさしならぬ関連であり、詩の革命がつねに歴史社会に息づく人間の生活内容の変革――あたらしい人間内容の発見に基盤を設定し、生き生きとした言葉のいのちをとらえることによって、具体的な実をむすばなければならないという平凡な原則ではなかったろうか。

現代詩の危機は詩人の精神の内奥にふかいつながりを持つと同時に、ここから必然的に既往の詩形式に対する不信としてあらわれてくる。あたらしい批評の芽生えは、具体的には新しい詩形式へのあくない追求として出てくる。詩の新生が多く詩語の発見や、詩形式の創造に思慕をよせるのはきわめて当然である。しかし、この問題を解決するために近頃試みられているフランス象徴詩の形式的模倣、詩の韻律への回帰などは、今日問題にならぬ稚拙な逃避という他なく、何らの可能を詩に与えないばかりか、詩そのものを近代文学のジャンルから否定するアナクロニズムであることはもはや言うまでもない。——しかし、こうした傾向とは別に、形式の否定が形式の発見創造と、表裏にして一体の関係にあるということは出来る。あえて言えば、もはや既往の詩は例外なく否定されなければならない。詩人の生涯を賭けて惜しまぬ課題がここに在るのだ。詩の革命をおしすゝめる努力も、そこに解明の鍵をもとめるほかのことがらではない。

しかし、われわれは詩の革命の途上にあって、未だ日本の詩人の中に発見される、ゆがめられた理論や実践に対する批判を活発に展開する必要がある。そうした批判はそれ自体ひとつの肉づけとして、革命をうちがわからさゝえる重要な作用をはたすのである。——たとえば戦争中から韻律詩を書くことによって、詩の新生を意欲しているマチネポエチックの中村真一郎は、「現代の日本文学の最大の弱点」としての詩の衰弱を、詩の「読者の水準の低下」と「作者或いは、半職業的な半作者の側」の「詩に対する不慣れ、或いは愛情の欠除」のふたつの側面から指摘し、詩の創造と鑑賞の限界を極度に限定することによって、詩に慣れた、詩の教養のある読者の支持だけが、詩の純粋を擁護するものだと主張している。——ここでは文学作品としての詩がもつべき無限のひろがり、あらゆる人間の層への無限の浸潤があらわに拒絶され、(既往の)「詩の教養」のない人間は、詩を堕落させる者として侮蔑されている。——また「一体、詩人にとって第一に問題となるのは、詩的感動と作詩の操作とは正反対な精神情況で営まれると云う事実である」と彼は言っている。それが「詩人は詩的雰囲気にあざむかれてはならない」という態度であるならば異議はない。「詩的雰囲気」というような言葉の概念が伝統的抒情の遊心の場を思い起させるからである。しかし、ともすればそうした雰囲気を思い起させるものが、まだ民衆の生活に根を下しているという現実認識と、根本的には「詩的感動」と「作詩の操作」とが弁証法的に緊密な一致を見る状態を志向する、詩人の感情変革の実践、その基盤としての民衆の生活の革命に対する詩人の関心などを伏せて、「詩法の確立」が彼等の長い訓練の結果である定型韻律によって果されたなどという錯倒ぶりを目撃するとき、われわれは未だに歴史的社会的な基盤をもたぬ現代詩の不毛をつくづく味わされるのである。——ヨーロッパに於ける嘗てのアヴァンギャルドたちが、世界的な民衆の解放運動の渦中に投じていかなる実践を詩によって果しつゝあるか。この素朴な反省は、マチネポエチック等にあらわれた観念の歪みにはげしい憤怒を抱かせる。

一方、戦後の無限な可能のなかで、過去の暗い季節を通してまもりつづけた孤独な魂の抵抗を、あらゆる民衆の層へひろびろと浸潤させることを当面の意志とした民主的な詩人の活動に支えられて、働く人民の層からはようやく初期のぼうばくとしたうたごえが、幅ひろく方向を持ちはじめており、今日ではあらゆる組織の中からいわば「詩でなかった詩」「詩人でなかった詩人」たちが、現代詩のあたらしい可能をふかぶかと予感させてあらわれはじめている。——しかし、この幅ひろい芽生を今日以後惜しみなく発展させるためには、すでに彼等の生活、文学に直接間接の接触をもっている民主主義文学のがわの詩人による最大限の協力が必要である。——民主主義詩の新しい展開は、これらの全くあたらしい人間内容が、おのがじし、文学的表現にむすびついたところの、積極的な作品創造によって具体化される。ぶあつい生活の層からにじみでるうたごえは、詩の革命を希求するすべての詩人の協力によって正しく発展させなければならない。そのうたごえの中からぬき出た幾峰かが、明日の詩の主流を形成するよりほか、何処に詩の革命的モメントをもとめ得るであろうか。

今日民主主義詩にいたる革命の方途は一応方向づけられているが、このながれが直ちに現在の日本詩壇の中心課題であるとは言えない。戦争中沈黙を余儀なくされていた数少い詩人たちのひたむきな努力が、実をむすぶのを暗にはばむ障碍はいたるところに見うけられる。——ふるい抒情詩人の影響を脱け切れない多くの勤労者詩人がそのために殊更な迂曲をし、ようやく詩を書きはじめた勤労者の目にとまる詩誌がジャーナリスチックな詩壇雑誌であったりすることにも問題はある。しかし、そういうさまざまの障碍を徐々に排除しつゝ、働く人民の文学的いとなみははっきりと方向を持ってきている。

近代詩発生以来の必然にうらづけられた、生き生きとした詩の発展の道ゆきが、短歌俳句的な風流のすさびにみじんの関係も持たない新しい人間内容の人間内容のほとばしりによって、ようやく辿りつめられる時代が来ている。——そして、彼等のあゆみをうちがわから強くささえる——戦争下、現実社会の圧力に抗し戦ってきた詩人たちは、いまこそ自己の作品のうちに新しい社会的自我の発展をみとめなければならない。

ここで民衆の生活に基盤を持つ進歩的詩人たちの自己反省が問題とされなければならない。戦争の終結以来まる三年を経過した今日、この三年間にあらわされた時代の激動、ことに解放のたゝかいの渦中において徐々に自己を確認し、生活そのものを歴史的発展のベルトにのせ得る段階に到達した民衆の社会的成長を、これらの詩人たちはどれほどに生き生きとえがきだしたであろうか。

しかし、われわれは進歩的詩人たちがまず戦争をくぐりぬけてきたゆえのさまざまな傷痕を、おのがじしふかくまさぐり、きびしい自己批判の作品を中心として、その自己革命（自己批判）の道ゆきにおいて、人民の生活とむすびあい、つながりあうという態度をとってきたことを認めなければならない。それがために実際問題としては、何といっても自我の確立という、詩人自身の根本的な自己確認が中心となって、ひろい民衆の生活をたゞちにうたいあげた充分の成果はむしろ今日以後に持越されたということも間違いではない。けれどもここで強調されなければならない事実は、働く人民のなかから、自主的に湧き上ってきた詩の芽生えを、敏感に感じとりそれをひきあげ昴めてゆく助力をこれらの詩人たちが惜しみなく実行し、逆に働く人民層が生みだした作品から得るところ多いことを率直にみとめているのもこれらの詩人たちであるということだ。

この二つの事実はたがいに矛盾しているかに見える。金子光晴も小野十三郎も壺井繁治もそれぞれこの矛盾を持っている。彼等は充分民衆の社会的成長をみとめその文学的いとなみに積極的な力を与える役割を果しながら、なお孤独と虚無を自己の詩の根柢にひそめている。（勿論その孤独や虚無は彼等自身のプロテストであるのだが――）。しかも、現在これらの詩人をぬきんでる日本の詩人は皆無と言っていゝならば、日本の現代詩の病患の因はこの辺りにひそんでいるのかも知れない。

特殊な環境のうちに成長を遂げた現代詩の一応の終焉を想定するとき、この病患をきり裂いてあたらしい可能を詩にもたらすものは働く民衆の文学的いとなみではないだろうか。

詩人の孤独

　数年以前、われわれが担った銃の重みや、われわれの孤絶した憂愁をかすめた硝煙の匂いが、いつか濁血のように皮膚を浸透して、ふたたびさまざまな角度から、怯えがちな今日の精神の風土を、暗い懸崖に追いやろうとしている。悪夢の季節から解放されたわれわれの世代が、戦後の虚脱的風土の渦中で、傷ついた自我を確認したそのとき、すでに昨日も無く明日も無い現実世界の廃墟が、われわれに孤独な沈潜の時をさえ与えない苛立たしさで、犇々と歴史の歯車を軋らせていたのだ。

　われわれは閉された自我を切実にとりもどすために、混沌たる当時の政治的思想的風潮に身を投げかけ、部厚な現実の壁に赤裸々な自己をなすりつけることで、その苦悩の中に、われわれ自身の苛酷な文学の芽生えを希求したのである。

　あきらかに、戦後、われわれの現代詩は、嘗てのプロレタリア文学とは相貌を異にして、幅ひろい社会性・思想性を詩精神の肉づけとして獲得した。政治的用語で文学を語る愚劣さ、或いは文学的感覚で政治的効果を思考する誤謬を、或程度そこでは清算することが出来た。しかし、そうした文学活動の途上にあって、今日の特異な時代的条件は、われわれを戦争中とは異った意味あいで、集団的意識の中へ再び追い込もうとする危険を内包させていたのである。

今日、現代詩の発展途上にあって、われわれが最も信頼するに足る、一群の詩人たちの作品にも指摘される、思想や世界観の露出的傾向は、文学に於ける思想と肉体の分離の危険を孕みつゝある。激浪にさらされた痛ましい精神の骨格を見ることは出来ても、そこに息づいている美の未来を予感させる肉体が見えないということは、どういうことであろうか。詩人がその一切を賭けるに値するものは、他ならぬわれわれの自我の、その孤独なひびきを自覚的に詩としてとらえた一篇の作品でなければならない。もはや、単なる思想や世界観では、どうにもならなくなった今日の時代の廃墟に対決するとき、われわれはいわゆる虚無を超克した、むしろ積極的なニヒリズムの場から、孤独な一詩人として、現代の絶望の極北に自己を確認しなければならない。

若し、われわれが現代詩のもっとも斬新な一頁を形成するに価することが可能であるならば、かゝる時代にこそ自己の詩を、思想的政治的ないっさいの集団的意識を拒絶した、孤独な場に置かなければならないのだ。主体性の確立を、その出発点にもとめたわれわれの世代が、ややもすれば、その焦燥を観念的に解決させせようとする偏向を持たざるを得なかったことは、やはり時代の悲劇であった。それらはわれわれの詩を、質的に新しく拡充したことは事実であるが、詩の方法の革命が、まったくこれに伴わなかったために、観念的類型化の罠に作品を陥れたことは否定できない。今日以後、一応われわれの世代が確立した思想的骨格の上に、詩の革命を実質的に展開する、新しい言語感覚の発見や、抜術の変革を追求する面に於て、われわれが戦後不毛の時代を探求した、精神の強靱さを発揮しなければならない。

苛酷な時代と、孤独な精神の擦過音を、われわれは自覚的に、しかも独自に、つきつめられた詩語で語らなければならないのだ。

過去も無く、未来も濃霧に閉された、破滅の予感にみちた現代の荒土に立って、われわれは自己に向って呼びかける、「救いの道はあるか！」と。この虚無的な世紀の中で、われわれは所詮、時代の潮流を阻止し得る何らの力をも保障されてはいない。われわれの不屈な自我の追求と、孤独な魂への信頼の他、一切を賭けるに価する何があるだろうか。思想や世界観が、無意識のうちに自己をつなぐ鎖になっている事実を、未来ある多くの詩人たちの中に、われわれは容易に指摘することができるが、こうした偏向の中からは、詩の新生を期待することは不可能であろう。

戦争、死、神、そしてコンミュニズム。われわれの周辺を犇々ととりまいている、深刻な課題は尽きることがない。人間の危機は到る処に胚胎し、時代は破滅の一瞬へ刻々近づいている如くである。いっさいの集団的意識からエゴの追求へ。救いの道はもはや自己への信頼にしかあり得ないのだ。

あまりにも平凡な意識について、僕は語りすぎたようだ。ヒューマニズムや、古い個人主義について。しかし、詩人が作品を書くことも、所詮は人生如何に生くべきか、という古くして新しい苦悩につながるものである限り、われわれは尚今日の時代にあっても、かゝる平凡について語りすぎるということはない。つねに、目新しい意見などというものはないのだ。たゞ、孤独な一詩人として、この暗鬱な時代に生きる苦悩を、いかに切実に、いかに自覚的に作品にきざみつけ得るか、という問題が最後に残されているだけである。

一九五一年十一月

小野十三郎論

私たちは孤独な精神の渇きを、むしろ涯知らぬ荒廃のなかに癒さなければならぬような、暗い不幸な時代に生きている。この夜は、何時から始まったのであろうか。徐々にせばめられてゆく洞窟の肌をつたって、私たちの彷徨は何時までつづけられるのであろうか。戦争があり、おぼつかない平和のようなものがあり、猜疑と欺瞞の葛藤が堂々めぐりする時代に生きる私たちの、傷ついた精神の飢餓をみたすに足る何ものがあるだろう。あるいはつねに、私たちの痩せた喉笛に喰いつくあの妖怪は何ものであろう。

この絶望の世紀のただなかで、完膚なきまでに破壊しつくされた荒廃の風景を幻想することはたのしい。音も無く匂いもなく、一望荒涼たる黄昏の、傷ぐちというにはあまりにも悲惨な、もはや一滴の血液さえも涸れはてた断絶の風景を夢みるとき、その暗然たる荒廃のなかに、私たちはある狂熱的な救いを感じることがある。

このような狂気の時代に生きて、詩人の生命はいかなる意味をもつであろうか。一個の知識人として、かかる時代に生きる無力感を負いながら、詩人はついに荒涼たる廃墟に対決する孤独の意味を追求するほかはない。何時から、そして何処の入口から私たちの彷徨ははじめられたのか。ただ詩人は反逆の意志を額に灼きつけて、祖国から、家から、肉親から叛いた。永遠の異邦人のように不毛の辺境へ旅立ってきたらしい。

荒廃の地平に燃える虚無の極光にあらあらしい情熱を感じる詩人の眼を、私は信じる。信ずるに足るものは階級や集団のうちに究極的に解消し得ぬかたくなな孤独の声である。世界は狂気のように個人の喪失を急いでいる。

しかし、ここで私たちは、「孤立はあり得るか?」という性急な人々の声を耳にしなければならない。ある孤高な詩人は、「私はつねに意識の暗室で混沌に火を放つ絶対孤独である」と語っている。この言葉を誤解するものは、孤独の意味を架空の断絶感としか感じとれぬものであろう。詩人の孤独とはつねに既往の意識に対するアンチ・テーゼとして、意味を持つ。

小野十三郎の孤独な眼は、非情の幻影に魅せられている。彼は荒廃した都会を歩きながらつぶやく。「一望焦土と化して、瓦礫や土にまでも赤錆びがきているようなところを見ると、私はそこに人為的な破壊力の暴威を感じるよりも、何かしらもっと運命的な自然の大荒廃に似たものを感じる。……何ごとによらず、物が徹底的に破壊されているさまには精神の憩いのようなものがある……。」もとよりことあたらしい思想ではないが、ここに純粋な詩人の孤独を私は見る。戦中戦後を通じて、彼が異常な執拗さで追求した心象風景から抽出された孤独感に、つねに私は信頼を置く。彼の精神はこの「運命的な大荒廃」を彷徨して飽くことがない。この茫漠たる寂寥を凝視する詩人の眼にやどる静かにして熾んな意志について語ることは、とりもなおさず私たちの精神の渇きについて語ることになるだろう。

たとえば廃墟の一角に外廓だけが焼け残っている巨大な構築物を想像してみよう。天蓋はぬけ墜ち、窓は眼窩のようにつらなり、思うさま運命の暴威をうけた石壁の高層建築物があらあらしく抱きかかえている、恐ろしいほどの空洞の意味を。その破壊しつくされた真空地帯から火柱のように噴きあげる非情の意志について、骨をゆすり、眼窩のような窓々から奔出する忿怒の意志について思うことができる。もはやこのような粗剛な想像のなかにしか、私たちの魂は憩いを見出すことがない。「非情の幻影」を思慕する彼の、「私は日本に『沙漠』が無いということがたしかに日本人を不幸にした一つの原因だと思う」という言葉に、私は象徴的な意味を感じる。

小野十三郎の詩論は一貫して「短歌的抒情の否定」という命題に集中する。彼は近代の認識を、旧套的な生活感情の否定と、これに代る意志の変革にもとめる。彼は歌俳の否定を、「文学そのものの問題というよりも、私たちの感性と倫理のバロメーターとして大きな意味がある」という深処で把える。私たちの四囲に充満するあらゆる愛や憎しみを、彼の非情な瞳が蛇のように把える。むしろそのなれなれしい妖怪にすばやい獣のように飛びかかり、強靱な歯で貪婪に抹殺し去ろうとする。それはときに暴力的にさえ憎悪を駆りたてる。必然的に「抒情の変革」を意図する彼の方法は激烈な批評精神の発動に支えられ、「現代詩はまだ一つのアンチ・テーゼかも知れない」と言い放つほどにその焦点をしぼるのである。「現代詩に具わる新しい日本的性格とは、一口に言えば『批評』である。時代と自己との間隙を塞ぐ意欲的な批判精神を私は挙げたい」と言う詩論からみちびきだされた、彼の創作方法を展望してみなければならない。彼のペンに最初の詩がしたたったそのときから、抒情の内部革命への道は今日まで一貫してつづいてはいるものの、彼の作品もまた生活的階級的な限界内で、知識人としての孤独な実感に懊悩しながらねじれた道程を辿ってきている。

昭和初期の、ある意味では今日の時代的条件にも関連のあるような息苦しい風土のなかで、彼は現実社会へのやりばのない不信をニヒリスチックな横顔に刻んで、「非政治的な人間」としての出発をした。あらゆる価値の破壊、権力の否定、民衆への侮蔑が彼の青春をいらだたしくかきたてている。アナーキズムの潮流の中で、搾取階級への反逆や、お目出たい労働者への痛罵がうたわれてはいても、本質的に彼は集団的階級的意識から狂気のようにうたうことはできない。蔽いがたい頽廃と絶望の眼が「半分開いた窓」の詩人の孤独な眼であった。そしてこの時代のやや意識過剰な方法の混濁を徐々に克服しつつ、時代の暗鬱な推移とともに彼の精神はますます寡黙な内攻の姿勢をとって、「古き世界の上に」「大阪」と作品の実質的な成果を示しながら、今日の独自な方法への上昇線を辿っている。

苛烈の度を増していく時代の暗さのなかで「詩とは偏向する勁さのことだ」と言う彼の抵抗の姿

勢は、あくまで執拗に抒情の破壊作用を継続し、莫大な犠牲と消耗を重ねながら、時代の圧迫に窒息した現代詩の擁護を辛じて自己のものとしていた。私たちは彼の苦痛にゆがんだ唇から、尨大な暗黒の壁になすりつけられた作品の痛みを理解することができる。「瞳は精神よりも欺かれることが少ない」というダ・ヴィンチの章句を残して、荒寥たる葦の地方へ幻影のように歩いてゆくこの詩人の忿怒が、「風景詩抄」一巻に美しい結実をみせている。

荒廃の風景にたちむかいながら、自己の内部に照りかえす孤独の声と、暗い時代の擦過音に表現を与える彼の方法は極度に凝縮されたスタイルで、嘗ての現代詩の伝統には見られぬ乾燥した知性の量感を獲得した。「リアリズムは未だに『現実の再現』以上に考えられていない傾向があるが、言うまでもなくその本来の精神は現実の否定である。現実を否定することによってそれをより強く生かす思想である」という彼の詩法の秘密は、意欲的な伝統的抒情の克服とむすびついて、ふしぎな一種鉱物質な詩的世界を創造している。私たちは「敢て云へばこれらの詩篇はみな私一個のために書かれた」という詩集「大海辺」覚書の一節からも、彼の精神の渇きを癒してきた純潔の意味を思うことができる。

最近ある公開の場所で彼は「赤と黒」に所属していた、いわば詩人としての出発当時の模様を反省的な姿勢で次のように語っている。

「由来、芸術上のアバンギャルドは、ヨーロッパの近代を見ましてもそうですが、それはつねに心理的なニヒリズムと結びついています。（中略）『赤と黒』の詩人たちや当時のダダの詩人たちがおしなべて自己を『非政治的な人間』と見たのは、それは現実の社会の中ではなく、自分の頭の中で、この人間の極端な抽象化をやった結果であります、（中略）つまり反政治の立場をとり、政治否定を立前とする人間が、現実社会の政治には最も無抵抗であるばかりか、本人が知らないまに、その悪しき政治に協力しているというようなことになってしまったのです。或るものに対して精神的には最もはげしい懐疑と抵抗を起させながら、現実的にはそれと完全に妥協一致せしめるような心理機構、ここに人間を誘いこむのがニヒリズムであります。」

この言葉を小野十三郎の謙虚な自己批判として鵜呑みにすることは勿論できない。むしろ今日のような時代に、一個の知識人としての彼がどのような精神の屈折に耐えて、かかる反省と自己の作品との間に横たわる矛盾について思考しているかという、本質的な問題を解きあかす端緒として考えなければならないだろう。この反省的な述懐につづいて彼は「赤と黒」当時の運動が今日では過ぎ去った歴史の或る時期として取扱われるようなことがあるとしても、その中から飛びだしてきた自分にはまだ一つの弾みのようなものがついているということを告白している。そして、「かりに踏みとどまるべき一線が今日の現実の中にひかれているとしましても、その弾みと惰性によって、それを突破してしまいそうな危険を時々感じます。云い換えますと、始動が未だに持続されていて制禦の利かない状態が心の中に残っています。民衆というものに対する意識の仕方にもそれがあります。」と語っている。

いささか逆説めくとしても、小野十三郎のたちがたい魅力は、「一つの弾みのようなもの」が「踏みとどまるべき一線」を突破してしまいそうな危険があるという点にかかっているようだ。彼の熾んな意識と方法の前にその「踏みとどまるべき一線」という存在は何と色褪せてみえることであろう。彼の本領はこのような卑俗な政治的思潮を隔絶した、はるかな深所での詩的操作にかかっている。それは詩人個々の感性の内部で均衡を保つ微妙な抵抗の科学とでもいうようなものだろう。詩人の精神が一時代の政治的推移などという儚い作用に波だつものではなく、感性の内部で浸透的にいとなまれるものだという決意について次のように彼は語っている。

「自分の感性の内部に未知の暗黒を残していない者には、世界がどんなに変っても同じことである。そして又この感性の未知の暗黒の中に光が誘導されないかぎり、社会的な諸現象の推移は、単なる素材の来往を意味するばかりで、動機は動かず、精神は古い秩序のままに廻転するばかりだろう。詩における新しい現象を創造するものは、このまだ十分に知られていない、探究されつくしていない、光のとどかない感性の内部の暗黒である。」

「感性の内部の暗黒」にひらける荒寥たる無機質量の原を私たちは想像することができる。その地平のむこうにひろがりのびる詩人の精神の未知の暗黒にむかって、非情な瞳みをひらいている意欲がある。すべての語謬は時代への妥協や、仮の修正に因を発するのだ。彼がインテリゲンツィアとしての階級的な限界と矛盾に悩みながら、ニヒリズムの克服を志向しているにしろ、自ら「作品によってそれがどこまで実践されてきたか未だに自信が持てない有様」であると言い、「私の詩が、詩以前の行程の中での人間的な感動に欠けているとすると、実に多くの人がそういうふうに批判しているのでありますが、それもこの人間的なものを抑えることをいささか快的と心得ているニヒリズムが、なすわざかも知れません。」と語らずにはいられないところにも、彼の強靭な詩精神の不逞々々しい露出を見ることができる。ここでは彼のニヒルな風貌がむしろあらあらしいまでに批評精神の照射を浴びて見えるのである。

小野十三郎の詩はしばしばある種の「毒物」の投薬のようなものであるらしい。詩論のある一節で「――他人には異様にして普遍性を欠いていると見えるものを私は真実の最も内密な本質と考える」というドストエフスキーの書簡を引用して、彼は詩と科学の交渉をリアリズムに関連させて語っている。また別の箇所で、詩の方法と科学の方法は比喩的にでも方法論上の混同は許されないが、その構想力として両者がその独自な方法と技術の確立のために犠牲にしている部分について考えることは可能であり、「かかる犠牲と抑制の上に立つ愛が存在するために、自然に対する現代詩の方法は今日ふしぎに科学の方法と類似の相貌を呈するに到ったのである。」と書いている。彼はリアリズムをかかる『抑制の詩論』とでも云うべき意味で独自に理解している詩人である。そして、彼のリアリスティックな処方箋がしばしば色褪せた現代詩の病患に或る強烈な「毒物」を与えることになるのだろう。

詩論において「批評」の意味を語るとき、彼は「精神」に対する「物質」を、「文化」に対する「文明」を、「詩的精神」に対する「散文精神」を、「湿潤」に対する「乾燥」をしばしば情熱的に追求している。彼はリアリズムをさえ「一つの強大な意欲として把握している詩人」である。人はかかる彼の姿勢に観念的傾斜を指摘し、オプティミズムをさえ感じるかも知れない。あるいは詩論と実作とのぬきがたい乖離を追究するだろう。けれども小野十三郎という詩人の精神に存在する現代詩の宇宙におけるアンチ・テーゼとしての価値は、その程度の批判のさしとどかぬ深所にふてぶてしい根を張っているようである。「観念的」だという非難に応えるかのように彼は詩論のなかで次のような強靭な抵抗を示す。

「『観念的』だという非難の前に詩人は膝を屈してはならない。空気の流通を良くするために、窓を明けよというよりも壁を破れということは観念的である。しかしそれ位に言って人はやっと窓をあける。」

小野十三郎の精神の脆弱さのようなものがときに露出されるのは、彼が詩と「民衆」について語るときであろう。現代の知識人として生きる彼がその深刻な孤独感をどの地点で社会や民衆の意識と接触せしめ、さらに現代詩の革命的モメントを「民衆」とのかかわりあいにおいて、どのように実感し推進することが可能なのであろうか。

知識人の孤独は架空に過ぎないとして足早にコンミュニスティックな傾斜に消解し得るほど彼の傷痕は浅くない。彼の生理と脳髄はそれほど抒情的な狂人のものではない。

彼の民衆侮蔑は「民衆とともにあることは民衆の中にある或ものを軽蔑しつづけることだ。民衆とはだれでもない、俺だと云えることだ。」という言葉に象徴されている。彼は詩を手段や目的としてしか理解できず、一時代の政治的風潮への皮相な干渉や便乗においてしか思考できぬようなオプティミズムとは無縁の詩人である。たとえば「今日、私たちが、苦しい逆説や隠喩の操作によらずに、自分の考えを、かなり大胆に卒直に言えるようになったことは喜ぶべきだが、私の気持は別に戦争中と大して変っていない。外部が晴れたり曇ったりしていることと、私の仕事は直接には関係はないからである。感性の問題においては、詩人たちは、現象面にうかんでいる文化反動よりも、さらにさらに深い本質的な問題に直面していることを自覚しなければならない。」という率直な感想にも、私たちは詩人の任務を精神の深所での抵抗として理解することができる。

詩と「民衆」に関する彼の精神の脆弱さは、彼が詩人の孤独を私たちの生活の深部にまんえんしている抒情の変革という抵抗に賭け、「孤独」がきわめて現実的な批評精神であることを理解しながら、ある場所では「平和と希望の観念に表面的に随従して、民衆の感傷を煽る仕事は又他の人がやってくれるだろう。」というつっぱねかたをしながら、他の場所では一時代前のアナキズムから左翼的に偏向していったいわゆる「民主主義詩人」たちの詩について、「私は、彼等の筆硯を新たにして書いた歌が、やがて、否、今日から、ようやく基礎の固まった民主戦線の一威力となることを確信している。」というふうな語りかたをする。もとよりこうした卑俗な外交辞令をあげつらうことは本意ではないのだが、私たちは嘗て彼と道をおなじくした身近な詩人たちに対してこそ、身をよじらせて歩んできた彼自身の苦悩の意味をむしろ対決させるべきだと思う。民衆の意識にもっとも直結するかに思われる雑駁な今日の傾向詩にこそ、彼の詩精神が抵抗を感じなければならぬ害毒がまんえんしているのではないだろうか。

私は日本の現代詩がうみだした抵抗詩として彼の作品を高く評価する。それは茫漠たる現代詩の不毛のなかから辛うじて見出すことができる唯一のもののようにさえ思われる。

「少数の詩人が少数の読者に向い合っているというような時代は過ぎ去るだろう。しかしどんな時代が来ても、この少数の詩人と少数の読者がいないかぎり詩は堕落するのだ。」このような詩人の姿勢のほかに、私たちが現代詩の革命を思慕し得るどのような態度があるだろう。

そして荒廃の時代の深所に沈潜した孤独な批評家の魂は、絶望的な傾斜をたどる時代の抵抗をどのように狂熱的に発揮するのであろうか。日本は一つの矛盾である。すくなくとも彼は孤独な異邦人としてこの矛盾の谷間に沈み、「沙漠」を彷徨するに耐え得るような或る強靱な夢を育てなければならないだろう。

私には詩人の精神が階級や集団的意識に解消するものとは思われない。政治への不信や社会への抵抗が、階級や集団の意識で割切れる場所に詩人の魂は無い。しかし、私たちが真に荒寥たる孤独を実感することができる場所が歴史から孤絶した地点だというのは誤謬である。詩人の孤独はそれ自体ひとつの宇宙を形成しているもので、それは一国の一階級というような卑少なものではないだろう。

平和に対する私たちの渇きはいよいよ切実である。暴力的な思想の乱入に抗する詩人の抵抗はいよいよ精神の深所で行われるようになるであろう。私たちの言葉が抑圧され、私たちの文字が抹殺されるとき、私たちの悲惨な精神の証明はどのようにして為されるのであろうか。

小野十三郎の克服してきた道が、現代詩にとって象徴的な意味を持つのは、今日のような時代の危機においてである。今日以後、暗鬱な時代への傾斜を予測しつつ、彼は本質的な抵抗詩人としての姿勢をさらに精神の深所において発展させ得るであろう。

しかし、今日においてこそ、日本の現代詩の明日を夢みるものにとっては、孤独な彼の姿勢を信頼することができるだろう。すくなくとも私は「悲しみと怒りの極まるところで新しい方法を持て。」と語る彼の純潔な精神を信じることができる。

嘗て私は小野十三郎の詩論と作品に対して幾度か批判的な文章を書いたことがある。そしていずれの場合においても彼の作品と詩論の乖離を指摘し、これを敗北のニヒリズムとして否定してきた。しかし私の精神はその後はげしく屈折し過去の自己とは対極に位置を占めるとさえ思われるほどに変貌してきた。いま私にとってはこの小論をかかる自己の問題として考えるより方法が無い。しかし過去においても現在においても、小野十三郎という一個の詩人が私の精神の内部に与えた激烈な衝動は大きかったのである。

『荒地詩集　一九五三年版』

今日においてもまだ詩は文学批評や一般の読書階級の関心を強くひきとめていない。詩は触れられざるものとして現代文学の片隅に押しやられたままの存在である。もっとも人間の精神の危機に敏感であらねばならぬ詩が、今日のような時代になお稀薄な精神的価値しか持ち得ぬということは、近代における詩の主題と美学が歴史的現実に対して逃避的であり、独善と架空の密室での作業でしかなかったことを物語っている。第一次大戦後に日本の詩は過去の微温的なリリシズムやロマンチシズムから脱出して、シュウルレアリズム運動やプロレタリア詩運動へとやや積極的な展開を示したが、その本質に近代的自我の確立が脆弱であったためにそれらの運動は腐敗した詩精神の厚壁に突破口をうがつことは出来なかった。前者の運動は詩から旧套的な意味を放逐して思考の秩序において方法論的新しい追求が行われたが、やがてその否定精神を麻痺させて時代の関心から遊離し、後者の運動は詩をプロパガンダ化することによって言語の混乱と無秩序を招いた。詩は以上のような衰弱の姿勢で第二次大戦を迎えたわけで、もとより精神の新生は希み得べくもなかったのである。

荒地グループはこの暗い戦争下に自己を確立したいわば戦中派と言うべき世代に属している。彼等の多くはモダニズムの洗礼を受けながら詩的思考の出発をしたが、その姿勢はそれぞれ今日につながる否定精神の芽生えを保って詩のかき消されそうな生命を擁護してきた一群の才能であった。昭和十年代に彼等は「LUNA」「LE BAL」「荒地」「詩集」「故園」「新領土」等の雑誌にもっとも前哨的な詩を発表しつつやがて苛烈な戦火と硝煙の中へ離散していったのである。彼等は戦後、一九五一年版「荒地詩集」に依ってその鮮烈な精神の所在を明らかに示した。そこには近代を通過した烈しい知性が、ながく社会から遊離していた詩の精神的価値を傷ましい血みどろの手でとり戻したすぐれた多くの作品がわれわれに呼びかけていたのだ。つづいて一九五二年版「荒地詩集」、さらに最近刊行をみた一九五三年版「荒地詩集」に及んで、日本の現代詩は嘗てみなかった精神的価値を確立したのである。

彼等はつねにヨーロッパ文化に深い関心を寄せている。彼等は今日西欧文化の危機を象徴的に全人類の危機として感じながら、なお自己の文学的モラルをその世界性に設定している。彼等は二十世紀の文明批判者としてヨーロッパの荒廃を歌ったT・S・エリオットに深い関心を示し、社会意識を詩に意欲したW・H・オーデやS・スペンダア等のニュウ・カントリー派に接近を示す。彼等の作品が従来の日本詩の美学とは全く異質な襞ふかい光沢を持っているのも不思議ではない。彼等は現代人の渇望を悲痛な世界感覚で歌っている。久しくこの国の詩人達にゆがめられていた言葉の価値を恢復させ、孤立した詩を世界感情の渦の中へ引戻そうと努力している。必然的にその作品は過去の情緒、あるいはムウドに依存したイメエヂを否定して、現代的主題に対する生と死の意味を追求している。荒地グループはその形而上学的傾向において言葉に新鮮な経験を与えたが、これは詩から詩的なものを排除しつつ主題の存在本質に思考を肉迫させる役割を果した。荒地の作品を観念的だとし、美学を要求する批評はこのために誤りを犯している。

荒地グループの思想的位置はその詩の位置とおなじくコンミュニズムでもなく、アナーキズムでもなく、また微温的なユマニスムにも無い彼等の文学的教養や世界観が詩と思想を混入させるようなことを赦さないからである。彼等は暗く傷ましい今日の世界感覚の中に身を置いて、死に直面したヴィジョンの中を彷徨しながら息苦しい時代の気圧に耐えているようである。今やこの若々しいグループはその詩の主題において、その方法において現代詩のピイクを形成したと言っても過言ではないだろう。詩は彼等によって久しく閉されていた密室の扉をひらき、全世界を浸す暗い流れの中にその強い飢渇の声をひびかせたのである。

一九五三年版「荒地詩集」は同人十六人の詩篇と、T・S・エリオットの長詩「荒地」の全訳、並に五篇のエッセイから成っている。彼等の詩は絶望と虚無からの脱出口に向って歌いかけられているが、その主題はそれほど偏狭ではない。彼等のグループの特徴はかなり広い展望をもつさまざまの主題に対して、個性的な方法で追究が行われていることである。しかも彼等が過去十五年間に亘って自己のものとした詩的教養は、容易に彼等の詩を難駁な境位に陥しいれるようなことはしない。ここでは情緒やムウドさえもきびしい世界感覚に研ぎすまされていて、詩語の恢復という役割を見事に果しているようである。

例えば、黒田三郎の作品は彼等の中でももっともナイィヴで庶民的なスタイルを持っているが、その日常的な語法やリズムは却って「平和」というような主題を扱いながら説得力や感受性にふかく訴えるものを持っている。ここではプロレタリア詩や古いユマニストの詩で歌われ易い皮相な平和意識との類似が見られない。「微風のなかで」は平和への飢渇を沁み入るように訴えた佳作である。同じことは鮎川信夫の「あけてください、どうか」という詩についても言えるだろう。この詩は彷徨する若い魂の喘ぎを傷ましい知性のイメェヂでとらえた美しい作品である。いずれも思想的な主題をふかく掘り下げながら、枯渇しないスタイルを持って詩美の世界を呈示している。田村隆一は不思議に魅惑的な象徴を駆使して、「車輪」において暗い生と死の主題を歌っている。この詩人の作品には空間がつねに測りがたいほどの意味と魅力を持っているのである。T・S・エリオットの「荒地」を全訳し懇切な解説を附した中桐雅夫はまた「俸給生活者の詩」において、生活に密着した位置から「明日」の無い生存を露出させ、現代人の不安な椅子を切実に歌っている。見事に知的な方法を駆使した「無言歌」とともに役の振幅の大きさを物語っているようだ。木原孝一はその長詩「犠牲」において執拗に原爆の無惨を歌っている。「……おれは多くの墓穴を掘つた／それは一人にひとつ／二人にふたつだつた／だが　いまは／鍬やシャベルでは間に合はない／／おれは多くの屍体に土をかけた／そのひとびとにふさわしい祈りのなかで／だが　いまは／すべての屍体にかけてやるには土もたらない」という埋葬人の言葉はわれわれの肺腑に沁みる。

と同時に荒地グループの詩精神とその作品は、まさに現代詩の肺腑を鋭利な実験のメスで剔抉したということが出来る。詩の革命はようやく彼等に依って点火されたと言っていいだろう。

Zへの手紙

Z君、いま君へのとりとめもない手紙を書きはじめながら、ぼくは第一次大戦に戦死した英国の若い詩人、ウィルフリド・オーエンがその詩集の序文に書き入れたという――「私の題目は戦争だ、そうして戦争のあわれさということだ。詩はそのあわれさのなかにある」という章句を思い浮べています。まったく現在のぼくらの題目も、まぎれもない「戦争」であり、そのあわれさのなかにのみ、ぼくらが詩を書いている意味もあるのです。現代は詩にとっても、まるで拷問のような季節です。ぼくらはその拷問の兇器の前で、ともすれば立ちすくむようなあわれな詩を書いている苛立たしさをどうすることも出来ません。まだ現在のぼくには、自分の詩をいささかでも政治的な武器と思いこんだり、ひとびとに明るい未来を啓示するような歌声だとかりにも思いこんだりすることは出来ません。ただわずかに、「これらの悲歌《エレジー》はこの世代の人々には何のなぐさめにもならないであろう。今日詩人に与えられたことはたゞ警告するより外には何もない」と書いたオーエンのように、「戦争」の悲惨にじかに触れ、その腐爛した皮膚にひよわな爪をたてるような、批評の作業をつづけるしかないのです。

Z君、ぼくがこのように書きはじめると、また方々で性急な詩人たちが、無気力だとか、日和見主義的だとか、ブルジョア心理主義的だとか、まるで神経過敏な検察官のように詩人の責任とかいうものを追求するかも知れません。しかしぼくはそれらの非難を承知の上でこの手紙を書きはじめました。ぼくをして云わしめれば、ぼくらは戦争によって今更のように、虚無という生の深淵をおしえられたのです。今日では個人と社会との単位が、戦争の暴力に依って無慚なまでにその均衡を破られています。現代では神も悪魔も戦争のあわれさのなかで、その無力を証明しているばかりです。ぼくらは、ぼくら自身の全存在を今日の絶望のなかへ積極的に投げこむことによって、自己の無力を確認するほかはないとさえ思います。

ぼくらが批評精神に支えられた詩人としての立場を一歩も譲歩せぬためには、ぼくらはこの虚無の暗黒の中からきわめて非妥協的な第一歩を踏みださなければなりません。ぼくらが戦争という自己の題目のために、何よりも時代的関心から詩を書かねばならぬという決意をすればするほど、その詩は精神の深処に内攻し、簡単には民衆への伝達を達せられぬようなモノローグになっていくかも知れないのです。現代の民衆が詩に渇けば渇くほど、ぼくの考える詩はそれから遠去かってしまうというような危惧さえ感じるくらいです。

ニヒリズムは既往の権力に対する反逆を基礎にしている、近代的人間の立場だとぼくは考えています。キェルケゴールやニーチェのニヒリズムも、この近代的人間の主体性を確立したものです。

歴史に対する反逆や否定によって、歴史のなかにあたらしく生きるという立場から、ぼくはニヒリズムに積極的な意味を与えていくべきだと考えるのです。絶望といい虚無といい、いわば戦争という題目が与えたこれらの精神の所在を、行きどまりの洞窟のなかに潜んでしまう無気力な姿勢ときめつけるのはあまりに皮相です。新しい人間の共感の広場は、この孤独な洞窟の行きどまりの壁に突破口をうがつ作業に従事する、傷ついた人々にのみ用意されるべきです。しかも間断ないこの批評の作業に従事する人々のみが、つねに暗黒とのたたかいを通してはじめて共感の広場を感じあうべきものではないでしょうか。

Z君、ぼくにしてもさし迫った今日の政治的条件に目を蔽っているわけではありません。ただ批評家としての詩人の立場が、そのまま現実の政治的立場に重なるのではなくて、現実の政治的立場をどう撰ばしめるかという思考の基点に、ぼくは詩人の立場を見たいのです。ここでぼくらは現代の悲劇が、社会の単位と個人の単位とのアンバランスによってもたらされた罪を目撃しなければなりません。あたらしい詩が、あたらしい社会の人間関係から生まれでる可能性を否定することは出来ませんが、ぼくらが現実の政治的立場と、詩人としての孤立した立場との、あきらかなずれを克服し得る何ものかを明確に把握し解決することが出来るまでは、ぼくらは囚人のように石の部屋を彷徨しつづけるほかはないのです。そして、ぼくが今日の条件においてとり得る革命への参加は、この暗い彷徨のなかにしかあり得ないと言うことさえ出来ると思います。おそらく現実の政治的立場として、ぼく自身がコミュニストにはっきりならないかぎり、この立場を変えることは出来ないでしょう。したがってぼくは、現段階では革命への参加をそのような矛盾と複雑性の上に発生する、思考と行動のなかにしか求められないと考えていますし、もとより革命のリーダー気取りの政治主義詩人にはもはや生涯なれる筈もありません。

ぼくらは今日の政治的条件のなかにあって、あまりに性急に右か左かの決断を論じすぎてはいないでしょうか。現代の知識人にとって革命という言葉は何という魅惑的な言葉でありましょう。ぼくらの社会が絶望と虚無にみたされれば、みたされるほど、革命への思慕はつのらずにはおりません。しかし革命というものは、追いつめられて一か八かを決めるような瞬間の論理とはまるで無縁のものだと思います。それは持続的な抵抗と反逆の精神とによって、暗黒の厚壁に突破口をうがっていくような、長い作業においてはじめて可能です。日本の社会的現実が革命を達成するためには、恐らく予測し難いほどの時間を要すると思います。

Z君、そしてぼくらは決断に直面しつつ、おそろしく長い年月、あるいは死ぬまで二者撰一の決断を為し得ぬような、ふかい苦悩にまみれた姿勢で詩を書いていくことになるかも知れないと思います。日本民族は、あの広大なシベリヤ平原を開拓し、流血の革命を遂行したソヴィエト連邦の民族とは、根本的に異質な国民であるのかも知れません。ぼくらはこうした日本の現実のなかで、その腐爛した政治への批評を持続するのに必要な、近代的自我の主体と、思考の自主性を確立するために、まだまだ努力する余地があるようです。そうした意味で、日本においては民衆侮蔑という態度が、根強く詩人の精神の内部に横たわっているのも不思議ではないと考えています。

ヨーロッパの自由主義国の抵抗詩人達の立場と、日本の左翼詩人達の立場とは、この民族や国家の相違、その社会的政治的条件の相違を基底として、そこにかなりのずれがあるのではないのでしょうか。日本の小児病的な左翼詩の空疎なリズムは、むしろぼくらのもっとも明確な敵だとさえ考えています。ぼくらは詩人として絶えず自己の内部に棲息する敵を凝視し、その敵を剔抉する作業が、いわば批評の役割であると思っています。もしも革命への参加が、その政治主義的な実践にすべて一致すべきことを強要し、いささかの矛盾も感じないような無傷な詩を書くという結果になるなら、すでにぼくらの考える今日の詩人は、そこに見喪われたと言うべきです。ぼくは敢えて、小市民的なニヒリズムの背理性にまみれながら、強靱な抵抗の足場を築きあげていく他はありません。

この課題をせんじつめていくと、ぼくらにもっとも切実な二つの立場の様相がはっきりと汲みとれてくるような気がします。それはぼくらが革命への根づよい思慕を抱いていながら、コミュニズムの絶対的、公式的な理論への不満を原因にして、気分的な虚無の立場へ逃避している傾きが絶対にない、と言い切れるかどうか、というのがその一つ。もう片方は現代の自己の矛盾や思考の分裂に、飽くまで対決する努力を抛棄して、性急な決断を自已に与えることによって固定的なコミュニズムの立場をとっていはしないか、ということです。そこまで判然とは指摘出来ぬとしても、この思想的な振幅のなかに、いくらかでもぼくら自身の分身を発見出来るとすれば、それは知性の脆弱さと、自主的な精神の欠除の故であると言わねばならないでしょう。

Z君、しばしば現代は狂気の季節であると言われています。詩人は世界の狂気にまみれながら、孤独者の正気に目ざめている不眠の眼でなければなりません。ぼくらは「絢爛たる悲惨」という言葉で単的に物語られている、近代文明の頽廃のさなかに生きて、ニーチェやキェルケゴールによって説かれた例外者のきびしい意識の場に、詩人の叡智をみとめなければならないのです。今日のような時代にあっては、撰ばれた孤独の椅子こそ、詩人にとってふさわしい席だと言うべきではないでしょうか。詩人の生活自体が社会に対する一種のイロニーであり、ぼくらの詩がイロニーを主張することによって倫理的価値を持つ、という皮肉な役割を詩人は負っています。ボードレールが、人生の出発点でニヒリズムを背負い、殺されながら生きながらえたと言われるように、今日の善や神もまたボードレールを殺そうとした側にあるとは言えないでしょうか。そして神にも悪魔にも救われず、絶望と虚無の淵に沈湎しながら、しかも撰びとられた孤独のうちに生きることこそ、ぼくにとってはもっとも切実に共感し得る今日の詩人の立場なのです。そして重大なことは、こういう思想や精神が、単に大戦後という区切られた条件の時間のために用意されたものではなく、ぼくらの生の内部に、その出発の時から永遠の斗いとして刻みつけられているということです。

○

Z君、いまぼくの机の上には、この六月十九日に原子力スパイの容疑で、シンシン刑務所の電気椅子で処刑された、ローゼンバーグ夫妻の新聞記事の切抜きが数種載っています。たしか十六日の夕方少し早目の食事をとっているところへ配達された夕刊には、まだ片隅に小さく「ロ夫妻死刑執行猶予訴願の最終的却下」の記事が出ていたのですが、なぜかあるふかい衝撃がぼくを把えて、二十日付の処刑後の大々的な記事の切抜をとるまでに、ぼくの気持を悲痛なものにしてしまったのです。

何よりもぼくの関心をそそったのは、この一市民夫妻が、数名のスパイ事件関係者の中で唯ひとり無罪を主張しつづけていること、唯一の死刑囚であること、そしてこの一夫妻の死に国際的集団的な大事件とひとしく、全世界の自由人が切実な反響を示したことです。原子爆弾の使用は今次大戦が生んだ最大の悲惨のひとつとして、人類の歴史に刻みこまれています。その一国が管理する原子力の秘密を、他の一国に通報したかどで、終戦後八年を経過し、ようやく平和世界の気運が高まった今日、世界の一方の強大な支配者であるアメリカが、司法史上前例のない平時においての処刑を執行したことは、戦争がもたらした夥しい悲惨のうちでも、もっとも複雑な心理的波紋をぼくらに投げかけたと言わなければなりません。戦争のあわれさが八年を経過した今日になって、ひときわ疼痛をかきたてるのです。処刑間際までホワイトハウスの前の鋪道には、多いときで二千人もの人々が、助命嘆願のプラカードをかついで運動しつづけ、パリでは十九日夜から二十日早朝にかけて「ロ夫妻を救え」の集会が行われ、千名以上が検挙されたということです。

Z君、一国家がスパイを処刑するのは止むを得ないことかも知れませんし、また戦争の最中には数知れぬ犠牲が暴力によって強要されています。ただ一九五〇年七月に連邦検察局によって逮捕された夫妻が、数回の処刑日を再審理によって三年間も延期されながら、死刑執行の当日まで最高裁の票決に左右されたという、いわば殺されながら生きてきたあわれさが、あながち他人事ではないような気がするのです。多少言い過ぎかも知れませんが、現代のあわれさのなかに生きる詩人の生命と似通っていはしないだろうか、とさえ思えてきます。戦争とコミュニズムにいちじるしくヒステリックになりつつあるアメリカの現実と、ようやく批判的な態度を表明しだしたヨーロッパの自由諸国との微妙な心理的波紋を、この事件は一層浮きたたせたような気がします。

Z君、ぼくはこうしたかなしい事件に直面すると、一層声を大にして人間性の擁護を叫ばずにはいられません。そしてその擁護はあくまで個人々々に即して考えられなければならないと思うのです。一切の集団的組織、一切の集団的思想はかならず権力化した部分を持ち、かならず個人的な犠牲を強要せずにはおきません。いまさら個人の自由などという命題を持ち出しては、ますます検察官じみた詩人諸氏から、知性の破産者と罵倒されるかも知れませんが、ハーバート・リードが「自由のきずな」の中で言っているように、「自由《フリーダム》は休息の状態ではなく、少くとも抵抗の状態である。それは行動の、投入の、自己実現の状態である」という意味で、時代と個人という複雑な関係に触れてみたいと思います。

ここで是非書いておきたいのは、ぼくが孤独といい、例外者という意味も、たったひとり社会から孤絶しているという立場ではないということです。孤独な洞窟の行きどまりの壁に穴をうがっているぼくは、たったひとりではないからです。ぼくらとおなじ抵抗の作業を社会の隅々で行っている撰ばれた人々が、たがいに関係しあう存在であるということは勿論のこと、それは歴史の深所でたがいにふかく結びあう協同体を為しているといってもいいと思います。ユダヤの哲学者マルチン・ブーベルはその著作の中に、「集団に対する今日の熱狂は、協同体による個人の精練と浄化から逸脱し、生々した会話を失い、世界の心である自我を火あぶりにしろと要求しているものである」と書いているそうですが、戦争のあわれさを生みだしたのはこの集団主義的悪による、近代的自我の火あぶりだと考えます。

集団主義的国家においては、個人の自由や能力は無視され、肉体や感情のすべては国家に徴発され、そこから生ずるすべての悪徳は国家の名において犠牲者に押しつけられています。ぼくらの自我、ぼくらの自由の意志は、つねに敵への看視と挑戦とによって辛うじて保持されているのです。ぼくらは絶えず何ものかによって告発され、理由のたたぬ法廷の被告席に立たされている暗い意識の持主であり、その故にこそぼくらを殺しにかかっている現代の善や神を、逆に告発する意志と勇気を持たねばならないと考えています。

Z君、ぼくは今日に生きる一個の詩人として、コミュニズムともカトリシズムとも妥協し難い、酷薄な精神の地点に立っています。ぼくはぼく自身の自由の意志を、政治的必要にいささかも売渡さぬという意味で弁証法的唯物論に対決し、またその自由を神に対決する虚無の深淵に見出すという意味で、カトリシズムに傾斜することが出来ません。必然的にぼくは人間の価値を、撰ばれた孤独のうちに感じ、何物にも屈服せぬ反逆的な自我のうちに見出す他はないのです。

詩人はいよいよ寡黙に現実の深処に接触し、人間の不屈な自我に光をあてながら、詩への希望を、生への希望に密着させるべく苦悩の斗いを撰ばねばならないでしょう。ぼくらがたとえ世界の進歩主義者たちに没落の烙印を捺されるとしても、ぼくらの詩は現代の狂気にあくまで反逆することによって、歴史的な意味を持つ筈です。しかし、ぼくらは政治的な進歩主義者たちからの、ともすれば性急な非難といえども、決して固定的な敵対意識から否定するようなことはせず、自由を渇望する精神の上で、たがいに関係しあう同志でありたいと思います。ただ繰返すように、ぼくらの革命への参加は二者撰一の決断を安易にとるような、今日の政治的風土での皮相な生き方のなかには無いのです。ぼくにとってはニヒリズムもまた、反逆的な戦斗の場であり、人間の自由をたたかいとる思想の場に他ならないのです。

Z君、結論のないこの手紙も、ぼくのあいかわらずの片意地な言い分に終ってしまいそうです。くどいほどぼくは、ぼく自身の矛盾や蹉跌、とまどいやつまずきについて書きましたが、ぼくの精神を浸しているニヒリズムは、自己をつなぎとめているそれらのきずなを断ち切るためのいわば斧のような役割を果しています。それはぼくにとって無気力な倦怠の化け物ではなく、自由を擁護するための自我の宇宙なのです。ですからぼくにとってニヒリズムは情緒の影が微塵も許されない酷薄な批評精神であらねばなりません。ぼくはこの精神の座標を拠り処にして今後も詩を書いていくでしょうし、それはぼくの生活態度そのものを反映していることにもなるでしょう。そして、ぼくが詩を愛するかぎり、絶えざる決意と自由への渇望に身を挺する行為を通して、見知らぬひとびととたがいに信じあいながら、滴るべき未来について思索し、行動すべきだと思っています。その巾広い協同体の内部にあっては、もちろんコミュニズムもぼくらから断絶する観念ではあり得ません。ぼくらがきびしい孤独の場にありながら協同の抵抗体を形成していく一員であることをここで強調したいのです。

Z君、この君への私信も、ぼくらの仲間の会合の席で大いに批判されるだろうと思います。実際ぼくらの仲間ほど強靭な自我を持ち呵責ない批判をし合うグループはそれほど多くないでしょう。あるときはその詩について、思想について、全く対立的な立場に立つとさえ思える仲間が、何故ひとつの行為にこれほどの熱情を傾けているか、ぼくにはそれがよく解るような気がします。そのとき、ぼくは撰ばれた孤独の椅子についている不屈な詩人を信頼することができるからです。

一九五三・七・四

日記

某月某日

小田原の志沢正躬をひさしぶりに訪ねる。網一色のバス停留所で降りると、あたりはもう砂地で、彼の家から海岸までは約二十メートル。まばらな松の防風林をすかして、なだらかな堤防が見える。そして、冬の海。

昨年末にやった「詩行動」の最後同人会に、彼が出てこなかったので、そんなことから話しはじめる。ぼくらはもう、単に詩を書いているという行為だけで、グループを形成していくことが出来なくなったこと。おたがいの立場をみとめあいながらやっていこう、と語りあった創刊当時の気持から、現在ではそれが生ぬるい逃避的な口実になってしまったこと。ぼくらがより誠実であり、ふかく信頼しあえる仲間であるためには、グループの解体以外には撰ぶ道がなくなったということ。

志沢はぼくの気持に共感してくれる。彼は「しばらく放蕩するよ、出直して本でもじっくり読むさ」と、こともなげに言う。彼とは横浜の中学校で小さな机を並べた仲だから、十五年来の悪友というわけだ。

遅れて山崎正一と若い作曲家の雨宮伊之助が来る。山崎持参の一升壜をひやでやりながら、柴田元男の「天使望見」と飯島耕一の「他人の空」の批評をやりだす。いつのまにかキャロル・リードの「第三の男」と「禁じられた遊び」の比較論になっている。この二つの場合の両方とも、志沢とぼくの評価が対蹠的になったのが面白かった。

某月某日
定刻、ニュートーキョーにいくと、飯島が来ている。詩集を出してから彼の作品は見違えるようになったと思うが、今日もふところから自信ありげに原稿を出して見せる。

児玉惇が来る。ぼくらの間に新しい雑誌を出そうという計画があるからだ。明確な主張と方法の上にたった少数の仲間になると思うが、さいわいZ社が発行を引うけてくれそうだ。しばらくはクオータリーでいいと意見がまとまる。

飲み手は飯島とぼく。児玉はゴブレット二杯位で、あとはつまみの皿を重ねている。雪がだんだんひどくなるらしい。さっきまで、C・Dルイスの詩論の話をしていたと思ったら、こんどは児玉が魯迅から中国革命について熱っぽく話している。

平凡社に電話を何べんもかけるが、難波律郎は会議とかで来られそうもない。中島可一郎も春秋社を出たきりよそへ廻ってしまったらしい。

四時半から九時迄、固い椅子の上で飲みつづけ、女友達二人をまじえてやっと雪の戸外へ出る。何となく癖になって、附近の小さな露西亜料理店に行く。せまくて急な階段を上ってまたウオトカをやる。とりとめもなく詩の話をする。

長身の、なにかしらその店にふさわしい雰囲気を持つボーイが、黙ってグラスに紅茶を注いでくれる。難波がはじめて連れてきた店だ。あいつは何処で雪を眺めているのだろう。

黒田三郎詩集『ひとりの女に』

ぼくらはひさしく都会に住み、言いようもない文明のむごたらしさともの憂さのなかで、ときに磨滅した一個の滑車のようなむなしさの存在としての自己を意識することがある。そうした時にぼくらは、目の前に立ちはだかった途方も無い壁にむかって、ヒステリックな反抗を試みるか、あるいは裸の子供のような素直さで自分のひよわで無垢な心の奥を覗きこむだろう。たまたまぼくの机の上に、詩集「ひとりの女に」があるとしたら、ぼくは任意な頁をひらいてその中の一篇を読むにちがいない。そこにはこのようなぼくらの心の状態を、すぐれた比喩によって表現した、たとえば、「あなたは行くがいいのだ」という詩がある。

都会のわけのわからぬ忙しさのなかで
いつのまにかがたがたの自動車のように
僕は動かなくなってしまったのだ

自分の走って来た何万キロの道を
海へ行く道や曲った道　泥だらけの道を
俄に僕は思い出さねばならなくなったのだ

ぼくらは経験と記憶の堆積を負いながら、いつもおぼつかない足どりで現在を歩いている。ぼくらは過去の衣裳をぬいだり着たりして、えたいの知れない明日を量っているのである。そして「ひとりの女に」の詩人にとっても、この世でもっとも甘美な愛でさえ、自己の破滅を賭けるひとつの賭博でしかないのである。この詩人に、「僕はまるでちがってしまったのだ」という、つつましく初々しい実感を与えた「運命」も、じつは初心な賭博師のふるえる指先のように、ひとときこの世をしんとしずまりかえらせただけなのだ。

そして自分と、自分のかかわり知らぬ「運命」とが、どこかの路傍ですれちがうとき、ぼくらはにがい孤独の味を、ぼくらの内部にぽっかりあいている「ひとつの席」で感じとるのである。ぼくらは次のような詩の数行によっても、その美しい愛の渇きを汲みとるだろう。

一夜のうちに
僕の一生はすぎてしまったのであろうか
ああ　その夜以来

昼も夜も僕の左側にいつも空いたままで
ひとつの席がある
僕は徒らに同じ言葉をくりかえすのだ
「お坐り」
そこにひとつの席がある

この詩集はその題名が示すとおり、「ひとりの女」にささげられた、いわば組曲のような作品集である。この詩人が「荒地」グルウプの中でその実作によって、もっとも新しい共感の世界を拡充しつつあることは衆知のことであるが、その要因のひとつはぼくらの日常性に詩のボディを浸して、ふかく現実に根ざした言語感覚の再生を意図していることだろう。彼は実感を大切にする詩人であり、彼の詩は日常のぼくらの経験のなかで、生き生きと呼吸しながら、詩のあたらしい領域をますます拡げてゆくにちがいない。

黒田三郎は、詩集「ひとりの女に」によって、ぼくらに心のなぐさめと勇気をあたえた。そしてこの詩集は、「突然僕にはわかったのだ」という、きわめて暗示的な、無垢な魂の声を思わせる詩によって終っている。

突然僕にはわかったのだ

そこで僕が待っていたのだということが
そこで僕が何を待っていたのかということが
何もかもいっぺんにわかってきたのだった

大岡信小論

大岡信の詩の世界を考えるとき、僕は一口に言って、生きるための肯定的な力としての「感動」が、たえず人間の条件を破壊し創造する意志に根ざす「批評」と、詩の根源的な地点で融合し、単一な心のはたらきとして読者の内部に滲透し、発酵して、詩それ自体が行動的な独自な生きもののように誕生しようとする姿勢を思いうかべるのである。

彼にとって、詩人の使命とは、人々の心の中に漠然とした可能性のままで胚胎されている思想や感情を、詩人のオリジナルな言葉によってさぐりあて、これを現実的に組織化しそのまだ意味を持たぬ意識下の部分に、強烈な「感動」を発見しつつ、存在と存在との関係の新しい様式を啓示することにある。

つまり彼は一人の詩人がその歴史、社会の生成物である人間の全存在と、有機的に関係しあい、深い「感動」を喚起する意志と創造力を自己のものとすることによってのみ、詩が個人を超えて「全体」になり得ることを確信しているからである。

戦後詩人の理論家として注目すべき活動をしている彼が、その詩論の到る処で、詩に強烈な「感動」を求め、「感動」が詩の「創造力」を根源とし、最も現実的な詩の「エッセンス」であり、僕らに「生の意味」を暗示するものとして強調されているのは興味深い。

彼のシュルアリスム批判が、戦後詩人の知的態度を明確にした位置から適確に為されたことは、彼の歴史感覚の高さを証明したものであろう。

しかし彼が詩に兇暴なまでの「感動」を夢み、ひと息に歌われる「何ものか」を要求するとしても、現実に僕が読み得た彼の作品がそのまま彼の意欲を十分に反映しているとはまだ言えないようである。

まぎれもなく彼の詩は、世界の夜に向って開かれる窓だ。そこには額に傷ましい血を流して、なまなましい死と生の状況をみつめているふるえる少年の瞳がある。それは寂しいが明るい。かなしみながら挫けない若い樹木を思わせる無垢な心のときめきが、現代の闇から未来に向って無限にひろがろうとする意志になって、生きる自由を主張している。

その意志の背景をなしているものは、まだ生成の過程にある原初の世界であり、魚が眠る湖と、けものさえもやさしく餇う空である。

「この島の上で」「いたましい秋」「人間たちと動物たちと」「可愛想な隣人たち」、「夜の旅」これらのすぐれた詩は、それぞれナイーヴな感情とクリティクな思想との均衡によって、僕たちが今日に生きることの困難さをよく表現している。

ただ惜しまれるのは、彼が詩に「肉声」を求めながらも、尚彼自身の言葉が「肉感」を欠いていると思われることだ。人間の意識下の心理のひだに、彼がより柔軟により緻密にそれによって観念により現実的な肉づきを与え得る触手をもって沈潜し、その底から「生きる」意味を歌いあげることを希望するのは僕だけであろうか？

ぼくらが詩に求めるもの

すぐれた詩を読むことのよろこびは、ぼくらが現実の生々しい切りくちに触発されて最初の声をあげ、その叫びに論理をもとめ、複雑な詩のラビリンスに入りこみながらあたらしい精神の記録を書上げていくときの、あの言いようもないよろこびに似ている。

そうした詩にとって不可欠なものは、ただ創造的な意志と方法と、えらびだされた言葉とであり、それを詩的現実として表現するものは、詩人の現実に対するきびしい認識であるにちがいない。

ぼくらが詩にもとめているものは、見えないものを見る眼であり、歩けない道を歩く足である。

飯島耕一の「わが母音」は、ぼくらが持つその幸福な権利と、ぼくらが持たねばならない勇気と希望とをうたった、うつくしい音色にみちた詩集である。

そのうつくしさは、彼が生のよどんだ渕に弱々しく歩行をつなぎとめられずに、つねに現実のなかに一粒の種子をさぐりながら、日暮れどきにも夜明けにも貪婪に歩きまわろうとした、その挫きがたい人間的な姿勢からひき出されたものだろう。

彼の詩におけるイメージやメタフォアが、ある時は不均衡であり、また独断的であり、彼の想像の宇宙をほしいままにしていながら尚かつはげしいリアリティで作品をささえているのは、前述した彼の詩に対する姿勢のためである。

おびただしい現代詩人の心象風景が、メタフィジックな暗室でその衰弱を急いでいるとき、「わが母音」は詩壇にあたらしい一撃を加える積極的な意味を持つと思う。

第一詩集「他人の空」に見られた、やや暗いイメージも、その憂欝な思想の陰影もうすらいで、飯島は「観察」の世界から大胆な、「認識」の領域へ踏みこんだということが出来るだろう。「他人の空」のユニイクな作品に、より郷愁を感じる読者が多いとしても、ぼくはこの詩集の「見えないものを見る」「種子」「風が吹いたら」などの作品が持つ意味を見逃してはなるまいと思う。また「森の色」のあたかもシムフォニーを聞くような、光と色彩の氾藍にも注目すべきである。

鳥見迅彦詩集「けものみち」は、一面「わが母音」とは異質な領域から詩の根源的な魅力を解明してくれた詩集である。

詩が、しずかな沈黙の姿から読者に襲いかかり、有無を言わさずその皮を剝ぎ、その肉をえぐって、生きることのたえざる痛みを訴えているのだ。

それらの詩は人間の無垢な心をあらわにし、その心を磨げ切り裂くことによって慰める残酷なメスに似ている。

「けものみち」がぼくらをふかく感動させてやまないのは、恐らく人間が蔽いかくそうとしている自己の最もひよわな部分からのみ、現実にあらがう声をあげ、かつ現実を変身させ得る強靭な思想の芽をさぐりあてようとする、その詩的態度のためであろう。

爪さきだった人民の声や、書斎の窓をあけ放つキイを見失った亡霊の冥想は、この詩人の山靴の底であさましい悲鳴をあげているように見える。

「手錠と菊の花」「山小屋」「一粒の乾葡萄」と三章にわたる作品のうち、山の詩は既に定評があるように、自然と人間の緊密なたたかいが生みだす生の断面を堀下げているが、ぼくはむしろ前後二章の生臭い詩の顔つきが大好きである。

「手錠と菊の花」「蛇」「罠」「一粒の乾葡萄」などの詩は、ぼくらが生きねばならなかった時代の歴史を、あの焼ゴテの感触でいつまでもつたえるにちがいない。

こういう人間の地獄をヌキにして、詩の芸術性も社会性もありはしないからである。「けものみち」から「わが母音」にわたる振幅――ぼくはここに夢を託そう。

詩人の声

詩人が、詩について何か書くなどというのは、ほんらい馬鹿げたことだと思う。詩に多くのものを、ぼくは求めようとは思わない。ただ、「ぼくは詩が好きだ」という一つのことだけが、真実なのだ。

しかし、今日は無理に詩の周辺をうろつこう。無理に……。いったいぼくらに詩を書かせる。最初の衝動は何だろう？　――いやな書出しだ、大げさで、押しつけがましい調子で……。

詩人の最初の声が、もしも文明の腐敗と危機にふれて、或いは人間の頽廃と偽善にふれて発せられるとしたら、そのうたごえは無傷な自我を奪いさられようとするものの、いたましい反抗であるだろう。

もしも一個の人間に、詩人の名が冠せられるなら、彼はその腐敗と危機を、頽廃と偽善を予感し、えぐりだして、そのかなしみといきどおりを、じぶんじしんのあたらしい声でうたいださねばならないだろう。

じぶんじしんのあたらしい声――。詩人に出来ることといったら、たかだかそんなことなのだ。ぼくが、ぼくじしんの生きている社会・文明から逃れられないように、ぼくの詩もぼくじしんの毒から逃れられはしない。

ただ、ぼくはじぶんの声で――他人とはどうしてもちがった声で――こらえきれないかなしみといきどおりの叫びをあげる。

それは時に、まったく個人的な声のひびきをつたえるかも知れない。

ある時は、ビルの壁や、曇り日の空にはね返って、意気地なくひからびてしまうだろう。

しかし、もしぼくらが町を歩いていて、ふと他人の詩の一行をなまなましく思いだす経験をもったとしたら、その声はもう一人の詩人を離れて無垢な人間の声となり、永遠のいのちを持ってしまったのだ。

そういう声を信じないで、どうして詩を書く勇気が起るだろう。

そのときぼくらは、言葉自身が生きもののように町にあらわれ、叫び声をあげているのを発見する。

そして、それはつねに、特定の意識や目的や、組織や集団とは無縁な、ひとりぽっちの詩人の声であろうと思う。

詩人研究

金子光晴

I

「悲哀《ソロー》」（Sorrow）という題のデッサンがゴッホにある。

その画のかたわらには、「この地上に、女がひとりぼっちで、絶望しているというようなことが、どうしてあっていいものか」というミシュレの言葉がしるしてある。

女は疲れはて、痩せおとろえ、頭を両腕のあいだに埋めて、かなしくうずくまっている。

クリスチーネ。そうだ、彼女はすべてのものから見離され、妊娠し、飢えていた街の女であった。ゴッホは彼女に対する愛を、「悲哀《ソロー》」によって残酷に表現した。愛する女には苛責なく、可能な限り冷酷に虐げねばやまない心――そうした痛みを離れて、芸術は存在するであろうか。

ゴッホにとって、愛するクリスチーネはまさしく自分の敵であった。彼等の結婚はとことんまで、夢の破壊に尽きねばならなかった。ゴッホは敗北した。そして、彼はさらにあらたな、より強固な敵に近づいたのである。

親友であり、また二人と無い仇敵であったゴーガンを、剃刀で追い、冷ややかな一瞥をむくいられて自分の耳を切落したゴッホを、まさかヒューマニストなどと呼ぶ馬鹿者はいないだろう。そうした思想ほど腐敗し易いものは無い。

しかし、あわれなクリスチーネと同棲した彼を、そう思いこむあわて者は、まんざらいなくもなさそうである。これほどひどい誤解は無い。彼はただ、自分のためだけに生きたのである。金子光晴とゴッホという対比は一見唐突かも知れぬが、この二人の自我は血肉の関係にありそうだ。

金子光晴をとりまいているおびただしい誤解は、今日の詩の貧困に直結している。たぶんそれらの的はずれな批評を並べたててみれば、ほぼ金子光晴の素顔に近い顔が、逆に浮び上ってきそうである。気の毒な男ではないか。彼は詩の不毛な日本で、真の仇敵を発見することが出来ない。ただ詩を読む能力を根本的に欠いた連中が、おだてあげたり、くさしたり、あんまりいい気なたわ言を浴せかけるから、「それほどに僕をかってくれる人達があることは有難いとしても、どうも、まちがえたおつかいものをもらっているようで、ねざめがわるい」などと、閑をつぶして彼が言訳しなくてはならなくなる。迷惑な話だ。

彼は人民の味方でも、すさまじい反逆精神の権化でもない。ほとんど偏執的に詩が好きで、人なみに息子が好きで、人なみ以上に女が大好きという、かなり欲ばった小鬼のような親爺に過ぎぬ。親馬鹿や、好色に関するかぎり、そこいらへんに腐るほど息している八百屋や靴屋や、古道具屋の親爺とさして異る人間ではないが、無類に詩が好きなところだけが余計なのだ。

こんな詩好きにあってはかなわない。きっと金子は、便所で臀をまくっているひまにも、どこかで女を夢中にさせているあいだにも、たぶん、人と話している時など相手の言葉はてんでうわの空で、詩のことばかり考えているかも知れない。その程度には充分意地の悪い親爺に相違ないのである。

彼は幸福なことに、おそくこの世でもっとも自分とウマの合う、詩という相手とめぐりあった。星の数ほどいる詩人のなかの大半は、詩よりも教鞭の方が、或いは計算尺の方が、或いはシャベルや馬の手綱の方が、自分の相手にふさわしかったことに気がつかないで、大事な大事な一生を棒に振っている人間である。

相手がよくて、惚れこんだからには、鬼に金棒、めきめき手の上らぬ筈は無い。金子光晴が無類に柔軟な言葉を手なずけているのは、偶然ではないのである。彼は言葉という生きもの以外に、何を頼りに出来るだろうか。

人は金子に何遍会っても、彼の洒脱な猥談を聞かされたり、人並み以上に世話好きそうな親切にとまどわされるだけで、彼の心に深くたち入ることは出来ないが、その詩を読むことによって、はじめて彼の肉声を聞くのである。

詩としか名づけようも無いもの、詩人としか呼びようの無い人間。金子光晴はザラにはないそういう生きものの残酷な手で、恥知らず共の面の皮を剝ぎ、世の中のあらゆる心をあばきたてる。金子光晴は、敵味方の明瞭な区別を欠く惧れが時にあって、レジスタンスの問題としても一考を要する点がある、などと言った大馬鹿者もいるようだが、敵でもないものが金子にあるわけは無い。赤の他人にかこまれて、自分が自分を片づける日を、にやにや嗤いながら待ちわびているのである。

だからファナチックであることも、ペダンチックであることも要らない。言いたいこと、したいことの邪魔だてをするやつは、どうしても許して置けないタチだから、頭の悪い詩人たちにレジスタンスだの、ニヒリズムだのと見当ちがいされるのである。

そういう金子の反俗性には論理が無いと言う意見もある。一口に言えば、詩は論理では無い、という初歩的な線までも、その評者はたどりついていないという証明であろう。彼が人間として、おそらく死ぬまであいそづかしの出来ぬ唯一のものが、詩であるという事実を考えれば、彼の論理がおよそどのようなものであるかの見当はつく。

論理、論理などという詩人たちが、埃臭い書斎で煩瑣な分類癖に落入っているあいだに、金子は死に対決して、「死に対する君の考へかたをすてたまへ。君にはじまってゐるのは生ぢゃない。死だよ。君がみとめた瞬間、なにごとによらず、それを君は失ったのだ」と語り、戦争をくぐりぬけて、「なんにも失くなりはしませんわ。過去はみんなどこかに大事にしまってあるのよ。戦争なんかお皿一枚だってこはせやしないわ」と書き、「ぱんぱんはそばの誰彼を／食ってしまひさうな欠伸をする。／この欠伸ほどふかい穴を　日本では、みたことがない。」と歌っている。

任意にとりだしたこれらの強靭な思想は、時代の単なる現象を遠く超えて、苦しい漂流の果にゆきついた人間の凄まじさを訴えている。金子が現代に必要なのはランボオやヴェルレーヌではなく、ダンテなのだと言うとき、その言葉のひびきは多分に類型的であるとしても、彼の認識の独自性は、戦争の暗黒時代をふくめての詩作品によって証明されている。

金子光晴のエゴイズムは、少くとも日本の詩人のなかでは、絶えず近代を呼吸していた稀少価値であろう。

右の耳を繃帯したゴッホは、「おれが絵をかいているのは、人間から足を洗うためだ」と、無愛想に言ったが、「おれが詩を……」と、じつは金子も考えているかも知れない。

II

金子光晴に対する誤解の実例を、二三挙げてみることにしよう。僕には悪い趣味がある。

小野十三郎は次のように書いている。

「叛逆精神としてのニヒリズムは認める。然し外部の権力にねじ曲げられていないまっすぐな人間の心の中へ本当に帰りつくためには、まず自らの病気の治癒にかからねばならない。金子の詩の内部にはどこか光のとどかぬところがある。だが私たちの思考力が今日以上に政治や経済や階級性との問題の関連において光度を増せば、おそらくその暗所も明るみに出るだろう。」

この批評は小野の詩に対する認識の低さを暴露したものである。もし金子が何か病んでいるとすれば、それは生、或いは死という治癒されぬ病患のためであり、その病は彼が詩をすてぬかぎり、彼を眠らせることはあるまい。逆に言えば、それほど金子は健康な精神で、詩にたちむかっているのである。

彼の詩の内部に絶えざる暗黒があるとすれば、それこそ金子の詩の勁さと明るさとを実証するものではないだろうか。まして、政治や経済や階級に関連して光度を増す思考力などというものが、その暗黒を明るみに出すはずはない。暗所はそれが暗所であるゆえに、われわれの心に光として感じられるという意味が、小野に理解出来ぬわけは無いだろう。

何よりの証拠に、小野の詩のうちにもその暗黒がみとめられるのである。詩人が生涯をかけて大切にするに価するのは、その暗黒の部分ではあるまいか。

同じ種類の誤りを、秋山清も犯している。

「権威を否定し、統制と劃一の政治主義とを否定する、その耽美な又虚無的にすら見える姿態も、常に人間性への愛情に支えられているからこそ、その詩への共感が、彼もそんなに期待しなかったであろう民衆の側からさえも起りつつあるのである。……しかし彼のサンボリズムが単なる詩の技法のみではなく、唯物的な世界観とのふかいつながりにおいて把握されていることに注目せねばならない」。

金子の人間性への愛情が、民衆の側に共感されつつあるなどということを、秋山はどうやら本気で考えているらしく、しかもそれを一種の讃辞めいた口調で書きたてているに至っては、金子の詩の本質とあまりに遠く隔っていはしまいか。

金子はむしろ、そういうやすでな共感などというものがあるからこそ、死ぬまでそれを敵としなければならないのだ。愛とはそんな図式のようなものではない。

また、金子の詩のなかに、唯物論的世界観などという政治概念を持込んで、いかにも卓抜な見解をよそおっているのは、秋山自身の詩に対する観念の根本的な欠陥を実証したようなものだ。

詩は永遠をのぞかせる、人間の瞬間の声であるにしても、固定的思想や観念ではかれるしろものではないのである。

木島始という人の頭の構造は、次のようなものである。

「金子が、日本の現実にたいして冷淡になればなるほど、現実は異様な腐敗力をかれの詩に滲透させ、かれの詩の映像は、すべて生命の下降する、つまり衰退し枯死し腐敗し化石する方向へ組織されてゆく。『こがね蟲』から『人間の悲劇』まで、わたしは詳細に読みうる余裕がなかったが……」。

まことに奇妙な論旨である。どうやら日本の現実に対して、金子が冷淡であったことを責めているらしいが、この人は詩が何かの役に立たねばならぬことを、前提としているように思われる。何といういやしさであることか。

現実に対して、つねに冷淡であり得る人間の勁さとゆたかさを認めることが出来ぬとすれば、もはや詩を読む能力は無い。詩の映像も、詩人の心も、この男にとっては或る種の力関係で十把一からげに組織されてしまうような、簡単なカラクリに見えるらしい。

また、金子は「思想をもちえない肉体にたえず帰着し、封建性から脱却しえない肉体と切りはなされない……」とも書いているが、封建性から脱却しえない肉体を認識することが、金子の思想ではあるまいか。それゆえに金子にとって詩が大切であり、詩はそういう肉体を離れて存在しないのである。

詩を「詳細に読みうる余裕」が無い人間にも、こうした幼稚な論断だけはいとも容易に書きうる余裕がある、という点に注意して貰いたい。政治主義というものは、ほぼその程度の固定観念をもとにして、すべてを割切ることにいささかの矛盾も感じないで済むのである。何という恥知らずであろう。

もう一つ、傑作を紹介しておこう。これは北川冬彦である。

「金子光晴の詩には、どのような深刻な世界を描いても、そのイメージが浮遊揺曳してしまうのは、金子光晴の生活に根がないことから来ているのであろう。俗衆に、たゞひとり背を向けてすましている、にしか過ぎない人間だからである。俗衆に背を向けて、それからどうするかが二十世紀の詩人の問題である」。

イメージの効果という、いわば方法にかかわることがらを、いきなり「生活の根」などというあやしげなものに直接させようとする非論理は一応問うまいと思ったが、ただひとり俗衆に背を向けてすましている人間を揶揄する滑稽な思いあがりが、たぶん彼の生活の根というものなのであろう。ただひとり背を向けることが、北川の言う如くさほどたやすいものであろうか。

「むかうむきになつてる／おつとせい」は、いつまでもそれが「むかうむき」であるために、絶えずむきを変えつづけねばならない。うっかりすれば、昨日のむこうむきが、今日こっちむきになりかわってしまうからだ。

驚いたのは、背を向けるという行為に北川が全然抵抗を感じていないことである。背中についた塵をはらって貰うために、くるりと踵でまわれ右をし、さてそれから何処へ出かけるかと思案でもはじめるように、「二十世紀の詩人の問題」などというものを考えているらしい。

金子はむこうむきになることで、孤独な海へ投身しているのである。一刻の間も泳がなければ凍える海を、自己の内部に苛責なくひろげているのだ。

ただひとりで、まだ人間の住まぬ暗い岸辺へ、金子光晴は泳ぎつくだろう。

Ⅲ

「むかうむきになつた　おつとせい」は漂流する。金子光晴の孤独な心は、しきりに人間のいない島へ漂着することを憧れる。けれどもそれは無理な願いだ。

彼はアジアやヨーロッパの涯無い海を流浪しながら、水に映るさまざまな空を眺め、「僕は、世界の人間が一枚のヒフでつづいてゐる宿命を知った。その皮膚の一方のすみから疥癬がはじまる」ことを、認識する。ゆっくりと、或いはまどろんでいる間に急速に、侵蝕してくる危機を、彼は獲物を前にしてじっと身をひそめる猟人のように待つ。

そして、指先にぷつりと小さな水泡ができたとき、はじめて彼はその経験に執着し、その経験をあらたな意味に変身させるべく、飛びかかっていく。水泡をつぶし、じくじくの水を出し、皮を剝ぎ肉をそぎ落して、一本のかぼそい骨にする愉しみと痛みとを、自分一人が味うのである。

四十年前、「すべて腐爛《くさ》らないものはない！」と歌った詩人は、今日「僕より先に腐つたもの、あとから腐るものに挟まれて、あゝ、お互ひは見知りあふ方途すらない」と書く。

そそっかしい人間達は、「腐る」という言葉の現実的な意味が汲みとれず、そこに頽廃や虚無の影を重ねなければ気がすまぬ。人間は腐り、物質は腐り、歴史はみずみずしい腐臭を放っているのに、彼等は現実を逃避することにうき身をやつしている。

金子光晴はまぎれもないリアリストだ。人間への不信をつきつめてなお死にきれぬ彼は、人間の心の恥部をひきださずには居られぬリアリストなのである。

彼をサンボリストなどと呼ぶ俗論が多いが、ほとんど日本で最初のかけねのないリアリストの風貌を金子光晴はそなえている。

たとえば、彼は次のように書く。

「リアリティということが現代文学の基本でいながら、リアルが単に常識的な経験を指して言うに止まるとすれば、その文字は、浅いものとならざるをえない。……ものの深化、分解、構成によって、リアルはその本質をひらく。リアリズムは、今日リアリズムと呼ばれているごときものではない。今日、シュルレアリズム、ファナテシズムと呼ばれるに相当したものしか、リアルを開明する手段をもたない場合もある」

意識すると、せぬとにかかわらず、われわれの生は死の時間をないまぜている。われわれはゆたかな生の韻律のうちに、つねに死の強烈な水音を聞かねばならぬ。

むしろ暗黒の領域、死の部分を歌うことによって、生存の意味を解明する他はないのである。

詩人が、経験を独自な創造の宇宙で把握するためには、おびただしい破壊と殺戮の時間を重ねる必要があるのだ。

金子の詩を、いまだにサンボリズムとしてしか理解出来ぬ頭脳は、日本の詩の後進性が救い難いものであることを思わせる。

コムミニスト詩人から、シュルリアリスト（と称する詩人）まで、よくもおめでたい連中が出揃ったものである。

「鮫」「寂しさの歌」「蛾」「薔薇」「人間の悲劇」……。

これらの作品は、日本の詩壇が持ち得た最初にして唯一の、すぐれた精神の証明である。すくなくとも、ここには一個の人間の精神と肉体が、言いかえれば歴史のながれのなかの生と死が、そのリアリティを極限に追いつめようとしている。

ことに「蛾」の息づまるような幻想の肉感と、「人間の悲劇」の巾ひろい現実批判の方法とは、金子の創造的宇宙が如何なるものであるかを、われわれに開示している。

「蛾」のような作品が、第二次大戦の敗戦数日前という、自分ひとりにとじこもらざるを得なかった時期に書かれたということは、詩、或いは芸術と呼ばれるものの運命を暗示しているようである。

――僕は、「蛾」を金子光晴の代表作であると思う。

強靭な精神は本質的に「明るい」ものだ。金子の詩にゆたかな色彩と光があり、贅沢と愉楽があふれていることは、彼の人間的な強さを証明する。

詩集「こがね蟲」の序で、吉田一穂が「エピキュリアンの豪奢な驕り」と評し、佐藤惣之助が「阿片喫煙者《オピアム・イーター》」と語り、金子自身が「贅沢な遊戯《あそび》」と書いた詩人の資質は、現在もなお変ってはいないのである。

ことに惣之助が、「その運命に無頓着な、あくまで愉楽者の誇をすてないところが、かれを又へんにセンチメンタルにもしないし、悲劇論者にも厭世家にもしない所謂だろうと思う。金子はあかるい、否、あかるい心をもって世間を散歩している」と批評していることは、今日の凡百の評家の及ぶところではない。

「こがね蟲」から、最近の「悲情」まで、金子光情は、詩を暗い時代の壁になすりつけながら、最後まで自我を売渡さぬ誠実さを保った。それもとりたてて書くべき性質のものではあるまい。おびただしい娼婦をうたった詩、手ばなしで親馬鹿な心情を訴えた詩………、うかつに詠嘆した詩や、投げやりな頽廃としか思えない作品もある。しかし、彼がつねに自分を裏切らず、つねに自分以外のものにおもねることを恥とした勇気さえ、誰もが持ち得なかった「時代」を思うとき、われわれが金子光晴のうちに真の「詩人」を見ることは、正当であろう。

「すでに、僕らは孤独でさえありえない。死ぬまで生きつづけなければならない。ごろごろいっしょに」と彼は書いているが、ごろごろいっしょに生きる仲間達は、いつまでも金子にむごたらしい犠牲を強いるだろう。孤独でさえあり得ない心は、それによっていっそう地獄へ近づくのだ。

金子光晴は、孤独のために生きることはあっても、孤立のゆえに死ぬことはないであろう——。

戦後詩の主題

すくなくとも戦争の終焉とともに、現代詩の世界も「逃避の時代」と袂別した。詩はいずれにしろよりどころのない空間から、個人の自我意識のなかへと帰ってきたのである。しかし実際のところ詩は肝心の言葉をうしなっていた。荒廃した時代のイマージュをむすぶ言葉、分裂した心の切りくちを表現する言葉を求め、つかみとることが詩人の早急な仕事であった。勿論すべての詩人の心はその渇きを癒す新しさを求めていた。しかし、それは「芸術的な新しさ」というようなものとしてでなく、全人間的な意味での、言いかえれば思想的にも倫理的にも詩人自身の生きかたに直接つながる「新しさ」を求めたのである。

詩人たちは過去の詩の観念の領域や、美学の領域にはもとよりのこと、過去の西洋の思想にも東洋の精神にも信を置くことが出来なくなった。はじめて孤独の意味を知り、その意識が彼等を行動に駆りたてようとする衝動を自覚させたのである。詩も戦後社会の暗黒のなかで、人間たちの置かれた状況とひとしく多くの困難な未知の問題にぶつかってみるほかはなかった。

当然のことながら、戦後詩人の主題の共通性は、絶望する勇気をもって俗物思想に対する孤独な姿勢のうちにあった。絶望の向う側にはじまる人間生活のうえに、詩人たちは自己を確認するほかなかった、詩もまた個人の問題から、人間性の問題へと発展することを要請されたのである。

こうして戦後の詩人たちは、在来の詩の概念や美学を見張り、それを支えていた言葉を棄てて、新しい意味の探求をめざすに至ったのである。詩ははじめて人間の内部生活のうちに根ざし、人間の生きかたと深くつながる地点に、その主題を据えることになった。

それによって、個人の経験が何らかの創造的価値を持たぬ限り、書かれた詩も価値を喪うことは当然の結果になったのである。詩人は社会に無関心であることが出来ず、それゆえに、社会に対する反撃を持たぬわけにゆかなくなった。従って或る場合には、きわめて個人的主題をえらぶ詩人こそ、もっとも社会に対する批評性を持った詩人であったのである。詩人が孤独な姿勢をたもつことは、彼が反社会的に孤立していることとは、全く違った意味を持つものだ。

戦後の詩は、その美学と機能を失った詩形式とともに、社会性という名においてする集団的思想の暴力とも闘わねばならなかったのである。すなわち戦後詩人たちは、こうした外面の敵と闘いつつ、自己の内部にある渇きをみたすために、内部世界の創造をめざさねばならなかった。

したがって、戦前のシュルレアリスム、プロレタリア詩運動のような、いわゆる文学運動は戦後起らず、わずかに「マチネポエチック」が新しい詩の可能性を求めてソネット形式を試みたが、当然戦後の精神的状況を表現することは不可能であった。かつての近代派は戦前の地点にまで後退して、空疎な美学の中に没し、社会派は政治主義に偏執することに終始し、一方には四季的抒情の復活が見られ、又他方には時代の核心から遠い素朴な人間信頼を表看板とする一種の生命主義的な詩人たちの擡頭が見られた。

こうした状況のうちに、はじめて戦後詩に焦点をあたえるものとして現れたのは、金子光晴であった。金子は過去における人間の偽善と腐敗を告発し、過去における詩の意味と形式を粉砕するためにたちあらわれたように思われた。それらの詩は戦争下の孤独な日の所産ではあったが、これらの作品が戦後ひきつづき書かれねばならなかったという点に、歴史的な意義があった。恐らく金子は、戦争の有無にかかわりなく自己の主題を書きつづけることが出来た唯一の詩人であったろう。

太陽　　金子光晴

二十年来、僕は太陽にいい顔をみせたことがなかつた。
どう考えても鏖臭いのだ。ある日、僕は、靴の先で、奴をそつとマンホールに突落した。
そして、誰にもしられぬやうに、上衣の襟を立てて立去つた。

その日から、誰も太陽をみない。こまかい霧雨の降りこめる、皮蛋《くさりたまご》のやうな草叢のなかで、
僕は涎まみれな蝸牛や、椿象《かめむし》を摘んだ。

濡れた舌で、草ッ葉が僕の手をなめる。
……土管と、塀が、一ところに息をあつめる。

暗渠のなかでころがり廻る白髯の太陽の
居所をしつてゐるのは、僕より他にない。

僕を犯人だといふのは誰れ！　まはしものの良心。
なぜ、僕は、忠犬どもにビスケットを投げる？
多数がなぜ真理なんだ？　なぜ、僕がいけないのだ？

理否もなく照りつける権力、ボスの象徴のうへに
僕は、まるい鉄ぶたを閉めたのだ！
奴が出てくれば、僕は磔だ！　電気椅子だ！
僕のからだをおさへにして、金りん際、奴を出してはならぬ！

奔放なイマージュの展開と、底を支える生命力の強靭さが、長い暗黒の時代を批評して痛切な詩的価値を構成している。「暗渠のなかでころがり廻る白髯の太陽」が何を意味するかは、戦争が終

ってはじめて多くの人々に理解されたのだ。

金子の代表作はむしろ「薔薇」あたりにもとめるべきだろうが、その後は「人間の悲劇」「非情」「水勢」等の書下し詩集によっていよいよその批評性を深めている。まさに戦後は金子によって始められたと言うことが出来る。

その他の五十代詩人では、草野心平、小野十三郎、西脇順三郎等が、それぞれの詩的領域の拡充をめざして、相当の仕事をしたようである。草野のヴァイタルな人間追求の主題は、在来の視覚的イメージ依存の詩の方法を一次元高め、独自な音楽の領域に挑んで一応の成果を挙げ、小野のニヒリズムは効果的な虚構の設定によって、シャープな批評眼を定着させた詩を書いた。

かつてのシュルレアリスム紹介者、西脇順三郎は過去の詩法から一転して、東洋の寂寞の境地に到達したが、この閉鎖的世界を支える主題に積極性を見出すことは出来なかった。その背景にもとより西欧の知性の滲透をみとめ、言語感覚のつややかさを指摘するにしろ、創造と発展力に裏打ちされた詩人の内部世界とは異質のものであろう。

またこの世代の詩人たちの戦争下の挫折については、既に戦後詩人から多くの批判が行われた。そして戦争責任の問題は、左翼の詩人をも含めてほとんどの五十代詩人が負わねばならぬ最も重大なことがらであるにもかかわらず、彼等からの積極的な自己批判はいまだにおこなわれていない。彼等の戦後詩の主題は、この一点にこそかかるべきであったが、わが愚劣なる後進国の詩人たち（筆者も勿論含まれる）は、彼等に無関心をよそおいこそすれ、彼等の非人間的な態度を結果的に許容する態度をとっている。これらの五十代詩人たちが戦後においても、「死の灰詩集」や「松川詩集」、或いは「ヒューマニズム詩集」などという怖るべき編纂物の中心的存在になっているのは、甚だしい人間性の冒瀆ではないだろうか。これらの五十代詩人たちは、戦争の終焉を最後として抹殺されるのが当然であった。すくなくとも、戦後において彼等を詩人と呼ぶ必要はないように思われる。

さて、詩における意味の回復と、言葉の価値の確認を提起して、詩の経験を密着させることにより、戦後の状況に適応する思想的な詩の方法を確立したのが「荒地」の詩人達であった。

彼等の詩の主題は、その内部世界を支える言葉であり、言葉への信頼であり、個人と社会とをつなぐ強靭な思想のベルトでもあった。戦後の世代による新しい詩は、まず彼等によって書きはじめられたのである。

雨　　北村太郎

春はすべての重たい窓に街の影をうつす。
街に雨はふりやまず、
われわれの死のやがてくるあたりも煙っている。
丘のうえの共同墓地。

墓はわれわれ一人づつの眼の底まで十字架を焼きつけ、
われわれの快楽を量りつくそうとする。
雨が墓地と窓とのあいだに、
ゼラニウムの飾られた小さな街をぼかす。
車輪のまわる音はしずかな雨のなかに、
雨はきしる車輪のなかに消える。
われわれは墓地をながめ、
死のかすれたよび声を石のしたにもとめる。
すべてはそこにあり、
すべての喜びと苦しみはたちまちわれわれをそこに繋ぐ。
丘のうえの共同墓地。
煉瓦づくりのパン焼き工場から、
われわれの屈辱のためにこげ臭い匂いがながれ、
街をやすらかな幻影でみたす。
幻影はわれわれに何をあたえるのか。
何によって、
何のためにわれわれは管のごとき存在であるのか。

橋のしたのブロンドのながれ、
すべてはながれ、
われわれの腸に死はながれる。
午前十一時。
雨はきしる車輪のなかに、
車輪のまわる音はしずかな雨のなかに消える。
街に雨はふりやまず、
われわれは重たいガラスのうしろにいて、
横たえた手足をうごかす。

この詩は年刊「荒地詩集」の第一冊に発表された。避けがたい「死」の意識との対決が主題であるが、その一見リリカルな語感の底にはこの詩人の「死」に対する認識が、「何によって、何のためにわれわれは管のごとき存在であるのか」という激しい思想によって訴えられている。それはまた、文明社会と個人の精神との、矛盾と相剋を象徴にまで高めているといってもよい。

このほかの「荒地」の詩人たち、たとえば鮎川信夫は人間の内部世界のドラマに論理性をあたえ、生と死のヴィジョンをあざやかに浮彫した「橋上の人」などの力作を書き、田村隆一は長詩「立棺」において悲痛な逆説の論理を時にみのらせ、三好豊一郎は分裂する人間の精神状況を、中桐雅夫はメタフィジックな展望に立つ詩を、木原孝一はマテリアルな実在と現代人の危機意識との複合を、それぞれの個性的な方法の上に詩として構築した。なかんずく黒田三郎による、日常の経験の底辺にさりげない亀裂を発見し、そのわずかなスキ間に詩人の眼だけが持つ光をあて、われわれの生活の恥部をやさしくひきだしてくるような詩は、戦後詩のきわめて独自な種子となった。これらの言葉のナイーヴな語感が、いかに鋭い意味を持って現代の腐肉に突刺っていることか。

ただ過ぎ去るために　　黒田三郎

1

給料日を過ぎて
十日もすると
貧しい給料生活者の考えの悉くは
次の給料日に集中してゆく
カレンダーの小綺麗な紙を乱暴にめくりとる
あと十九日、あと十八日と
それを

ただめくりさえすれば
すべてがよくなるかのように

あれからもう十年になる!
引揚船の油塗れの甲板に
跣足で立ち
倦かず水平線の雲を眺めながら
僕は考えたものだった
「あと二週間もすれば
子供の頃歩いた故郷の道を
もう一度歩くことができる」と

あれからもう一年になる!
雑木林の梢が青い芽をふく頃
左の肺を半分切り取られた僕は
病院のベッドの上で考えたものだった
「あと二カ月もすれば

草いきれにむせかえる裏山の小道を
もう一度自由に歩くことができる」と

歳月は
ただ
過ぎ去るために
あるかのように

…………………（以下略）

この平易な詩の主題は、痛烈に現代社会の病患をえぐり出している。われわれはこうした角度から詩が多くの人々に滲透して行くことを欲するが、いわゆる政治的方式による左翼詩の方向には、全く疑問を提出するしかない。

「荒地」の詩人たちとともに、戦後詩に新しい問題を提起したと一部に云われている「列島」の仕事には、その意味から云っても否定的にならざるを得ないのである。彼等の社会主義レアリスムへの指向、言いかえれば過去のシュルレアリスムから記録的レアリスムへというコオスは、勿論昔のプロレタリア詩運動からみれば多くの可能性を持っているが、現在までに書かれた詩に限っていえば、言葉に対する新鮮な発見に乏しく、集団的論理への根強い傾斜が詩の主題を空転させる結果になっている場合が多い。レアリスムを現実認識の方法にしていながら、逆に詩のレアリテが稀薄なものになっているのは、内部世界に対立する「外部世界」を彼等がふるめかしい意識のうちに持っているせいである。残念ながら、彼等の内部世界はその程度の鈍感さであり、厳密に言えばいまだに「内部世界」の意味を知らないからである。

つぎにこれらの詩人たちとは別に、積極的な生活意識を核心にして現代社会の現実を確かめようとする、たとえば「今日」に拠る詩人たちがいる。彼等は現実に対する大胆な認識と想像力とによって新しい詩的現実の領域へふみこもうとしている。まだそれらの詩は過渡期の所産として幾分不均衡であり、方法的にもまちまちであるが、いわば可能性の世界にかかる仕事といってよいだろう。彼等は人間のどんな幸福や自由のうちにも、つねにかくされている毒のような不安と悪意を告発することを、その詩の主題としているように思われる。

種子　　飯島耕一

それは僕の内側に入りこんで来た。
避けがたく入りこんできた。
種子のように落ちた。
僕はそれが歩み入つて来る足どりを

はつきりと手に感じた。
洗礼を受ける人のように
そのはだしのつめたさに耐えた。

問いが来た。
問いは僕のまだ知らなかつたひろさに拡散し、
僕は無限に薄くなり、
薄片になつて沈んでいた。暁が待たれた。

僕はタイプライタを打つ人のように
かがみこんでいた。
光の理解しない地のなかを見た。
足を折り曲げて
その次の日のはじまりのしるし、
物たちの最初のエコオ、最初の光を待つた。
僕はたくさんの反古をつくつた。

あけがたビスケットを食べた。
帽子を投げた。

この詩が充分に形而上的な意味を持ちながら、きわめて生々しいレアリテを感じさせるのは、この詩人の社会に対する態度の強靭さ確信と勇気に支えられた内的必然によるものであろう。飯島のほか清岡卓行の互視的な認識による詩の発想、その内在的なレアリスムの新しい方法や、大岡信の意識下における詩の領域に光をあてた詩、児玉惇のとらえる自虐的な現実社会の断面等は、さまざまな意味で今日の詩人が追求すべき主題に挑戦しているといってよかろう。

また長谷川龍生の奔放なイマージュとフィクションの構成力は、斬新な質感をもって現代の精神的状況を批評し、岩田宏のデリケエトな感受性と想像力によるドラマチックな方法や、吉岡実の生々しい質感にも思想の厚みが指摘されていい。

これら多くの戦後詩人たちは、いずれも戦前の詩とは明確に区別された現代人の思想的課題を、その経験とわかちがたく結びあう言葉で書いているという点において共通している。

紙数の都合で触れることが困難になったが、このほかにも中村稔は日本語の微妙なニュアンスを生かすソネットによって象徴的に自己の思想をうたいあげ、山本太郎は一貫して人間の原初と未来にかかる切実な主題をかかげて、きわめて独自な方法を発見した。

また谷川雁の直截なイマージュの駆使は、彼の否定の論理がいかに鋭く事物の本質に照準をつけるかを証明している。彼の詩こそ象徴の意味を新しく回復させる役割を今日において果したといってよいだろう。

谷川俊太郎、茨木のり子、川崎洋、友竹辰、吉本隆明、堀川正美、松村由宇一、広田国臣、鎌田喜八、石原吉郎等の詩人たちもまた、複雑な現代詩の主題を、その個性的な方法と強靭な思想とによって新しく展開させ、発展させてゆくモメントをつくり出す人々であろうと思う。

いずれにしろ、戦前の詩の概念やパターンは、戦後詩人たちによって訂正され或いは否定されて、あらためて「詩とは何か」という根本的な問題に対する考察が多くのアングルからなされた。同時に確かな自我意識に根ざす詩を書くという行為のうちに、詩人たちは自己のゆるぎない内部世界を構築したはずであるが、その思想的基盤がどれほど詩人の生き方にふかくつながっているかは、今後の詩が証明するであろう。

敗戦の後にわれわれを襲ったあのはげしい渇きは、現在もなおつづいているといってよい。新しい詩は、われわれの行為の新しさ、内部世界の新しさによってしか書かれないだろう。戦後詩もまた、われわれに新しい方法を要請する。

われわれの詩の主題は、現実への新しい認識が必然的にもたらす「発見」のうちにこそ求められてゆくべきである。

さびしい夏——志沢正躬を悼む

志沢正躬の告別式は八月十四日であった。彼は敗戦の日からちょうど二十一年の歳月を生きたことになる。二十二年前の私たちはよくいったものだ。「あと何日生きられるかな」、ぼくも志沢も兵隊になり、死ぬこともなく帰って来た。ぼくらの詩の主題が、その後ひさしく戦争にあったことはやむをえない。「私の題目は戦争だ、そうして戦争のあわれさということだ。詩はそのあわれさのなかにある」（ウイルフリド・オーエン）という意識から逃れることはできなかった。志沢とぼくが戦争と死に怯えた日は遠くなったが、志沢の突然の死はぼくに「戦争のあわれさ」をまた思い知らせてくれた。彼は死んだ、われわれは知ぬのだ、ある日突然……

戦後、志沢正躬が書いた詩篇、評論の数は少なくない。それらは当然戦後の荒地的状況に対する批評と抵抗の姿勢で書かれたものであり、詩を何よりも文学的メチエでしかないものから救わねばならぬ、という主張に集約された。彼は詩をみごとな技巧の凝らされたナルシシズムの亡霊から解き放つため、ぼくらと協同でやった同人誌『詩行動』にも、柔軟な思考力を駆使した評論を書き続けた。

詩作についても、その実験を試みたといえる。彼が現代詩のパターンに抵抗して書いた家庭を主題とした作品や、故意にプロットの通俗性を意図して書いた詩劇は、その証明であったろう。

しかし志沢正躬は死んだ。それは事故死と呼ぶべきものであった。夏のある日、勤務していた小田原図書館から一日の休暇をもらって、家族と伊豆多賀の海へ泳ぎに行き、沖に浮んだ飛び込み筏の上で突然苦痛を訴えた。その夜遅く、クモ膜下出血で彼はすでに死と直面していたのだ。そして数回の発作を繰返し二十日後の八月十二日未明、静かに残酷な死の刻が訪れた。

いまは横浜の商業学校で机を並べていた彼の少年時代が思われる。下級生の頃はやや不良っぽい卓球部の選手だった。ぼくらは互いに詩を書こうなどとは思ってもいなかった。上級生になると映画好きが亢じて、ぼくらはがり版刷りの「第八芸術」という雑誌を作り、伊勢佐木町の映画館にもぐり込んでは客にバラ撒いて得意がった。学校の謄写版と紙をかすめ取り、放課後作業に専念したのだから発覚すればよくて停学だった。志沢は山中貞雄に心酔していた。

その志沢が詩を書きだしたのは、田村隆一のせいだったかも知れない。なぜなら当時の田村は大塚花街の料亭鈴むらの息子であり、その筋向いのしるこ屋月山が志沢の家だったからだ。ぼくはよく月山へ行った。近くのアパートに住んでいた田村のところへ、ぼくをはじめて連れて行ったのも志沢である。あれは昭和十七年頃ではなかったか。

いきおい志沢の田村への傾倒ぶりはすごく死ぬまで続いたかとさえ思われる。彼はかつて田村の詩についてこう書いた。

「一言でいうなら〝内臓のない詩〟とでもいうほかはない。彼は詩人にさえ通用しない言葉を駆使して、ますます孤高の生を営みつづけるだろう。だからといって彼の存在が非社会的であるというような常識的な非難は当らない。彼を措いて他に、ぼくらの文明の秩序についてダイナミックに語りかけてくれる詩人がいたかどうか……」

敗戦後、志沢は「病気をしに行ったようなもんだ」と軍隊から帰って来た。ぼくとはまる二年間『詩行動』をやったが、ほかに『近代詩派』『海』『日々』などの同人詩誌を編集し、『詩と詩人』『詩学』『現代詩』などに詩や評論を書いた。一九五三年解散した『詩行動』同人には葦恭三、飯島耕一、児玉惇、森道之輔、中島可一郎、難波律郎、柴田元男、滝口雅子、山崎正一らが名をつらねている。また『現』『鹿火屋』などに俳句、評論を多く発表したが、これについてぼくは語れない。

詩集を近く出したい、と彼はいっていたそうだ。葬儀は雲の低いむし暑い日で、赤銅色の顔をした川崎長太郎さんが一番はじめに来た。ぼくはそこで、まったく久ぶりに中島可一郎や山崎正一や難波律郎とめぐり会い、志沢の棺を担った。棺はしたたかに重く、底が冷たく湿っていた。


編集注、志沢正躬、昭和四十一年八月十二日没、享年四十一。

散文　II

「今日」の会

十四年ぶりに新宿で「今日」の会を持った。その日の昼過ぎ、中国の国連参加が決定し、夕刊にはスポーツ新聞なみの大活字が踊っていた。そんな日に、過ぎ去った「今日」のことを話合うのは余計何か奇妙な気分だった。それはたぶん歳月を越えてうしろめたい敗北感のようなものが、自分につきまとっていたからだろう。かつて「今日」の会の会員で、その夜集ったのは中島可一郎、飯島耕一、難波律郎、大岡信、吉岡実、岩田宏、辻井喬、山口洋子、長谷川龍生、吉野弘、平林敏彦であり、会えなかったのは清岡卓行、金太中、児玉惇、鈴木創、多田智満子、岸田衿子、入沢康夫、田中清光、広田国臣などであった。

季刊詩誌「今日」の創刊号は、一九五四年六月、伊達得夫のユリイカを発行所として刊行され、その最終号は、五八年十二月発行の第十冊である。創刊号の冒頭には「この共和国・マニフェストに代えて」を載せたが、その要旨は次のようなものであった。

「われわれはここで一つの共和国を作りあげようとしている。小さな共和国が忽然とできあがるというのは愉快なことだ。それに少くともスターリン架空会見記などという作文よりも、われわれには一層興味を覚えさせる。しかもこの共和国の成員は、今のところわずか十人たらずというのだから、まさにガリバーのフイヌム国にも匹敵するほどの大国といえるではないか」

そして「われわれの詩は、新しい人間性獲得のための批評精神にうらづけられる」「われわれの詩や言葉の新しさは、われわれの内部世界のそれと比例する」「われわれの詩は解体、分化の偏向を超克し新しい方法を発見しようとする」と主張し、特にモダニズムの流れに在る詩人たち、すなわち「荒地」への批判として「彼らの仕事が、現代は荒地であるという世界同時性の不安を敏感に伝達したことよりも、彼らの伝達が、あくまで無人境の状況に限られたことに注意をむけたい。ここでは彼らの自我と状況の切点が空虚な心象でしかもとめられていない」という点を指摘した。

われわれが志向したのは「新しい詩法の発見とは、新しいリアリティの発見である」という命題であり、それがわれわれの「共和国」に托した「謙虚なあこがれ」でもあった。「しかし率直にいって、われわれは新しいリアリティの方法をまだはっきりつかんでいない。いろんな図式的なパターンにわれわれは見馴らされている。いずれもわれわれは大きな不満をもつ。むしろわれわれの不満がわれわれの聖なる源泉となっている感がある。いまわれわれの関心をもっとも唆るのは、新しいリアリティをささえる新しいリアリズムの発見を、現代詩の流れのなかで果してつかみうるかということである」。これがいわば「今日」の初志であったが、ことさらに「荒地」や「列島」のようなエコールを目指したわけではなかった。

それは「今日」が同人雑誌の枠にとらわれることなく、積極的に同時代の詩人たちの寄稿を求めて、あたらしい共感の場をひろげようと試みた前半期、さらに会員制を拡大した後半期の活動でうかがい知ることができるだろう。創刊時の六人が、第十冊では二十人を数えている。その主な内容は、次のようなものであった。

編集注、第一冊から第十冊までの主な内容が掲載されているが、巻末の『今日』書誌と重複しているため省略した。三六五頁参照。

これらの作品の中には、その詩人の代表作といえるものが、かなり含まれているはずである。「今日」が果した役割があるとすれば、それら現代詩史に刻みつけられる秀作が、世代的共感のうちに書かれたことであろう。さらにその批評活動においては、飯島耕一と児玉惇による論争があった。ここではその詳細に触れる余裕がないが、シュルレアリスムの達成した成果と方法をふまえた飯島の詩的美学と、それを外国文学への依存、日本的現実からの逃避と見た児玉の戦いであったが、この論争が「今日」全体の問題としてエネルギッシュにとらえられなかったことは、われわれの敗北であったかも知れない。十四年目の「今日」の会は、そのうしろめたさの確認という意味を避けられなかった。「誰も責任を取らなかった。われわれは結局、何かに負けた。自分自身にも負けたのだ」と岩田宏はいった。われわれがつくり上げようとした「共和国」は、ついに幻影でしかなかったのか。

だが当時のわれわれにとって、詩を書くことが今では考えられぬほど楽しい作業であり、合評会で侃侃諤諤の議論をたたかわしたのが今も忘れ得ぬ思い出になっていることは確かである。集れば酒を飲まずにはいられない無邪気さも、飲んだくれて誰彼の家に無遠慮に泊り込む稚気もまだあった。あるとき伊達得夫が「ぼくたちの未来のために」の同人会に出席したあと、「今日」の合評会に来てあまりの放埒さにおどろき「〝未来〟と〝今日〟はこんなにもちがうのか！」と呆れ果てたことがある。その伊達も今は亡く、「今日」も遥かな過去になってしまったが——

生の証として自分を焙り出す詩を書こう

「既知の世界から未知の世界への越境——、詩を書き、詩を読み、詩を感じることは、既成の領土から旅立つこと。詩とは何かを問うことは、未知の曠野へ踏みこむこと——」

これは『現代詩入門』という本のコピーだったが、事情はまさにその通りで、そうだと納得すればすでに結論を読み取ったことにもなるだろう。しかし、いぜんとして「詩とは何か」という論議は盛んなようで、ぼくなど到底理解できそうもない、むずかしい言論や文章に出会うことがよくある。それも勝手だが、結論はおよそ知れたことで、自分は自分、足元の井戸を掘り続けるしかないのだ。

むろん、ぼくなどなみの人間だから他人がする評価は気になる。いいこと悪いこと、言ってもらいたいと思う。確かにそうだとうなずく場合もあるし、反発する場合もある。寂しいようだが、まったく人に読まれることを期待しないで詩が書けるほど、ぼくらは強くない。だから身銭を切って作った同人誌や詩集を、見ず知らずの相手にまで送りつけるはめになるのだが、黙殺されても仕方がないというつもりなら迷惑も許されていいだろう。

その経緯はさまざまだが、ぼくの個人的体験を言えば詩を書き始めた昭和十年代に『文芸汎論』『四季』『若草』『蠟人形』といった、若い無名詩人たちの指標となる（と思っていた）雑誌があって、毎月書店の店頭に並んでいた。ぼくも盛んに投稿し、掲載されたりボツになったりしたが、そのハードルを越すことが詩を書く張り合いのようなものだった。今で言えば『詩学』や『現代詩手帖』がそれに当るだろう。

ともかく同人誌とは比較にならぬ部数を発行する（一応は）商業出版物であり、それなりの読者もいるわけで、選者の評価によって掲載されるのだからある種の刺激にはなる。いじましいようだが、当時はこの方法によってしか、無名の詩人が認められるきっかけはつかみにくかった。だからと言って選者の詩人と親分子分のごとき関係になるわけではなく、投書家仲間でガリ版刷りの同人誌を作ることが多かったと思う。戦後になって、投稿が恥かしい行為であるかのような発言をする詩人もいたが、ぼくは反対意見だ（投稿をしていたのに、自分はしなかったとつまらぬウソをつく人間まであった）。むしろ金を払えば詩が載る雑誌に関わることを、ぼくらは恥とした。

ぼくらの時代、詩集を出すなどということは夢のまた夢で、それが可能なのは詩人として客観的評価を得たあとで、少なくとも書店に並ぶ詩集は著名詩人のものだけだった。自費出版など考えたこともなく、もちろんそんな金もなかった。いつか自分の詩が認められて生涯に一冊の詩集をという夢を見ながら、コツコツ書いていたのは幸福だったと思う。ぼくらは暁天の星を仰ぐ思いで先輩詩人の詩集を読み、心の励みにしたものである。

考え方はいろいろで、これはぼくが通って来た道を言ったまでだ。今でも『詩学』や『現代詩手帖』に投稿する若い詩人は少なくないだろうが、もっと手っ取り早く仲間うちの同人誌に詩を発表し、ほどほどにまとまると詩集を自費出版するやり方がはやっている。その金さえあれば、仲間ぼめも手伝って詩人気取りができる世の中になった。そして自分を相手にしてくれない雑誌を勝手に非難し、認めてくれない詩人を悪く言う。別に投稿することだけを薦めるわけではないが、詩集を出せば詩人という風潮は問題だろう。

これが詩だと言えば詩、詩人だと言えば詩人。寄らば大樹の陰で大世帯同人誌のメンバーになるのも、金を出せば書かせてくれる雑誌を頼りにするのも自由だが、それを是認するところに甘えの構造があるのではないか。たとえ自分に書ける詩しか書けないとしても、つねに危機意識を持ってひとり立つ気概が欲しい。組織的に詩人がつくられる状況があるとしたら、それは詩から最も遠い世界である。

と言っても、若い詩人が環境的に孤立して詩を書くことは、よほどの強い意志がない限りむずかしい。ぼくもいくつかの同人誌を経験し、仲間たちから得たものは多かった。ただ同人誌の旗を掲げるからには、既成の詩に対して反逆的姿勢をつらぬくことを誇りとした。狎れ合い、惰性は詩の敵である。自らの意志に反する時は潔く白紙に戻すしかない。どのような流れに身を置くにしろ、いたずらに歳月を経れば水は濁ると自戒すべきだろう。同人誌は解体と再生を怖れてはならないとぼくは思う。

現代詩は袋小路に突っ込んだという言説も近頃よく耳にする。読者を失ったところに詩を書く意味はない、詩は難解な言葉遊びと化したのではないか。それを全面的に否定するつもりはないが、詩にとって最も警戒すべきことは、したり顔な常識への屈服である。現代詩が文学の辺境に在るとしても、これは日常性に埋没していないことの証明であり、新しい言語表現の発見こそ詩人の仕事なのだ。単にわかる、わからないという低次元で詩をあげつらうようでは、この複雑な時代の証言者にはなり得ない。可能性にみちた試行錯誤、人間存在への知的探究、伝統詩歌からの脱出を意図した現代詩の出発はそこにあった。その意欲を失わない限り、詩は文学の最前線でこれからも苦闘するだろう。

今さら戦後詩の認識を持ち出すまでもないが、抒情的独白を否定して鮮烈なリアリティの領域を拡大する批評性と、言葉を厳しく選び取る感受性が詩を変革させる導火線になった。そのエネルギーは当然人間としての生き方に関わり、時代と対峙する詩人のアイデンティティーが基盤になる。と言っても詩は思想や論理の等価物ではなく、あくまで言葉によって未知なるものへの触発を促す作用を果せばそれでいい。見えないものを見る、触れられぬものに触れる。言葉の力を最大限に生かすために、余剰な言葉をどこまで殺せるか、この作業に骨身を削るのが詩人のいとなみである。

詩は「志」だとぼくは思っている。金にもならず、さして読まれもしない状況の中で、現代詩に挑む若い人たちがいるのはうれしいことだ。世界を崩壊させる要素にみちた時代であればこそ詩は書かれなければならないし、書く価値を持つ。ひとりの人間として、詩に思いを託せる今を大切に生きて欲しい。現代詩は衰弱したなどと言う迷妄に惑わされず、生の証として自分を焙り出す詩を書こう。

「荒地」のimpact

「戦後詩」とは何か。それは「荒地」の詩とは何だったのかという問いに等しい、と言っても言い過ぎではないだろう。第二次大戦後、現代詩は過去の遺産を超克して詩の全体性の回復に向かい、知的探究による人間の存在証明を詩によって顕在化させるための努力を続けてきたが、絶望を希望にかえる時代の主題を最も明確に実証したのが「荒地」の詩人達だった。現代詩の今日があるのはまさに戦後の状況を荒地と認識した彼らの強靭な精神の開示によるもので、その先駆性においても「荒地」は革命的な存在であったと言わなければならない。

その中心メンバーは一九二〇年前後に出生し、戦中からモダニズムの潮流の中で詩を書いていたが、そこで培われた反俗的精神によって現代詩の変革を可能にしたとも言えるだろう。世界観の崩壊と言葉への不信、戦後の混乱に身を置いて彼らが詩人の在り方を統一的な主題とし、新たな人間性の追求を目指した運動の成果は戦後五十年近くたった現在でも揺るぎない光芒を放っている。

だが人間の生死は一定であり、彼らにも避け難い死の影が忍び寄る時機に来ている。今私の机上にある一九六〇年版の角川文庫『現代詩人全集（九）』には「荒地」の中心メンバーだった鮎川信夫、三好豊一郎、黒田三郎、田村隆一、北村太郎、中桐雅夫、木原孝一の詩が収録されているが、すでに生存者は田村ひとりになった。とは言え鮎川の「死んだ男」、三好の「囚人」、黒田の「歳月」、田村の「幻を見る人」、北村の「雨」、中桐の「あすになれば死ぬ言葉」などを始めとする詩は「戦後詩」の極めて優れた典型として不滅の価値を持つ仕事である。

「荒地」以後、現代詩が多様な成果をそれなりに示したことは否定しないが、果して誰が彼らを超える詩を書き得たか。「荒地」の精神主義や観念性を批判し、肉体的な実感の回復を求めた後続の詩人達も現代詩を蘇生させたとは言えない。暗澹たる戦後の荒廃の中で前述の詩人達が残した「荒地」初期の作品群は、いぜん現代詩の極北に確かな位置を占め、今なお混迷する時代に深く錘鉛をおろしているという思いが私には在る。

私が「荒地」の詩人と接した最初は田村隆一で、戦争末期都内大塚のアパートに彼を訪ねたことがあった。私は中学五年、彼は明大文芸科の学生で「桂文楽に入門して落語をやろうと思ってるんだ」とか「これから旅回りの一座にもぐり込んで巡業する」とか、いささか煙に巻かれるような話をしたが、帰りがけに中桐がやっていた「LE BAL」と、彼らの詩誌「詩集」をもらった。親しい友人として鮎川、三好、松村文雄（のちの北村太郎）を田村が挙げたのもそのときだが、彼らの名前は私も『文芸汎論』で知っていた。

それが縁になって戦中から私は自分でガリ版を切っていた薄っぺらな同人誌に田村の詩を求めた

りしたが、兵役でしばらく空白があり戦後また交際が復活した。いつだったか、どこかのビルのエレベーターの中で田村から北村を紹介されたが、子鹿のような目をした彼とは直接話もせずに別れた。終戦の翌年、私は「新詩派」という同人誌を創刊し、これに田村が詩二篇とエッセーを書いている。『手紙　一九四六年早春』と題したエッセーの冒頭には三好の詩「囚人」が全篇紹介され、三好の病気を案ずる手紙の形式を取って田村自身の詩論が展開されていた。一部を引用するのは妥当ではないが、最後に「君の内奥で犬が吠えはじめる。突然第二の現実が君の眼前にはじめて現われる。いまや第二の現実を見ることが出来るのは君の詩人の眼だ。そうして詩人の眼にみつめられるのは不眠の蒼ざめた vie の犬だ」と書き、実証的に詩を書くことの困難を切実に述べている。

二号からは田村、鮎川、三好、北村が同人に加わった。私とつき合いのなかった三人を誘ったのは田村だが、この号には三好の「壁」、田村の「紙上不眠」、鮎川の「耐えがたい二重」という詩が載った。鮎川は四号にも作品を書いたが、その後彼らは態度を明らかにしないまま福田律郎が編集する詩誌「純粋詩」に参加した。恐らく雑誌の傾向に疑問があったのだろうが、私は敢て詮索しなかった。（木原がのちに『現代詩はどう歩んできたか』創元社――の中で「『新詩派』は昭和二十一年三月結成された新人のグルウプで、鮎川信夫、田村隆一、三好豊一郎、平林敏彦らによって創刊された」と書いているのは誤りである）。いまだにこの辺は「荒地」の影の部分だが、私にとっては懐しい時代でもあった。

その後、私は「詩行動」を経て飯島耕一、児玉惇、難波律郎、中島可一郎らと「今日」を創刊したが、これには黒田三郎も寄稿している。木原は雑誌「詩学」の編集者として、三好はオブザーバーとして一時期私たちの会合にも顔を出してくれ、中桐、黒田、田村とは酒席でよく出会ったが、木原や黒田、中桐、鮎川の死は私が詩から遠ざかっていた頃で、人づてに訃報を聞いては暗然となった。北村とはついに語り合う機会がなく、昨年横浜の寺で営まれた木原の十七回忌に同席したのが最後になった。思潮社のはからいで『北村太郎とお別れする会』があった晩、「荒地」の代表として挨拶をした三好と私はひさびさに会い、たまたま入院中で姿を見せなかった田村の消息を聞いたりしたが、その一か月後に三好も突然世を去った。茫然とするばかりである。狂気に近い酒を飲んだ黒田、中桐、宿痾抱えながらも自在の境地に到達していた北村、三好を失った今「荒地」に独り立つ田村の身を案じずにはいられない。「戦後詩」の根幹を形成し、それまでの現代詩を変革した「荒地」の運動を思うにつけ、彼らの死でひとつの時代が終わったなどという俗論を私は受け入れることができない。「その痛惜の情が時間の波に洗われ、和らいでも、偉大な存在は生ける者を浸潤してやまない」という北村の言葉が胸に突き刺さる。

自在な夢の詩人——先達詩人としての山田今次

平明達意の詩でありながら、対象に迫る切り口は明晰で比類がない。選ばれた言葉の力と、その内奥にある思想性が、独自な感性とイマジネーションによって詩のモチーフを伝えてくる。夾雑物を排した詩の骨格、あぶり出される時代の相貌、律動感に満ちた清冽な抒情、それらが確かな技法に支えられて山田今次の仕事を屹立させている。誰も書かなかった現代詩の典型のひとつがここに在る。

山田さんの詩の世界はどのようにして構築されたか。年譜にもとずいて人間形成の跡を辿ってみると、一九一二年横浜に生まれ、十三歳の頃から詩を書き始めた。昭和初頭のプロレタリア文学運動に刺激されながら、当時の新人登竜門であった雑誌『若草』や『プロレタリア詩』に投稿詩が掲載されたが、一方左翼演劇にも強い関心を持ち、横浜青年劇場を組織して同人誌『時代人』を創刊。東野英治郎、薄田研二らのプロット（日本プロレタリア演劇同盟）に加盟する。山田さんの詩に演劇的要素が濃厚にあるのは、この時代の反映だろう。

戦時色が濃厚になりつつあった一九三〇年代半ば『若草』に載った詩『国民』には、若年の詩人の孤独な心象が見てとれる。「なにひとつが出来ないのです／なにひとつが覚えないのです／なにひとつが解けないのです／なにごとも、なにごとも、こんぐらかつて解らないのです／ひとりぼつちで大勢の、大勢でひとりぼつちの／国民です」。時代から逃避的なリリシズムやモダニズムが現代詩の主流であったその頃、山田さんの詩に思想的骨格があったことがよくわかる。世相に抗して「ひとりぼっち」という認識が彼に詩を書かせていたのだ。

『文学評論』新人号に発表した『老いたる感慨』は上野壮夫や窪川鶴次郎から高く評価され、『芸術クラブ』創刊に参加。壺井繁治のすすめで『詩原』などに詩を書きながら、演劇活動を続けたが、軍国主義政府は治安維持法を強化。一九四二年五月、山田さんは突然検挙され、翌年三月まで留置された。獄中で詩人は何を吸収したか、この苛酷な体験も不条理に抗する反骨の思想を鋭ぎ澄ます種となった。

敗戦後は進歩的文学運動を標榜する新日本文学会に参加、京浜労働文化同盟を結成し、旺盛に詩を発表した。この時期の代表作とされる『あめ』は『勤労者文学』創刊号に掲載されたが、独特なリズムと擬音を駆使した表現は多分に演劇的で、戦後詩の中ではむしろ異端でありながら時代感情を濃厚に発散している。

あめ　あめ　あめ　あめ

あめ　あめ　あめ　あめ
あめはぼくらを　ざんざか　たたく
ざんざか　ざんざか
ざんざん　ざかざか
あめは　ざんざん　ざかざか　ざかざか
ほったてごやを　ねらって　たたく
ぼくらの　くらしを　びしびし　たたく
さびが　ざりざり　はげてる　やねを
やすむことなく　しきりに　たたく

（『あめ』部分）

焼け跡の堀立て小屋のトタン屋根を叩く雨、飢える暮らしを叩く雨、ひとつの時代の終焉と始まりをざんざかびしびし叩く雨。その音は一九四〇年代のリアリティを表象し、肺腑をえぐる響きをともなって胸に迫る。他に誰がこのような「あめ」を書き得たか、抒情と思想が渾然となって戦後の断面を彫琢することに成功した詩のひとつと言えよう。

この『あめ』や、擬音を巧みに生かす手法で時代の不安を書いた『貨車』『トレーラー』などを収録した第一詩集『行く手』が小野十三郎、金子光晴らのコスモス社から刊行されたのは一九五八年だが、四年後の詩集『手帖』ではようやく息吹きを回復した港町横浜の光景を素材に、文明批評の錘を深くおろした詩が優れたリアリズムの手法で確かな位置を占めている。

黒人がたっていた。
黒人は足も重く沙漠にたっているのではなかった。
沙漠をきりひらく発電所工事現場にたっていた。
黒人がたっていた。
黒人はココヤシやパパイヤのなかにたっているのではなかった。
ココヤシやパパイヤをはこぶ鉄道工事の音響のなかにたっていた。

（『黒人』部分）

戦後の復興と人種問題、その背後にある世界危機の予感を黒人労働者に重層させた詩が注目される。急激に変貌する時代と対峙した詩人の姿勢に貫かれた詩集である。

三冊目の詩集『でっかい地図』は山田さんがソ連、スペイン、スイス、イギリスなど八か国を旅した直後の一九六九年に刊行されたが、事象に傾斜する紀行詩ではなく、深い批評性に裏打ちされた作品群だ。冷徹な詩人の目とユーモアが一体となって山田さんの新たな領域を開示している。中でも、「ピカソは海の昼寝／海の昼寝はピカソ／ピカソは裸の赤茶けた山／裸の赤茶けた山はピカソ」『バルセロナのピカソ』部分）のような技法は現代詩に欠落した「批評のリズム」として記憶される価値があるだろう。

さらにすべての詩を『技師』のタイトルで統一した第四詩集『技師』（一九七七年）は技術偏重社会を鋭く風刺しながら、物質文明と人間性の乖離を簡潔に凝縮された手法で描出した出色の作品集だ。

技師はいま白い設計室にいる。
白い設計室は透明な立方体で充満している。
技師はときにこの透明体にスライドルールをにぎったままつまずく。
技師にはその周辺の不思議はわからない。
技師はまた異様なものの風袋が自分をつつんでどこかに運んでいるのを感じる。

（『技師』部分）

リアリズムでもモダニズムでもない思想と感性の融合、カリカチュアライズされた技師たちは崩壊に近づく文明の予感としてわれわれの前に提示される。

一九八三年の『少年詩集』は一転して残酷な時代のメルヘンという趣がある。一冊ごとにこれほどの実験を試みられる詩人はざらにいない。成熟しながらも童心を失わない詩人の志ともいうべきものが、山田さんの世界を形成しているのか。たとえば港湾に浮ぶ船の霧笛、エンジンの響き、波音をすべて擬音で表現した『ガスと港と海猫と』のような作品は現代詩の領域を超えた実験で、この詩人によって初めて形象されたポエジーである。

戦中のプロレタリア演劇運動以来、詩の朗読に独自な境地を開いてきた山田さんがこれらの詩を読むと、かつては人間の声によって伝達された「詩の原型」とも言うべきリズムが濃厚に感じられる。

リリリリ　ルリ
リリルリ　リリルリー
レリレリ
レリレリ　レリー
タムタムタムタム
タムタムタムタム
ザンー　ザンー　ザンー

（『ガスと港と海猫と』部分）

さらに詩集『風景異風景』（一九八九年）に至って詩人は宇宙と人間、自然と人間、文明と人間のかかわりを生の深渕においてとらえ、鋭い諧謔と比喩を駆使する方法で詩を提示する。あらゆる現実を解体し、詩的言語を破壊して新しい造型を試みる山田さんの詩が、つねにアヴァンギャルドであることの証明。その無限大なモチーフと共に、言葉の極限に迫る技法に注目しなければならない。

大キナ／貧乏人ヲ見タ。／マルデ／ヨクデキタ／地球人ノヨウニ／星ノ世界マデ／ヨク識ッテイル／大キナ／貧乏人ヲ見タ。／日頃カラ／未知ノ世界ヲ好ミ／今モ／廂《ヒサシ》ノ低イ／ホドヨイ日《ヒ》向《ナタ》ノ／アトリエ、デ／海底山脈ノ地図ナドヲ／広ゲテ／訝《イブカ》シゲニシテイル／大キナ／貧乏人ヲ見タ。

（『大キナ貧乏人』）

この詩集の「あとがき」に「さて、そろそろ、行く手も詰っていそうなものなのに、何かとまだ探しものをしているふうなのは、自分ながら可笑しいが、これもまた仕方がない」と記した詩人は、どれほど長遠な時間と空間を見つめているのか。変容する現実の中にこれから何を発見するのか。

山田さんはすでに八〇歳を超えた。私事を言えば、同じ横浜っ子の畏敬する大先輩で、詩的にも人間的にも仰ぎ見るべき重い存在である。その温顔から優しくまろやかな印象を抱かれることが多いが、その強靱な思想と人格にたじろぐこともしばしばだ。

「もう生き過ぎたよ、八〇歳過ぎたなんてわれながらへんな気分だなあ」と山田さんは言う。「ぼくの詩なんて、どうも土砂降りの地べたのはねみたいなもんだよ」と言う。湯で割り、梅干を沈めた焼酎を飲む。ほろ酔いでやる詩の朗読は絶妙である。ややこしいことがあると私はよく山田さんの家へ相談に行く。真昼間なのに元気な奥さんが酒の支度をしてくれる。笑ってるが油断できないぞと思いながら私は飲む。大人の風格なのだ。

　山田さんと重なる時代を生きられたことを私は幸せに思う。「〈そうだ。ッ／現実ノ森デ／森羅万象ノ／幻夢ニ／酔ッテヤロウ〉」（『鼻面ノ馬』部分）と書く詩人山田今次の近くで、私も私の夢を漂流しているのである。

時代を超えて

この半世紀に書かれ、発表された厖大な現代詩を対象に、特定の三篇を選ぶことなど到底できそうもない。とりわけ詩を読むことに怠惰なので、一年とか一か月という限定でも尻込みしてしまう。ならば降参すべきだろうが、無理に思い直して自分の目にふれた範囲から「好きな詩」を探してみることにした。

私としても読んでから数十年の歳月を経て、なお記憶に残る詩、折にふれて数行なりとも思い出すことができる詩、その時代とともに忘れ得ぬ詩は少なからずある。言いわけした無礼を棚に上げて、その中からアトランダムに三篇を挙げてみよう。

天野忠「単純な生涯」
北村太郎「「小詩集」より」
中村稔「夜」

庶民の半生をたどって、その私的生活のディテールを淡々と書きながら、背後に痛ましい時代の実相を開示する詩、天野忠の「単純な生涯」は、そのタイトルがパラドックスであるように、シビアな批評性に裏打ちされている。詩人の生きた長い歳月が、屈折しながらありありと浮び上がり、激情と静謐が交差する果てにあるひとりの人間の在りようを、深い感動とともに伝えてくる。さり気なく見えて、推敲を重ねた作品に違いない。平明達意とはこのような詩のことで、余剰な言葉は一切排除され、方法的にも学ぶところが多い。時代の苦渋がにじむこの詩の哀切なトーンには忘れ難い魅力がある。

北村太郎の「「小詩集」より」は生と死に対する詩人の苦い認識が、ほぼ完璧に結晶した短詩の典型であろう。メタフィジカルな表現でありながら、そのイメージは鮮烈で、不確かな時代の様相と人間の危うさを精神の高みでとらえている。この世の不条理をこれほどリリックに、しかもロジカルに切り取った作品はめったに見られない。つねに現実と夢のあわいを透徹した感受性でつむぐ詩人の高度な詩法が、この詩にも証明されている。北村にはほかに戦後詩の古典的作品と高い評価を受ける「雨」「墓地の人」など秀作も多いが、贅肉をそぎ落とした「「小詩集」より」を逸することはできない。

濃密な抒情詩の調和性と、細密な描写力を保ちながら、そのモチーフを形而上的に高めて、自然と人間の関わりに優しく触れる中村稔の「夜」には、選ばれた言葉を生き生きと呼吸させる内在律がある。豊かな夜の量感と、抗えない生の喪失感が絡み合い、過ぎ去っていく時の意味が隠し絵のように揺れ動く。無数の夜があり、無数の人間が生き、死んでいく宇宙の循環に立ち会う詩人の感受性が、その詩をしなやかに造型して余すところがない。すぐれた現代の悲歌というべきだろう。

以上の三篇はいずれも戦後早い時期に書かれたもので、その詩法は異っているが、今も時代状況の変化を超えて胸を撃つ。これらの詩はすでに歴史的役割を終えたという見方もあるだろうが、その後の現代詩がいかに新たな地平をひらいたとしても、なお詩の核ともいうべきものを触発、喚起させる力を失ってはいない。われわれの詩はつねに長い時間の途上に在るのだ。

「帰館」のことなど——追悼・谷川雁

ついに谷川雁も逝った。ここ数年のうちに戦後詩の地平をひらいた「荒地」の主力詩人の大半が斃れ、北九州を拠点にした「FOU」「母音」の詩人たちも次々に死んで、彼らが遺した仕事の重さをあらためて考えずにはいられない。これらの詩人たちの存在なしに戦後詩はありえなかったし、その後の詩の展開も実りもなかったと私は思う。不毛の地に現代詩の種子を蒔いたのはまさしく彼らだった。

だが、谷川雁と私の間に親しい交流があったわけではない。谷川が「母音」に「原点が存在する」を書き、最初の詩集『大地の商人』を出したのは一九五四年のことだが、同じ年に私は飯島耕一、中島可一郎、難波律郎らと詩誌「今日」を創刊した。「今日」は意欲的な戦後詩人たちによって一つの共和国を創造することをマニフェストに掲げて出発したが、同人の枠にはこだわらず、これと思う同時代詩人の寄稿を求める編集方針をとった。私は谷川に手紙を書き、彼から送られてきた詩が五五年二月に発行された「今日」第3号の巻頭に載せた「帰館」である。この号には黒田三郎「沈黙」、長谷川龍生「嫉妬二篇」、山本太郎「ふあんたじいあ　もんたあな」などもあって、私が当時抱いていたヴィジョンにつながる第一歩となった。

私が谷川雁の詩を必要としたのは、たとえば「二十世紀の「母達」はどこにいるのか。寂しい所、歩いたもののない、歩かれぬ道はどこにあるか。現代の基本的テエマが発酵し発芽する暗く温かい深部はどこであろうか。そここそ詩人の座標の「原点」ではないか」（「原点が存在する」）というような極めてテンションの高い思想に共感したからであり、彼の詩は私たちが意図した新しい一つの共和国を形成するための種子になると考えたからであった。

結果的に谷川雁が「今日」に参加することはなかったが、私は今でも「おれの作った臭い旋律のまま待っていた／南の辺塞よ／しずくを垂れている（略）／今夜おれは帰ってきた」（「帰館」）というような、彼の思想の反映である緊密な詩行を思い出すたび戦慄的な感動を覚える。コミュニストとしての行動的実像、その昂揚と挫折。実体験を通して知った欺瞞への怒りと人間の優しさ、そこからメタフォアの詩人として起ち上がった彼の生きかたに私は羨望すら感じていた。

個人的な感慨もある。「母音」の仲間だった安西均の文章によれば、谷川は兵役に服した八ヵ月の間に三回も営倉（旧軍隊が懲罰会によって犯則者を閉じ込めた獄舎）に入ったと話したことがあるという。私の兵営生活は一年余だったが、召集部隊で居所を転々したため営倉入りは免れたものの毎日のように理不尽な下士官のリンチにさらされ、生傷が絶えなかった。「兵隊生活をしなかった者は、何といっても「乳母日傘育ち」の感じだ」（谷川）とは言わないが、私には彼の反権力的な精神のありかがよくわかる。今に至っても私の詩のテーマは、圧力に抵抗し切れなかった人間のうしろめたさとけっして無縁ではない。

谷川は戦後地方紙の記者になり、四七年創刊の「母音」に初めて詩を発表するのだが、おなじ時期に私も横浜で地方紙に就職し「新詩派」を発行していた。コミュニズムに傾斜しながら「文学の領域から政治を刺す」(谷川)ことを考えていたのも共通だったと思う。それは人間性を守るための批評であり、新たな詩の方法を発見するための闘いでもあった。当時、私は「FOU」の八束龍平の詩を「新詩派」に載せたことがあるが、谷川についてはまだ名を知っていた程度だった。(後日、九州の知人から私が「母音」に何か書いたという新聞記事のコピーを送ってもらったが、おぼえていない)

その後、彼は最後の詩集となった定本『谷川雁詩集』(六〇年)のあとがきに「私のなかにあった「瞬間の王」は死んだ」と書き残して詩筆を絶ち、評論活動を旺盛に展開したが、長期にわたり長野県北部の黒姫山に移住していた。私が信州に住むようになったのは二年前だが、ついに彼と会う機会を逸した。死後になって、ある雑誌の取材で拙宅へ来たSという女性俳人が、数年前谷川雁にインタビューを申し込んだときの話をしてくれた。

山小屋ふうの谷川宅を訪れると、彼は初対面のSさんに「俳句が錆びるから、つまらん仕事はやめなさい。ぼくはいつも身を削るように机に向かっている。詩も俳句も「凍れる炎」なんです。それは魂で書くということですよ」という意味のことを話した。Sさんは結局インタビューをやめて帰ったそうだが、「刃物みたいに鋭くて、しかも優しさに溢れた人でした。女にとっては憧れですね」と私に言った。下世話な話になったかも知れないが、私は谷川雁の晩年にふれる思いがした。ストイックなダンディズム、それは「故郷と革命……この二つのイメエジを寸分のゆるぎもなく嚙みあわせる」という命題に生きて死んだ彼の墓碑銘にふさわしくもある。

暁天の星・田村隆一

田村隆一が死んだ。

その手は重く、私の肩をつかんでいる。田村は『荒地』の主要メンバー（木原孝一、黒田三郎、中桐雅夫、鮎川信夫、北村太郎、三好豊一郎）を見送って生き残ったが、今彼を亡くした寂しさはたとえようもない。激烈な戦争と革命の時代を生きた詩人の、世紀末の死。七五年の生涯最後の詩集『1999』のタイトルが胸をえぐる。

きわめて個人的な回想になるが、田村隆一は私にとって最初から憧憬の対象だった。遥かな高みにいる偶像だった。その詩に内在する激越な批評性と感性、緻密なフォルム、予言的なメタフォア、精神の緊張と昂揚。それらの作品に私は刺激され、触発され、影響を受けながら詩を書いてきた。その意味でも彼の存在に比肩する詩人はいない。

田村の死を知ったとき、私はほとんど反射的に『四千の日と夜』を思い起こした。「一篇の詩が生れるためには、／われわれは殺されなければならない／多くのものを殺さなければならない／多くの愛するものを射殺し、暗殺し、毒殺するのだ」

田村は血を浴びて死に、その死によって再生する。殺されるものたちの悲鳴によって詩はよみがえる。少年の頃、私はこの詩人にめぐり会って詩を書く希望を見いだした。

第二次大戦中、私は横浜の商業学校に通っていた。同級に早世した詩人志沢正躬がいて、私は彼を介して田村隆一を知った。

田村は東京・大塚の花街にあった有名な料亭〝鈴む良〟の跡取り息子で、出入りの芸者衆にもてはやされた美少年だったが、府立三商時代から尖鋭なモダニズムの詩を書いて注目された。志沢はおなじ花街の甘味処〝月山〟の倅で田村に心酔し、明大文芸科に入学してから近くのアパートに住んでいた田村のところへ私を引っ張って行った。彼とは生年で一つ、学年も二つしか違わないが、詩を比べれば月とすっぽん。私にとって田村隆一はまさに暁天の星だった。四〇年の冬だろうか、小さな火鉢をはさんで田村の談論風発に圧倒された私は、帰りがけにもらった「LE BAL」と「詩集」の作品を読んで血の気が引いた。「これが詩なんだ」と目からウロコが落ちた。

それが縁で田村は私たちのガリ版冊子に詩を書いてくれたりした。戦争は苛烈になり、田村は学徒出陣で海軍航空隊へ入隊、私は陸軍の一兵卒になった。生きて再会できるとはつゆ思わなかったが、日本の敗戦で私たちは生きのびた。「荒地」が活動を始める前の四六年三月、私が同人誌「新詩派」を創刊するとき、思いがけなく田村から「一緒にやろう」と声をかけられ、彼は鮎川信夫と北村太郎を誘ってくれた。田村は創刊号に短詩二篇と、病中の三好豊一郎に呼びかける評論「手紙」を書いた。

福田律郎らの「純粋詩」が創刊されたのも同時期で、最初のうちは濃密な交流があった。田村と私は福田の家を何度か訪れ、「新詩派」「純粋詩」の共催で詩のイベントを開くことなど話し合った。その帰りに危い酒を浴びるほど飲んで前後不覚になり、われに返るとすでに夜が明け、場所はどこだったか建ちかけの家の押入れの上段と下段に寝てた、という思い出もある。

田村が「純粋詩」へ移り「荒地」に変わってからもつき合いは続いた。五〇年代初めには毎月「詩学」研究会作品の合評会で顔を合わせ、帰りは新橋烏森の酒場へ流れた。それ以外にも新宿歌舞伎町のバー〝ナルシス〟が詩人のたまり場で、田村はほとんど毎晩現れた。ときには白昼着流しで私の借家を急襲し、「酒、ないの？　酒屋はあるだろ？　届けさせろよ、ツケで」という。普通なら蹴っとばすが、田村じゃしょうがない。いつだって彼は暁天の星だった。

「田村が金を払って飲んでるのを見たことがない」という人もいる。これは伝説だろうが、詩人にはめずらしい男前で、からっけつでも実にさっそうとしていた。加えて書く詩の高さ、気概の高さ、その人気はカリスマ的で飲み屋の二つや三つつぶしても田村のシンパは絶えなかった。

忘れられないことがある。私を田村に引き合わせてくれた志沢正躬は六六年夏、伊豆の海で急死した。その一周忌が小田原駅前の〝あさひ〟という料理屋で開かれた日の夕方、久しぶりで会った田村はがっくりと肩を落としていた。当時住んでいた北軽井沢から自分で摘んだという山野草の花束を持って来た。病身の詩人を寂寥の影が包んでいた。

「死ぬのが早過ぎたよ。まだ中学生だった志沢君ときみがぼくの下宿を訪ねてくれたとき、詰襟の制服着てたよね。あの頃を思い出しながら、この花を摘んでたら涙がとまらないんだ……」

あんなにしょぼんとした田村を見たことはなかった。北軽の詩人たちが〝ユメテン〟(夢の天国という意味)と呼んでいたあの原っぱで花を摘んできたのかと、私は胸がつまった。

その後、田村とは疎遠になっていたが、私はしばらく遠去かっていた詩をまた書き始め、十年前に『水辺の光一九八七年冬』という詩集をまとめた。六本木のゲイバーで〝励ます会〟を開いてもらったとき、発起人になってくれた病中の彼からメッセージが届けられた。「貴兄にお目にかかってから半世紀近くなります。初期の作品をはじめて読んで驚嘆した記憶がいまもありありとよみがえってきます。そして戦後の詩は貴兄の詩的再出発でした。それからの長い沈黙、詩人にとって重要なことは、その沈黙が詩の母体になることでしょう(後略)」と。よせやい、貴兄だなんてそらぞらしいや。

私はいつだって田村隆一という〝暁天の星〟に憧れて詩を書いてきた、ような気がする。

詩が燃焼する坩堝——長谷川龍生の現在

詩人は変貌する。長谷川龍生の内部をいかなる時が流れたのか。作為と思想の領域を往還する彼の詩の宇宙になにが起こったのか。詩集を読み始めて戸惑った。現代の文学に絶望したと言う彼は、この詩集を編みながら「寒々とした現代詩の草稿を目のまえにして、ためいきすらも出ないままで居る」と、あとがきに書いたが、他人事ではない。一九二八年生れの龍生はまだ七十四歳、私は四歳上だが弱気になっては困る。ほぼ同時代人として死ぬまで弱音を吐けない理由がある。龍生は詩でそれを証言してきた一人だった。

しかし、詩集『立眠』の巻頭に置いた「賢慮、生きる流浪とは」はあまりにも観念的で彼らしくない。「二十一世紀を克服するために」などと注釈を付されると、おいおい大丈夫かよとシラケる。抹香臭いお説教はごめんだ。それと比べて「立眠」には龍生の顔が見え隠れするが、まだ面白くない。宗教や哲学が幅をきかせて、詩を押し潰している。水にひかれて究め憑かれる「無」を論じるより、束の間の立眠の中を移動する血粒や、はじける卵体、明日にむかう混沌のリアリティーを開示すること。それが龍生の「詩」ではないのか。次の作品「戸をたたく歌」に至って、彼の詩的世界は独自の明晰な輪郭を見せ始め、戸をたたく音が時空に響いて、扉が打ち破られる。依然として龍生の詩は難解だが、むろん気にすることはない。個人と時代が真っ当に衝突する様相が簡単に書けるはずもなく、それを表現するためなら彼は自分を狂気に追い込むことも辞さない詩人である。移動と転換、想像力と虚構のデスマッチに翻弄されながら、読者は詩が燃焼する坩堝の中に投げ込まれる。いったいどこへ拉致されるのか、なにを見せられるのか、龍生の詩の魅力はまさにそこにあって、一見してとっつき憎いのは言葉のレトリックのせいではない。

「詩の言語は、その詩人の存在に裏うちされた一発必中の弾丸である。つねに、新しい、鋭い弾丸が、おのれのコメカミと、他者のコメカミを射抜いていかなければならない」と彼は言う。想像力や思索力が衰えた詩人は言葉をいじくり回してごまかそうとする。年齢を重ねると、多くの詩人は自分だけの体験や、時代の状況から言葉を生み出す力がなくなり、形骸化した作品しか書けなくなる。詩の核になる批評性が失われ、弾丸を補充するすべがなくなった詩人はもはや存在価値がない。しかし日本の社会には、年をとっているだけで労られ、敬われるという「美風」のようなものがあって、それはそれでよしとされている。そうした風潮を見れば、七十四歳の龍生が出した詩集『立眠』には人間が生きるための根源的な力が溢れている。私は冒頭の二編に疑義を表明したが、「戸をたたく歌」に続くすべての詩に言い知れぬ感動を覚えた。その多くは世界の歴史に関わるさまざまな時代の人物や事象、あるいは博物誌的知識や好奇心、旺盛な想像力を駆使して創り上げたドラマとも言うべき独特な長詩で、恐らくは寓意性や虚構を巧みに織り混ぜながら「人間の運命」を炙り出す。詩集のあとがきに「昨今の近況は、膵臓炎と糖尿病とのたたかいに終始している。それに加えて貧窮に近い人生にさまよっているが……」と書いているが、なんという強靭な生命力だろう。彼の病気も貧困もすべて詩のせいではないのかと言いたくなる。

「遭遇こそ」のなかほどで「かつての愛の斥候であった一兵士の死骸／冒されたざん濠　くびられた人家／津波がさらっていった暮しの舟」とうたう彼が「一日の終りぎわに／しなびた野菜を鍋でゆでている／頭脳の中には　フルーツのテリーヌ／バターもなければ　アプリコットもない」と書く美しい悲歌のトーンは忘れ難い。さらに私の心を捕らえて離さないのは、オジロワシが北海の空を飛ぶ羽音が聞こえる「いきずりの「知床岬」は三つ在る」だ。シベリア、サハリン、リトアニアを繋ぐ人間の生と死、詩人の自在な感受性。かつてこのようなスケールの詩を誰が書き得たであろうか。愛も革命も時代の霧の彼方に消え去るのか、マヤコフスキーが命を断った銃声を伝える「ヘンドリコフ横町の殺人」で『立眠』は終る。この詩集で龍生が現代詩の頂点に立つことはほぼ明らかだ。

遠い昔、龍生と私はおなじ「今日」の仲間だった。それ以前の彼は「詩と詩人」「山河」「列島」で詩を書いていたが、私が一撃食らったのは「理髪店にて」の明晰な手法で、それまでの作品とはまるで別人の感があった。「今日」に発表した最初の詩は「嫉妬二篇」。やがて「ユリイカ」が創刊になり、五七年に最初の詩集『パウロウの鶴』を上梓したとき彼は二十九歳だった。自分の出自など語ることはなかったが、当時の龍生は寡黙な青年であまり酒を飲むこともなく、同人会などでの発言もごく控え目だったと思う。時々彼は行方不明になるらしいとか、某大手広告会社の部長になったとか聞くようになったのはずっと後のことだが、にわかには信じられなかった。詩人としてもすっかり有名になり、滅多に会う機会もなくなったが、私は『パウロウの鶴』の頃がいまだに懐かしい。龍生の存在を励みに私は詩を書いていた。

最近になって突然『立眠』が届いた時、私は妙な戸惑いを覚えた。黒一色の装丁、三葉の写真。ずしりと重い本。龍生も私も人生の晩年に在る。反射的に田村隆一の「立棺」という詩が脳裏をかすめた。龍生は身を横たえて眠ることを拒否しているのではないだろうか。しかし『立眠』の詩にただならぬ詩人の力と深さを読み取って、私は眼前に立ち込めた霧を吹き払った。遠く離れた信州の居酒屋で龍生をしのびながら、祝杯を上げたのだった。

第二次大戦戦下の若い詩人たち――わたしの詞華集

詞華集とは、その編者がよしとする古今の名詩選集を指すのが普通だろうが、ぼくは「ある時代」に限定して、二十歳前後の若い詩人たちに焦点をしぼることにした。ある時代とは日本が無謀な侵略戦争に突入した、いわゆる十五年戦争のさなかのことで、具体的には昭和十年頃から敗戦に至るまでの約十年間（一九三五―四五）にあたる。当時十代か二十代はじめの若い詩人たちは、自由であるべき生を侵蝕されながら、あるいは苛酷な戦場体験を強いられながら、どのような詩を書き残したか。

ぼくの知る限り、かれらの多くは十代のなかばに詩を書きはじめ、うかつにも権力に迎合して戦意昂揚の詩を書いてしまった（もしくは本気で取り組んだ）先行詩人たちとははるかに遠い場所で、公器的な性格の詩の雑誌に投稿するか、仲間うちで同人誌を出すか、新人を受け入れる特定のグループに参加していた。

しかし、その時代を生きた若い詩人たちの大半はすでに他界し、大正十三年（一九二四）生まれで敗戦時に二十一歳だったぼくの周囲ですら、詩作をともにした同世代の友は寥々たるものだ。

ちなみに鮎川信夫、三好豊一郎、関根弘、浜田知章らが大正九年（一九二〇）生まれで、その前後五年間に鷲巣繁男、石原吉郎、長島三芳、伊藤桂一、中村真一郎、黒田三郎、吉岡実、安西均、中桐雅夫、那珂太郎、木原孝一、清岡卓行、北村太郎、河合幸男、岡田芳彦、秋谷豊、田村隆一、谷川雁、吉本隆明、山本太郎らが出生している。さすがにこの顔ぶれを見ると、荒野と化した時代の渦中で詩の前衛性を回復した「戦後詩」の担い手たちの姿がありありと目に浮かんでくる。

すなわちこのアンソロジーの中身は、ぼくが少年期に詩を書くきっかけを与えられた畏敬すべき詩人たちの初期詩篇であり、いずれも忘れがたい戦時下の詩ばかりである。

言わずもがなの私事をはさんで、やや感傷的な詞華集になったかもしれないが……。

吹雪の朝に　　鷲巣繁男

ゆうべ脱ぎすてた手套《ぶくろ》の形相が
保つてゐる忿怒のしづけさを
みつめながら　わたしは誰かに罰せられたのだ
――この吹雪の朝のめざましどきに

吹き荒ぶ忿りは　いつの日の過失《あやまち》に
繫つてゐるのであらうか　わたしは
むなしく抱く　空虚を　かたちなき形を
――それがわたしのかなしみに似てゐると

吹雪よ　玻璃戸の外に　異国の如く
たかぶり去らずとも　かゞやく
未知への予見をばまもりつゝ

けものらの勇気へと祈るのだ
いつの日か　わたしは私をゆるし
純潔な褥の上に　しづかに死をあてがはう

（戦中未刊詩篇から　昭和十九年二月制作）

一般に鷲巣繁男はロシア正教の洗礼を受けた宗教詩人で、戦後前衛俳句から形而上詩に転じたように思われているが、戦中のノートによれば一九三三年（十八歳）の日付を記した詩稿がある。ぼくは神谷光信氏の『評伝鷲巣繁男』でその事実を知ったが、前掲の詩はその後召集された中国の戦場で別のノートに書きとめられていた作品だ。吹雪に寄せて一兵士の原罪の意識と、戦争への忿怒、そして寛恕の果てに訪れる祈りと死の様相が象徴的書法でつづられている。年若い無名詩人のすぐれた戦場歌として、記憶されていい一篇だろう。

昭和十年代、横浜では古い歴史がある中等学校、通称Y校（横浜商業）に通学していたぼくは、国語教師の川田繁からたびたび鷲巣繁男の逸話を聞いていた。鷲巣はぼくより九年先輩だったが、低学年の頃から独学で漢詩を書き、欧米の数か国語を独習して、ボードレール詩集を原書で読破したという。教育に熱心な反面、粋人だった川田は繁男に酒の味を教え、芸者を呼ぶ座敷へ連れて行ったりした。自由な校風とはいえ羨ましい師弟関係だが、繁男の学業成績は科目によって優劣がひどく、経済的事情もあって進学を断念。以来、詩作に没入しながら異端の人生を歩んだ。

年齢の差で会う機会に恵まれなかったぼくにとって、鷲巣繁男は幻の天才詩人だったが、Y校にはぼくの五年先輩に中島可一郎、二級上に在校中から西條八十主宰の「蠟人形」に詩を投稿していた河合幸男がいた。たまたま同級の志沢正躬たちと回覧誌を作って詩らしいものを書きはじめていたぼくは、文芸部の部長だった憧れの詩人に出会って強烈な刺激を受けた。まだ新人の投稿に門戸を開いて「若草」も「文芸汎論」も「四季」も知らなかったが、ぼくは河合の影響で現代詩にふれる機縁を持ったのだ。

戦後の詩集『愛と別れ』で室生犀星賞を受賞した河合幸男は、モダニズム詩人の川口敏男などから「日本で第一級の抒情詩人ではないか」と激賞されている。次の詩は兵役に服してすぐの昭和十九年秋、中国北部の特別警備隊にいたかれが急性肝炎になって寒村の民家にひとり寝かされているとき、手帳に書きとめたという望郷のソネットである。

壁に寄せる　　河合幸男

銃声絶えしひとときを
兵舎の白い土壁に身をもたせれば
風が　いいえ　あれは母が呼んでゐるのだ
母はそこに棲むであらう　あの青い雲の蔭に

粗い壁の手触りに　ふと知る孤独……
桜咲くふるさとの春は遠し
かの小窓にやさしい灯をかかげし夜はさらに遠し
此処はひと日　塵埃の匂ひに疫病む寒村馬家溝《マチヤカウ》

色褪せし戎衣に包まれた細き指もつ兵隊よ
消えてゆけ青春の二字　断ち切れ憧憬の絆
いま現身はただ銃《つつ》とりて戦ふためにだけ

さんさんと降り止まぬ細かい日の雨脚に濡れて
そこかしこ　往きなやむのはまぼろしの花か
かつて僕の想ひをかき乱したひとの白いおもかげに似て……

（詩集『薄花色の歌』収録・華北詩篇（昭和二十年）より）

これは前線から持ち帰ることができた唯一の詩で、戦場に病む子を呼ぶ母の非在が、深い喪失感の底からまったき実在の証しとして浮びあがってくる。

その河合に励まされて、ぼくは詩の投稿をはじめたが、しばらくは黙殺されていた。乏しい小遣いをはたいて買う名の知れた詩人の詩集を読むうち、ほとんど理解できないのに強く惹きつけられたのは、魔術（?）のようなモダニズムの詩であった。

とりわけ町の図書館で目にした北園克衛編集の「VOU」は垢ぬけたデザインの大判誌で、「VOUクラブは芸術の総てのジャンルに新鮮なダイメンションを与えるアバンギャルドのクラブである」などと宣言している。どこにそんな詩人がいるのか。意外にもぼくが住む横浜市内で印刷関係の仕事をしていた長島三芳（横須賀市浦賀に居住）が「VOU」のメンバーで、地元では津田浩史、石渡喜八らと同人誌「半島詩人」を出していることを知った。

十代で「VOU」に参加した長島は、当初「砂を踏むと夕空の足下には　ランプが無数に倒れた

／港はこうして猫の屍骸が青銅のように澄まされ／私の小指はいつとはなしに狂師の如くペンをにぎりしめる…」（「鏡」、「ＶＯＵ」８　昭和十年）というようなスタイルの詩を書いていたが、長期にわたる応召中に最前線で重傷を負った体験を経て、戦後はメタフィジックな抒情詩人に変貌する。しかし戦中の詩にも明らかにモダニズムのレトリックが取りこまれ、いわゆる戦争詩とはまったく異質のイロニーが認められて興味深い。久しくぼくの脳裏に灼きついていたその一篇を紹介しよう。

津田部隊　　長島三芳

僕達は鉄兜を被つたまま歯を磨いてゐた
ここは南昌攻略最前線である
時に　敵のチエツコ弾が
春のステツキではたくやうに
頭上を越えて
後方の明るい菜畑に落ちてゆく
軽快な　しかも清潔な挨拶である
諸君　朝の挨拶には誰しも答へなくてはならないだらう
この新戦場にも紳士に対しては峻烈な礼儀がある

（……）
鶯の鳴く　めざす峻嶮○○へ
新鮮な僕の栄光が進む
そこにはニッケルのやうな友軍の飛行機が
盛んにダイヴィングをうつてゐるのを見た

（「文芸汎論」昭和十四年七月）

さて、店頭に並ぶ雑誌に投稿をはじめて一年ほどたったぼくが、すでに新人の域を脱していた田村隆一を東京大塚のアパートに訪ねたのは昭和十六年、太平洋戦争勃発の直前だった。田村の実家は大塚花街の料亭で、すぐ近くの甘味処の息子だったY校の同級生志沢正躬が「おれと一緒に会いに行こう。かれはすごいハンサムで、生まれたときには芸者衆に産湯をつかわせてもらったんだって」と興奮していたことを覚えている。その春、明大文芸科に入学した田村は緊張しているぼくにむかって、詩も書きたいが実は落語家になりたくてね、（桂）文楽の弟子になろうと思ってるんだ、旅役者の一座にも誘われたりして忙しいんだよ、などと真顔になって話した。さすがに本物の詩人はちがう！とケムに巻かれたが、帰りがけに「詩集」というタイトルのハイセンスな雑誌をくれた。鮎川信夫や三好豊一郎、北村太郎（当時は実名の松村文雄で書いていた）らとともに、田村も同人だった中桐雅夫編集の詩誌「LE BAL」（最初の「LUNA」も含めて中桐が神戸で旗上げしたLUNAクラブ発行）が、その前年に「詩集」と改題したばかりの頃だった。

十八歳の田村隆一がいかにかっこよかったか。のぼせあがったぼくに「どうだ、会えてよかっただろう、おれのおかげだぜ。コーヒーおごれよ」とけしかけた志沢は、田村が通いづめだという喫茶店へ案内してくれた。たしか〝パンテオン〟という店だが、室内の壁に田村の詩をでかでかと書きつらねた厚紙が貼ってあるのを見て、思わずぼくは絶句した。まさしく彼は花町大塚のプリンスでもあったのだ。

不思議な一夜を過ぎて　　田村隆一

何時の間にか深い谷間に降りてきてゐた
今では遠い地方を黒い河は流れた
僕たちは白い花の咲いてゐる蔭に　なにか音を聞いたやうだ　オバケの声だらうか
トリハダになつた僕たちの顔が父の面影に似てくるのであつた
白い花が散つた！　なにか聞こえてくる
「霧の音だ」ひとりの男が呟いた　僕たちは黙つた　歯がカチカチふるへて声が出なかつた
「人生だよ　ワレラの人生のカラクリだよ」

その友だけがひとりで喋つてゐた　声のヒロガリがピタリと止つた　とたんに　友の顔がミニクくなつた
「友よ！　おまへのやうな奴は死んでしまへ　あんな言葉が俺たちをダマしてゐたんだ　父も母も　さうだ！　この土地　俺たちが踏んでゐるこの土地の草や樹　その影の下で　美しいなアと思つてゐた俺たちはダマされてゐたんだ！　あゝ」
ワガ未知の土地よ　僕たちの生きてゐるかぎり　あなたは夢であつてくれゝばいい
また白い花が散つた！
ミニクい友を抱きながら　僕たちはオイオイ声をあげて泣きだした
Love Song
（「詩集」25輯　昭和十五年十一月）

末尾に小さく「Love Song」とある。硬質な感性と文明批評で構築された戦後の田村の詩とはかなり異なるが、深い谷間を流れる黒い河と、霧の中で散る白い花の戦慄的イメージが、虚妄の社会へのおののきを暗示している。とりわけぼくたちは「人生だよ　ワレラの人生のカラクリだよ」という田村流のフレーズにやられて、その後しばらく「人生だよ…」と、うわごとみたいに繰り返したものだ。

その田村と東京府立三商の同級生だった北村太郎は浅草のそば屋の息子で、早熟な下町っ子同士が意気投合。かれらは四年生のときに西脇順三郎の名詩集の題名を無断借用して「Ambarvalia」という同人誌を創刊した。これと前後して二人とも中桐の「LE BAL」に参加。そこで先輩の鮎川、三好、衣更着信らと知り合い、早くも「荒地」の原形が立ち上がる。

ちょうどその頃、ぼくは年長の投稿詩人から借りた「文芸汎論」のバックナンバーで北村の「不良少年の夜」という詩を見つけ、「なんだ、これは？」とわが目を疑った。むろん当時は田村と北村の関係などつゆ知らなかったが、いかにもおとなびたモダニズムの気分と、都会的な詩のスタイルに脱帽したことをおぼえている。

ぼくだってけっこう不良少年だった。学校では校則を破って体罰にさらされ、軍事教練をさぼっては配属将校に恫喝され、隠れて煙草は吸う、少しばかり酒も飲む。おまけに詩なんて軟弱な寝言のようなものを書く。ついには放校寸前の無期停学処分まで体験したが、よもやこういう詩のタイトルがあると思いつかなかった。

のちに田村はこう書いている。「太郎は「不良少年の夜」という詩を連作しつづけていた。つまり、白昼は、まじめで、よく勉強のできる商業学校の生徒、（中略）夜は、ゲタばきにジャンパーというスタイルで、浅草の六区、つまり、活動写真小屋や漫才、ドジョウすくいの演芸場が建ちならんでいるカイワイや、最低の売春婦やオカマが出没する浅草公園をハイカイしては、ゴールデン・バットをふかしながらリリックを書いていた」（現代詩文庫『北村太郎詩集』解説）。

怖るべき中学生、太郎の詩にぼくはＫＯされた。

不良少年の夜　　　松村文雄（北村太郎）

白い屍体の影から
舗道が十九世紀の童話《めるへん》を
繰りひろげる
水晶体をさかさにして
ぼくは叢に
きみは洋館に
霧を喰べながら
かんばすを撫でるのだが

★

花と生理に
きみは哀しむか！

虚空《そら》のやうに
聖火が靡いてゐる

雨がふと唇をつまみ
僕は微睡《まどろ》む

★

地軸のあたり
蒼いわるつがqui-iと壊れる
さあ　きみ
薄明りの港へ行かう

（「文芸汎論」昭和十四年四月）

巧いもんだよ。とくに最終連のレトリックがぼくの脳天を粉砕した。

その北村太郎は府立三商を成績優秀で卒業し、すんなり横浜正金銀行に就職した。そこは開港以来、日本で唯一の外国為替銀行で、ぼくの母親なども「正金へ入ってくれたら、わたしゃいつ死んでもよかったのに」と、デキの悪い息子を見て嘆いたものだが、太郎は算盤と札束の毒気にあてられたのか一週間でウツになり、惜し気もなく辞めてしまった（東京瓦斯へ入社した田村は一日も出勤せずに退社！したらしい）。

その後、北村は東京外語へ入学し、在学中に学徒動員で田村とともに海軍へ入隊。戦後、東大仏文を卒業したのだからただものではない。聞けば太郎の父は横浜の盛り場・伊勢佐木町界隈の生まれというから、正金銀行と実家は目と鼻の先。北村太郎が晩年を港町ハマで送ったのもなにかの因縁だろう。

ところで、のちの「荒地」の主要メンバーの多くは昭和十二年創刊の「LUNA」系詩誌の同人になっているが、黒田三郎と木原孝一は例外で、北園克衛の「VOU」が戦争末期にその活動を終えるまでずっと参加していた。

黒田は大正九年広島で生まれたが、幼時に海軍の軍人だった父の任地鹿児島へ転居して旧制七高へ進学。かつての「詩と詩論」で新詩運動を推進したシュールレアリズムの詩人や、フランス象徴派詩人の著作を耽読する一方、マルクスやエンゲルスに傾倒し、昭和初期のプロレタリア文学誌「戦旗」なども所持していたという。やがて「VOU」から戦後の「荒地」を経て、コミュニズム系の「詩人会議」に至る黒田三郎という詩人の在りように、深い感慨を抱かずにはいられない。

その出発点となった「VOU」の詩は、言葉からあえて意味や情緒を排除し、もっぱら技術を重視する実験を試みていた。十八歳になった黒田三郎が最初に発表したと思われる作品も例外ではなく、その冒頭部分を引用すると「パイプのように、要塞は季節を伸縮した。肩を並べる羞恥。銃眼の微笑。黄河。病院では盗まれた唇の仮縫をしていた。手紙のように」(「砂時計の落葉」「VOU」20 昭和十二年)というもので、当時のモダニズム詩の状況を彷彿とさせる。

年譜によれば、旧制高校を卒業した年、黒田は東大受験に失敗し、下宿を転々とするうち詩人の会や夜の新宿界隈で鮎川や三好と知り合い、詩を語り酒を酌みかわす仲になった。その頃の日記に「黒田三郎もえらくなったものさ」などと偽悪的に書いたあたりもかれらしい。翌年には東大経済学部に入学するが、その暮れに日米が開戦し、黒田は「もうVOUクラブと手を切ろうか、と思う」と記している。かれは破滅に突き進む時代のはざまで暗黒時代の到来を見とおし、深い孤絶感に襲われていたのだろうか。

忘れもしない。すでに「VOU」は「新技術」と改題し、村野四郎らがあらたに創刊した詩誌「新詩論」に黒田が書いた詩を発見したとき、ぼくはいいようもない感動を覚えた。

またあした　　黒田三郎

ひとびとはみな
黒い大きな蝙蝠傘をさして出て行った
闇の中へ
とり残された広い部屋の中

テーブルの上で一本の蠟燭が燃えている
群衆に背をむけた魔術師のように
またあした
またあした
いつもいつもまたあした
テーブルの上で燃えている一本の蠟燭
それは
闇が侵入するのを
懸命に喰いとめているように見える
懸命に
ただ懸命に
燃えつきるのも忘れて
あ
微笑が頬にのぼると
少年は立ち上がり
しずかに灯を吹き消した
すると

音もなくはいってくる闇
躓きもせず花瓶を落っことしもせず
闇は音もなくはいってくる
秒を刻む時計の音

涙が一滴頬を伝うて落ちる
またあした
またあした

（「新詩論」昭和十七年三月）

この詩には、のちに黒田三郎のシンボルとなる「黒い蝙蝠傘」があらわれ、彼の出発点であった「VOU」のモダニズムと訣別しつつある心情的な影のようなものが、「またあした」というリフレーンににじんでいる。この年、かれは『罌粟』という題名まで決めて自費出版の詩集を出すための原稿をまとめたが、実現しないまま戦火に遭って大半を焼失した。だが「またあした」が活字になっていたのは不幸中の幸いで、戦後『ひとりの女に』に次ぎ、実質的な第一詩集として刊行された『失われた墓碑銘』（戦中詩篇の集成）に収録されている。権力から遠く離れた地点に生きる人間の真情を、苦い批評に裏打ちされた平明な言葉で書きつづけた黒田にとって、記念すべき作品といえるだろう。

この詩が発表された昭和十七年以降、当局の要望による有力な詩誌の統合、合併が加速度的に行われるようになった。中桐雅夫らの「詩集」に拠るグループと、「四季」系の鈴木亨、西垣脩らの「山の樹」が、雑誌名は「詩集」としたまま、あらたに井手則雄を編集人として発足したのが十七年一月で、奥付の発行所はまだ「ＬＵＮＡクラブ」になっている。

井手はその後記に「合併は互いに強力な若い詩誌を作り上げようという願望が一致して急速に実現した」と書いているが、いかにも不自然に思えるその前後の事情について詳細は不明である。ただ田村隆一の年譜を見ると「同年九月、「詩集」九月号に詩「寄港地」を発表。詩集はこの号をもって事実上終刊する」とあり、井手が「意見の一致をみて合併した」という「山の樹」は統合する一年前から雑誌を発行していなかったことが腑におちない。

それはそれとして、戦中に詩を書きはじめた世代の多くがもっとも影響を受け、詩作の精神的な依処としたエコールといえば、一方に春山行夫や西脇順三郎らの「詩と詩論」を源流とするモダニズム、シュールレアリズムがあり、もう一方には堀辰雄、三好達治、丸山薫らによる牢乎たる抒情詩の流れとして「四季」の存在があった。そして前者の系列に「詩法」や「新領土」、後者は「四季」と並行して第一次「山の樹」が創刊されたのだが、「山の樹」はその出発当初からモダニズムに対して明らかに否定的、ないし懐疑的であったようだ。

同誌は伊東静雄を顧問に、鈴木、西垣、芥川比呂志、村次郎、小山正孝、牧章造、中村真一郎らが参加しているが、中村が加藤周一、福永武彦、窪田啓作とともにマチネ・ポエティクを結成したのも昭和十七年のことである。定型押韻詩の実験である『マチネ・ポエティク詩集』が刊行されたのは戦後まもなくだが、その先駆的作品と見られる中村の詩「物語のために（序詩十篇）」は戦中の昭和十四年秋、第一次「山の樹」に発表された。

「此れは現在構想中の或る物語詩の序詩として書かれた一組の短唱」と「註」にある冒頭の一篇を、（実際に読んだのは数年後のことだが）ぼくはいまも忘れない。

物語のために——序詩第一番　　中村真一郎

昨日……遠い昔のことのやうだ
太陽が段々と鉛色に変つて行き
青い地平が自然と消え亡せ
全ゆるものが闇の奥に吸ひ込まれた

昨日……あれから長い恐しい時が過ぎ
私は幾度か黒い帳《とばり》の下で眼を開いた——
あゝ待ち切れない！　時の中で私は道を迷つた
不実な太陽はもう再び昇つて来ないに違ひない

諦めよう!　そしてせめて眠の中に昼を探しに行から
昨日は永遠に私を裏切り死んで行き
明日は決して私を訪れはしないのだらうから

諦めよう!　そしてせめて昨日の光を忘れよう
しかし——夜の中に身を横へ息を潜めてゐると
遠い無窮の時の中で暗い暗い音が響く!

(「山の樹」昭和十四年七月号)

これも四連十四行のソネットによる押韻詩だが、かれらが戦後の『マチネ詩集』で「われわれの中世の持つ、最も洗練され最も完成した一詩風、謂わば拾遺愚草の象徴主義は却ってわれわれのうちにこそ、その復活と再生を見出すべく、またそのことによって、われわれは、遠く確かな日本の伝統の根につながることを信ずるものである」云々と宣言した作品群と比較して、むしろこの危機的な時代の美学に、ぼくは注目する。マチネによる定型詩の実験がさらに密度を深め、思想と言語の豊潤な香気を高めてこの運動を持続していたら、あるいは「荒地」グループの対立軸として戦後詩に重要な一石を投じたのではないだろうか。

さて、生粋のシュールレアリストといわれた吉岡実が他界してすでに十六年。伝説の詩人となりつつあるかれの詩を一篇だけ挙げるのはむずかしいが、ここでは昭和十五年十月、私家版として少部数制作された最初の詩集『昏睡季節』から同題の作品を選びたい。翌年刊行の『液体』をかれの第一詩集とするむきもあるようだが、筑摩書房版の『全詩集』には『昏睡季節』全篇が収録され、「手紙にかへて」という栞のはじめに「五月二十七日の夕方でした、家に戻ると母からそっと私は召集令状をわたされました。私は胸廓に一枚の熱い鉄板が膀胱から押し上って来るのを感じました」という記述がある。

　以下の内容を要約すると、それから出征の日まで約一週間かけて『昏睡季節』の詩稿を整理し、六月五日にそれを親しい友人の手に托して入隊したという。ところが理由は不明だが、翌月下旬に突然召集解除になって帰宅。原稿を読み直すと内容があまりにも雑多なので嫌気がさしたが、召集を前に詩集を編んだ悲壮な気持もなつかしくて上梓をきめた、のだそうだ。

　年譜によれば、かれが北園克衛や左川ちかなどの詩集を読んだのは十八歳の頃というから、詩作をはじめたのはその後まもなくと推測される（「十九歳ぐらいから」という本人の発言もある。「高橋睦郎のインタビュー」に答えて。思潮社版現代詩文庫）。当時「人に見せたい気はまったくなかった」と吉岡が語っていたその頃の詩が、ぼくは大好きだ。

昏睡季節1　吉岡実

水の梯子を
迷彩を失った季候や
夜が眼鏡をかけてのぼつてゆく
葉巻の煙の輪の中で女達は滅び
電球に斑点がふえる
物憂く廻転する椅子の上に
目の赤い魚が一匹乾いてゐた

昏睡季節2

牛乳の空罎の中に
睡眠してゐる光線と四月の音響
牡猫の耳のやうに透けてうすく
砂の上に日曜日が倒れてうづまる
麺麭が風に膨らむと卵は水へながれ
茎には花の影が手をひろげて傾く
眠り薬を嚥みすぎた男が口を尖らし

銅貨や皺くちゃの紙幣を吐き出す
夜を牽いて蝙蝠が弔花をとびめぐる

（詩集『昏睡季節』昭和十五年十月）

「昏睡」とは何を指すのか、初心者が書いた詩とは信じられない。モダニズムの強い影響が感じられるとしても、兵役を間近にした不穏な時代の不条理と絶望のメタファーを形象化したこの詩には、奇妙に明るいイロニーとリアリティがある。

吉岡は詩集の栞（前出）にも「貧しい生活、貧しい詩精神からうまれた泡沫のようなこれらの詩」を「人に見せるのは恥しい」という意味のことを記しているが、いかなる事情か、たまたまぼくが目にした「文芸汎論」昭和十六年一月号（発行日は前年末）に詩集『昏睡季節』の四分の一頁広告が掲載されていた。版下はプロはだしのすっきりしたレイアウトで、発行所名はなく、下部に横書きで個人の住所と「吉岡實」の名がある。友人が勝手に出稿したとも推測できるが、その時点で吉岡は召集解除になっており、まったく知らなかったとは思えない。じつは「ひそかに読まれることを期待していた」と想像するのが自然だろう。私家版としては異例の広告まで出したこの詩集が、ぼくの知る限り当時まったく話題にならなかったのも不思議である。『昏睡季節』が世に出た翌年六月、吉岡はふたたび召集され、第二詩集『液体』の詩稿を遺書として兄に預けて麻布の陸軍歩兵三連隊に入営。数日後、酷寒の満洲へ送られて各地の戦線を転々とする。

鮎川信夫は昭和十七年秋、青山の近衛歩兵四連隊に召集されて、翌年五月にはスマトラ島北部のベラワン港へ上陸。遺書のつもりで中桐雅夫に托してあった「橋上の人」(初稿)が載った三好豊一郎編集の同人誌「故園」を戦地で受け取った。イガグリ頭で奉公袋をぶらさげ、青山の連隊へ入営した鮎川を衛門前まで三好と一緒に見送った田村隆一も、十九年暮れには横須賀第二海兵団へ召集され、そこで北村太郎とばったり会う。そして田村は土浦の航空隊へ、北村は玄海灘を越えて旅順の軍事基地に赴いた。黒田三郎は大学卒業後、南洋興発という会社に就職していたが、ジャワ島で黄麻農園管理の仕事に従事。敗戦の年二月、現地召集されて軍務に就いた。

ぼくといえば中学時代の非行がたたって就職先を選ぶことができず、軍用機の部品を製造する軍需工場へ勤めながらガリ版の同人誌づくりや、投稿に励んでいた。昭和十七年頃からやっと「文芸汎論」や「四季」に投稿詩が載るようになったが、その頃〝汎論〟でよく見た同世代詩人の名を挙げると、岡田芳彦、森道之輔、那辺繁、泉沢浩志、難波律郎、内山登美子、相田謙三、赤井喜一、鏑木良一、明智康、半沢義郎などのことが霧のかなたに思い出される。だが、ぼくのはかない抒情詩を載せてくれた有名な詩人が「これはこれで結構であるが、この戦争を知らぬげな態度は内部検討の必要があると思う」と書いた選評を読まされて、自分の居場所がなくなりそうな不安を抱いた。「戦争を知らぬげな詩」を投稿していたぼくは、やっぱりはみだし者の不良少年だったのか。

昭和十九年になると、ぼくにも令状が舞い込んで、市川国府台の野戦重砲兵連隊に入営した。すでに戦局はどたん場で、若い新兵より中年の補充兵が主体の、南方戦線向けに編成された部隊であった。

たぶんその二か月くらい前、出版物の戦時統制で休刊に追い込まれた「文芸汎論」の最後の集会が、有楽町の数寄屋橋畔にあった朝日クラブで催された夜のことも忘れられない。現役士官の軍服でこれ見よがしに参加した先輩格の詩人も混っていたのに、中桐雅夫が（神戸から上京するとき父親の貯金通帳を持ち出して買ったという）粋な白絣の着流しで、いかにもさっそうと現われたのだ。「見たか、これが詩人てもんだ！」と、ぼくはにわかに高揚した気分になり、「麦酒」と漢字のラベルを貼った罎ビールをイッキに飲みほした。

辻井喬と詩誌「今日」のこと

ずっしり持ち重りする恐るべき大著『辻井喬全詩集』が刊行された。ほぼ半世紀におよぶ文学活動を経て全貌をあらわした思想詩人辻井喬と、戦後の大衆消費社会を背景に新たな時代の文化を創造した実業家堤清二。これが同一人物であることさえ奇跡だろう。彼の出自や経歴にここでは触れないが、その文学的フィールドは現代詩をはじめ小説、評論、劇作、作詞などにわたり、国内外に多数の著作を持つ。むろん詩人としては現役最前線で、千五百頁になんなんとする今回の全詩集に既刊詩集十八冊がなべて収録されている。思潮社の超豪華版全詩集としては田村隆一、大岡信などに次ぐ出版だが、刊行時点の年次を見ると、田村は七十五歳で他界して二年後の二〇〇〇年、大岡は七十一歳で二〇〇二年、現在八十二歳の辻井喬が最高齢だが、昨今の旺盛な仕事ぶりから推測して闘いはまだこれからというエネルギーに溢れている。まさに怪物？　即ち今回の全詩集はひとつの通過点で、今後何が出現するか計り知れない。たとえば昨秋の本誌（編集注、「現代詩手帖」）インタビューで辻井はこう発言している。

「むかし「僕の前に道はない／僕の後ろに道は出来る」なんてこと言ったひとがいたけど、そんな偉そうなことを言うんじゃないよ、それでおまえはどういうところに辿りついたのかね、とどうしても言いたくなるわけです。（…）ですから、「私は道を消すために歩いてきた、私がこれから歩くところも荒地以外のものではない」という詩を書かなければいけないと思っています」（「現代詩手帖」二〇〇八年十月号インタビュー）

取りあえず、「荒地」を踏みしだく「道」という壮大なテーマに取り組むという宣言だ。ところでぼくは彼より三歳年長だが、いまだ戦後的亡霊の如きものを振り切れず、意欲も才能も馬力も遠く及ばないというほかない。さしずめ荒地の水たまりというところだろう。

辻井喬が詩を書きはじめたのは全学連の幹部として東大闘争に参加した一九五〇年以降、日本共産党がコミンフォルムに批判されて分裂し、彼は反革命分子と呼ばれて除名になってからのことだ。その後「新日本文学」編集部に一時在籍した辻井は五一年秋に肺結核を発症、その病床で彼がノートに書きためていたのは中学生の頃まで馴染んでいた母ゆずりの短歌ではなく、新たに目をひらいた詩の断片であった。

それまで彼が読んでいた詩は、創元社版の『世界現代詩叢書』に入っていたアラゴン、リルケ、コクトオ、アポリネール、シュペルヴィエル、ミショオ、あるいはエリュアールなどの作品や、朔太郎、三好達治ら日本の近代詩。東大の学友だった木島始の詩集。また新日文に勤務中実際に会ったことがある小野十三郎の『詩論』、短歌的抒情の否定は「喪失と期待の感情の中で何かを待っていた当時の私にとって、自己忌避の根拠を提供してくれる有難い書物だった。詠嘆、歌いあげる身振りのおぞましさに関する彼の攻撃に、私は自己を責む快さを覚え、そこから少しづつ詩に魅かれていった」と言う。さらに辻井の初期作品を読んで推察するところ、日増に詩に近づいていった過程で五一年夏から刊行された年刊『荒地詩集』の存在も少なからず刺激的だったのではないか。それを裏づけるかのように「一九五四年から配本になったユリイカの『戦後詩人全集』に私は強い刺戟を受けていた。この中には後に親しくなった若い詩人が網羅され、中学で私の一級下だった高橋宗近のような詩人もいた。この全集を読まなかったらノートを整理して詩集を出そうとは考えなかったかも知れない」(『本のある自伝』)と告白している。

すでに周知のことかと思うが、辻井喬の第一詩集『不確かな朝』が誕生するきっかけを作ったのは木島始である。一九五四年のある日、辻井の見舞いに行った木島は〝詩のノート〟を見せられて「ふーん、いい詩じゃないか。ユリイカの伊達得夫に見せたいから借せよ、詩集になるかもしれないぞ」と言った。辻井はまさかと思ったが瓢箪から駒。やがて伊達は病後の辻井がおずおずと持ち込んだ原稿を読んで「詩集を出しましょう」と約束した。木島はその二年前、ユリイカからアメリカの黒人詩人ラングストン・ヒューズの訳詩集を出して、伊達とは親しい間柄だった。

「胸を病んでから四年目、『不確かな朝』は五五年十二月世に出た。今思えばやや遅すぎる二十八歳の船出だった。革命運動の状況は一変していたが、当時私の内部には表現せずにいられないものと、なぜかそれを抑制しようとする力が働いていた。内側に向かって作用するその閉鎖性は私の詩

の基本的な体質になり、恥の意識にコーティングされた暗喩が多く用いられた」（「私の詩の遍歴」要旨）

革命幻想の戦列を離れて父の事業を援けることになった辻井喬にとって、それは新しい出発にちがいなかったが、「自分の感性しか信じられないという謙虚で倨傲な姿勢にこだわっていた」彼には、自分が進むべき道がどれもこれも不確かなものに思えた。いかにも暗示的な詩集のタイトルだが、当時のノートにはこんな断章が記されている。

闘いに勝てば
だんだん淋しくなっていく
敗ければ
淋しいことも分らぬ程に
駄目になっていく

その辻井喬が伊達の紹介で最初に参加した同人誌（実態は寄稿も含んだ半同人誌？）は、前年六月にぼくたちが創刊したばかりの「今日」だった。「今日」の発行所がユリイカだった事情もあるが、もし木島がどこか他の同人誌に辻井を紹介するつもりだったら、当時彼が関根弘らと共に主要同人であった「列島」に入れるのが自然だろう。それともすでに続刊が危ぶまれていた「列島」の終刊はすでに予想されていたのか、ともあれ結果的に辻井喬を新同人に加えた「今日」は運がよかったのかも知れない。

さて、発行人の伊達得夫をまじえた同人会で辻井の詩集『不確かな朝』を回覧した「今日」のメンバーは合議の上で彼を新しい仲間として迎えることを決めた。「戦後の困難な時代を、特殊な環境に身を置きながらも誠実に生きてきた辻井喬の素顔」をぼくはあらまし伊達から聞いていたが、初対面の印象は喩の詩人にふさわしく知的でシャイな青年だった。ちなみに「生涯」という辻井の詩（第二詩集『異邦人』に収録）が載った「今日」（第六冊）一九五六年十二月号の目次を見ると飯島耕一、吉岡実、岸田衿子、多田智満子、難波律郎、岩田宏、児玉惇、中島可一郎、平林敏彦らがそろって作品を書いている。（他に同人として清岡卓行、大岡信、長谷川龍生、金太中らがいた）

然しながら辻井喬が当時の状況について「私は「今日」の会合に出席するたびに、彼等の話しているることの半分も分らず、東京の秀才の高校生の中に間違って飛び込んだ田舎の中学生のような引け目と彼等への尊敬の念に縛られて小さくなっていたのを覚えている」（「私の詩の遍歴」）と言うのはちょっと腑に落ちない。ぼくらには何の屈託もなかったからすぐさま南麻布（だったと思う）の辻井宅でやった会合に押しかけて酒を飲み、酔っぱらったぼくは硝子戸に体当りして顰蹙《ひんしゅく》を買ったくらいだ。

以来半世紀が過ぎ去った今、辻井喬は幾多の実験的詩集によって「自らの裏切りと自らへの裏切り」を積み重ね、昭和史を鎮魂する記念碑的大作「わたつみ」三部作を経て、方法的には隠喩の森を脱出した名詩集『鷲がいて』を書き、さらには「無謀な反逆心」に駆られたと言う『自伝詩のためのエスキース』に挑んでなお、困難を深める時代の稜線ときびしく対峙している。なぜそこまで?と聞けば「死に至る病だから」と詩人はわらうのだが……。

鮎川信夫がいなければ……――追悼・牟礼慶子

今では懐しくもある「荒地」の時代は疾うに終わったが、あらためて牟礼慶子の評論『鮎川信夫――路上のたましい』（一九九二年、思潮社）を読み直すと、やっと戦後詩の長い夢から醒めたような気がする。牟礼さんが「荒地」のメンバーにむかえられてから、鮎川信夫への敬慕は生涯変わらなかったが、その傾倒はいかに深く、根元的なものであったか。『路上のたましい』は彼女のひたすらな思いを切実に伝えてくる。牟礼さんは鮎川の「調和と繊細な秩序を希求した詩」の世界と、「何ものにも縛られず、自分にさえ隷属することを否とした」生き方に強く惹かれていたのだろう。

ぼくは五〇年代の半ばにどこかで牟礼さんと会っているが、たぶん「荒地」か「詩学」と関係のある席だったと思う。それから長い年月を経て、鮎川の死後に牟礼さんが『路上のたましい』を「現代詩手帖」に連載中、その内容に関しての照会があった。それは鮎川が敗戦前後のもっとも早い時期に書いた詩「耐へがたい二重」と「トルソについて」が、ぼくの編集する同人誌「新詩派」の四六年七・八月号に掲載された事情の確認だったが、その経緯をはじめて詳細に書いてくれたのは牟礼さんだった。その年の春、ぼくが戦時中から強烈に刺激されていた田村隆一が、鮎川と三好豊一郎を誘って「自分たちはまだ作品を発表する場がないから」と、「新詩派」に参加したのである。あまり知られていなかったこの事実を牟礼さんが明かしてから十五年ほど過ぎて、ぼくの『戦中戦後　詩的時代の証言』が出たが、献本した牟礼さんから「いい資料を書き残してくれた」という丁寧な礼状をいただいた。

それにつけても感動的なのは、もし鮎川がいなければ牟礼慶子は詩人として世に出ていたかどうかということだ。少女時代は短歌を書いていた彼女が、詩に関心を移したのは戦後大阪で公立中学の教師になってからだった。鮎川信夫の名を知ったのは二十一歳のとき、雑誌「近代文学」の〝荒地特集〟で「死んだ男」を読み、「これが戦後の新しい詩か」と圧倒された。その後、結婚相手の谷田昌平氏（文芸批評家）が五一年に創刊した「青銅」に牟礼さんが書いた詩「山羊」に鮎川が注目し、「荒地」のアンソロジー「詩と詩論」に作品を載せたいという意向をつたえた。彼女の初期の詩について鮎川は「新人ながら自分の世界をしっかり守り、すでに確固とした個の充実があった」と評している。

五四年に牟礼さん夫妻が東京へ戻り、高円寺の果物屋の二階で暮らすようになると、同じ中央線沿線の国立にいた鮎川がたびたび立ち寄って話し込み、ときには牟礼さんの勤務先まで原稿を受け取りに行った。それもすべて後輩に対する鮎川の心遣いだったろう。詩壇雀のうわさによれば、これまた牟礼さんを指して「初夏のネムの木のように、さわやかに立っている人」と形容した田村隆一があるとき「ぼくが彼女にありのままの〝男のイメージ〟を提供しなければ……」と、だれかの脇腹をつついたとか。よけいなお世話だが、いかにも往年の「荒地」らしいユーモアではないか。

忘れ得べき詩——追悼・長島三芳

昨年（編集注、二〇一一年）九月、九十三歳で心不全により急逝した長島三芳が、死の直前まで詩を書いていたことはまちがいない。彼は自室の机上に愛用の原稿用紙と万年筆を置いたまま、しばしば作品の背景になった生地浦賀（横須賀市）の病院で世を去った。高齢で外出が困難になってからも、毎日数時間は机に向かい、自分を慕う後輩たちの同人誌に寄稿する新作を書いていたという。

今あらためて長島の遺稿となった詩「駆けぬけた夏」（本誌一月号。編集注、「現代詩手帖」）を読むと、これほど抒情詩人の最後にふさわしい作品はなかったろうと感じられる。生前、彼は毎年蟬時雨が降る夏山へ登って、冷たい湧水に沈めた絹漉豆腐を食べるのが楽しみだった。静かに過ぎていく人生の終わりの時。いつか夕日は沈みかけている。

私の過ぎていく夏時間は
もう再び私の中には戻ってこない

（…）
蟬時雨のざわざわと降る声も無くなり
蜩の鳴く声に変わっているだろう
（一部分引用）

詩人が好んだ小さな旅の、ときのまを駆けぬけた夏。いささか個人的な感傷になるが、筆者はあの戦時中から「ＶＯＵ」や「文芸汎論」で長島の詩を読んでいた。彼は一九一七年生まれだが、早くも十代で北園克衛に才能を認められ、前衛的モダニズム詩誌「ＶＯＵ」のメンバーになっている。中心にいたのは北園、西脇順三郎、村野四郎、長田恒雄、岩本修蔵、鳥居良禅らだが、長島とほぼ同時期から黒田三郎、木原孝一も「ＶＯＵ」の仲間だったというから凄い顔ぶれの詩誌だ。三人の年齢は長島、黒田、木原の順だが、長島は中国戦線へ出征中の三九年、北園の推輓で第一詩集『精鋭部隊』を刊行した。それだけ期待も大きかったが、常套的な時局追従の愛国詩集ではなく、むしろ戦争を戯画化したモダニズムのレトリックにおどろかされる。

だが長島は前線で戦闘中、大腿部に銃創を負って野戦病院を転々とした体験がある。その傷跡も癒えぬまま、敗戦の日を迎えた詩人の内部に何が起こったか。詳述する紙幅がないのは残念だが、戦争末期に当局の圧力で休刊した「ＶＯＵ」が四六年末に復刊した際、黒田や木原は復帰しているが、たまたま地方に仮寓中の長島は参加できなかった。

その失意を埋めるかのように扇谷義男、内山登美子らと同人誌「植物派」を発行したものの、戦後の長島三芳が実存的な抒情詩人に変貌する端緒になったのは、四七年夏「日本未来派」を創刊した池田克己との出会いだったかもしれない。戦後の混沌から未来へ、いかなる硬直した思想、観念にもとらわれぬ現代詩の復興を目指すというマニフェストに共感した長島は、小野十三郎、佐川英三、高見順らとともに「未来派」の主力同人となり、戦後初の詩集『黒い果実』で第二回H氏賞を受賞する。

そして、かつての同志黒田や木原は鮎川信夫、田村隆一らと「荒地」に拠って戦後詩の時代を担ったが、長島は矜持と寂寥のうちに抒情詩を書きつづけ、最晩年の『肖像』まで生涯に約十冊の詩集を遺して他界した。

林芙美子について　一九四八年「新風」

つね日頃、詩人や作家の著書を手にすると、本文より先に巻末の「年譜」を読むことがよくある。恐らくぼくだけの癖ではないだろう。読書の前の準備体操みたいなものだが、林芙美子ほど著作が多いと、つい複数の「年譜」を読みくらべることもある。今回の『ピッサンリ』は、編者の野田敦子さんがこれまで林芙美子の全集等類書に未収録の詩九十二篇とエッセー、童話を発掘、集成した労作だから、目次ががらりと変わるのは当然として、仔細に見ていくとこの「略年譜」には新資料らしいものが入っている。

一九四八年（昭和二十三）の項で、三月、「好日うたた放談」（「新風」）というくだりだ。なんのことか。当時四十五歳だった林芙美子と誰かの対談が「新風」という活字媒体に載った……。実はその経緯をあらまし書くのがこの小文の目的である。まず敗戦直後、高名な林芙美子と、しがない詩の同人誌などやってたぼくのどこに接点があったのか。私事にわたるが、敗戦で軍隊から放逐されたぼくは生地横浜の焼け跡で「記者募集」のビラを見つけ、一時地元新聞社に就職した。だが住む家もきまらず、年末に知人を介して吉祥寺に古いアパートの四畳半を見つけ四六年一月、有楽町にあった大阪新聞東京支社へ転職。たまたま創刊したばかりの月刊大衆雑誌「新風」の駆け出し記者になった。これがすべての始まりである。編集部でまず手にしたのが「新風」二月号、本文の扉一頁を使って林芙美子の詩「智慧の種」が載っていた。詩としては芙美子の戦後第一作だったかも知れない。しかも次の三月号には短篇小説「仮寓早々」が掲載された。どちらも大衆の喝采を博しそうな作品とは思えない。あらためて編集後記を読むと「われわれが一碗の糧に心を奪われている間にも、世界は動き歴史は造られつつある……」その認識に立つ新雑誌を作るというマニフェストだ。「新風」編集長の若槻繁は戦時中総合雑誌「改造」編集部にいて、思想弾圧の悪名高い横浜事件で検挙され、背中に拷問の傷痕があると噂される人物だった。そう言えば、林芙美子もかつて「共産党に資金援助を約束した」という容疑で中野署に留置され、戦争末期にはベストセラーになった『放浪記』や『泣虫小僧』などの著書が時局にそぐわないという理由で発禁処分になっている。芙美子はその『放浪記』以来「改造」にしばしば詩や小説を執筆し、憂うべき危機の時代をともにした若槻は、いつも林芙美子を「お芙美さん」と呼んでいた。

さて「新風」はぼくに何をもたらしたか。まず売らんかなの一般大衆雑誌のイメージに反して、創刊早々、冒頭に林芙美子の思索的な詩を載せたことだ。それもあの、矢でも鉄砲でも持って来いという、勇ましくてどこか悲しい往年の詩ではなく、暗い戦中の暮らしに耐えてきた女達が心に小さな灯をともして、智慧の種を育てているという、美しく静謐な作品だった。激動の時代を生きて来た林芙美子は、これからもつねに、詩とともに在るだろうとぼくは思った。その通り、若槻がのちに女性誌「婦人文庫」編集長に転じてからも、芙美子は同誌に詩を書きつづけ、死の半年前に出た短詩数篇から成る「マルタプウラア」(「婦人文庫」五〇年十二月号)が今回『ピッサンリ』に収録されている。これが絶筆なのかどうか、組詩の最後に置かれた「無題」を引用すると、

灯火が消えた／みんな寝てしまつたよ／霜の来そうな寒い晩だね／楓君、もつとこつちへ寄り給へ／支那竹さんは眠むそうだな／けやき、えぞまつ君は／これから読書／あゝ赤肌土の海の見える古里へ復へりたい／みんなもそう思はないかね／都会は煤けて退屈な処だ。

(全行、発表時は行分け)

修辞的現在もへったくれもない、これがどん底の夜も幸せな日も、自分らしく生きて燃え尽きた林芙美子の抒情詩の終章だった。

感傷的になるのはあとにして、「新風」が四七年十月号から林芙美子の連載小説「古い風新しい風」をスタートさせることになったとき、ぼくはその担当記者に指名された。まさに至近距離だ。若槻が紹介状がわりに一筆書き添えてくれた名刺を持って、ぼくは下落合の林邸へ最初の挨拶に行ったが、まだハタチそこそこの青二才で足がすくんだ。自分も下手くそな詩を書いてますなどと、不躾けなことはとても言えなかったが、ぼくが妄想していた〝南天堂時代〟のお芙美さんはそこに

いなかった。いよいよ現代日本文学を代表する大作家への最盛期を迎えようとする林芙美子の佇まいは、さすがに感動的だった。

それからは毎月の原稿を受け取りに下落合の林邸へ通い、ときには温泉場の常宿へ仕事をしに行く林芙美子のボストンバッグを提げて、特急の始発駅までお供をすることがあった。まして当時のぼくはけっこう熱っぽく同人誌などに書いていたので、あれがいちばん幸福な青春の日々だったのかも知れない。時は流れて話は飛ぶが、今から三年前に神奈川近代文学館で「林芙美子没後六〇年」の記念展が開催されたとき、ぼくは恐るべき物を目撃してしまった。展示室をめぐるうち、ほぼ六十五年前にぼくが林芙美子から受け取った小説「古い風新しい風」の生原稿と、お供で持ったボストンバッグの現物が出品されていたのだ。ぼくはまるで夢のようなその事件を隠しておけず、まちがいないことを確かめた上で、ある雑誌に頼まれたエッセーの中に書いてしまった。今思えば正解だった。どこかでそれを読んで、丁寧な手紙を書いてくれたのが『ピッサンリ』をまとめた野田敦子さんだった。しかしぼくは林芙美子を知ってるなんて言えない、ちょっと掠ったくらいのものだが、研究者とはこういう存在なのかとぐうたらなぼくは感銘した。これがきっかけで野田さんが事務局を引受けている「林芙美子の会」の機関誌「浮雲」を送ってもらったり、日頃の熱心な活動を聞いたりしてるうちに、ぼくはふと思いだした。その昔「新風」に林芙美子が小説を連載中、ぼくはそろそろお芙美さんに詩や詩人の話を聞く機が熟してきたのではないかと、ひそかにもくろんだことがある。ならば対談である。できれば林芙美子とほぼ同世代で、近い場所に居合わせた詩人を探して自由にしゃべってもらったらどうか。誰にあたるかが問題で、あれこれと頭をひねった。敗戦直後のことだから、大正末期から昭和にかけて林芙美子をよく知る詩人もまだ少なからずいたはずだが、ぼく自身が会ったこともない相手では、編集長を納得させられない。

　的をしぼった。戦後の一時期、ぼくは誘われて新日本文学会に接近し、詩部会の中心にいた壺井繁治や岡本潤と親しくさせてもらった。大正十二年に関東大震災があった翌年、本郷肴町の南天堂書房二階レストランにダダやアナーキズム、ボルシェビキの詩人たち、すなわち高橋新吉、萩原恭次郎、小野十三郎、辻潤、田辺若男、野村吉哉、平林たい子、友谷静栄、壺井、岡本らが出没して落花狼藉の乱闘をした時期がある。貧乏で職を転々していた林芙美子もその渦中に巻き込まれて少なからず刺激され、詩誌「文芸戦線」に初期の記念碑的な詩「女工の唄へる」を発表している。だがそれらの詩人が対談の相手にふさわしいかどうか。常識的な選択を避けるアイディアはないか。ぼくはもう一度考え直すことにした。

　ところで林芙美子の処女詩集『蒼馬を見たり』が出たのは、長谷川時雨主宰の「女人藝術」で「放浪記」の連載がはじまった翌年（一九二九）のことだが、この詩集に芙美子の詩を絶賛する序文を寄せたのは詩人ではなく、反権力に徹した社会主義者の石川三四郎だった。たまたまぼくは石川の膝下でフランス式の近代農業を手伝いながら思想を学び、運動を共にしたという詩人菊岡久利と敗戦直後にしばしば会っている。実はぼくの勤務先の新聞社の近くに、銀座一帯の復興事業に関係していた菊岡の事務所があって、入江元彦や高橋宗近など出版関係の仕事で飯を食ってる若い詩人たちの溜まり場になっていたのだ。ちょうど菊岡が池田克己、高見順らと「日本未来派」を創刊した前後のことだが、ぼくは三日にあげずそこへ立ち寄って、「新風」にもしゃれたエッセーなど書いていた菊岡の口から驚くべき話を聞かされた。菊岡は中学二年のとき社会主義思想に目覚める一方、有名詩人が書いている「日本詩人」に詩が載ったという早熟な少年だが、中学を退学後に石川三四郎の直弟子になり「留置場に三十回、刑務所に二回」入った経験があると言う。菊岡は林芙美子より四歳年下だが、石川が『蒼馬を見たり』に序文を書く以前から芙美子の詩はよく読んでいたようだ。それなら対談相手にもってこいではないか。あとは仕事がやたら忙しそうな二人をどう口説き落とすか、「新風」みたいな大衆雑誌に無理ではないかと不安だったが、夢の企画は意外に早く実現した。はじめに水を向けた菊岡はパイプ煙草をくゆらせながら「きみ、いいところに目をつけた。面白いじゃないか、お芙美さんさえウンといってくれれば」と上機嫌だった。戦時中の菊岡はけっこうな人気があった「新宿ムーラン・ルージュ」の企画部で活躍したキャリアもあり、ぼくは大いに勇気づけられた。ツイていたというべきか、かなり心配だった林芙美子も「じゃあ気楽におしゃべりすればいいのね」と言う。こうして一九四八年二月初旬、まだ空襲の焼け跡が目立つ西銀座界隈で営業をはじめたばかりの小料理屋の座敷で、林芙美子・菊岡久利対談がひらかれたのである。

それつけても研究者の野田さんには感謝するほかない。いつも不確かなぼくの話に耳を傾け、もう二度と見ることは不可能だろうとあきらめていた大昔の「新風」（連載小説、対談が掲載された全冊）を探索し、入手してぼくに届けてくれた。この特集で恐らく今では知る人もいなくなった小雑誌「新風」（一九四八年三月号）掲載の「対談」が、そのままの形で再録されたのは、「現代詩手帖」の英断によるものだろう。今読み直すと、霧のかなたに対談当日の情景がよみがえってくる。冒頭の部分で、二人が横光利一の葬儀（同年一月三日）で出会ったことがわかるが、対談の内容は『蒼馬を見たり』が出た当時のことや南天堂時代のあれこれ、そして戦後早々の東京、文学の状況、芸術、社会、政治まで広範囲に及んでいる。ところどころにオフレコ寸前のきわどい話もとび出すが、親しい旧知の仲ならではのなんとも言えない味がある。この年、林芙美子は名作「晩菊」を書き、翌年「浮雲」の連載がはじまるのだが、対談の中でもまた「私は小説より詩のほうが好き」と語っている。あるいは大衆雑誌だから、飲みながらなんでもしゃべってくれたのか。「放浪記」第三部の後記に「自然と人間が、愛らしくたわむれる世の中が私のユートピヤ」と林芙美子は書いているが、急逝のニュースが流れたのはこの対談から三年後のことだった。

「今日」から「鰐」へ——大岡信の手紙にふれて

何ごとにも物臭なぼくにはめずらしく、これだけはと思うひとの手紙がファイルしてある。数はほんのわずかだが、折にふれて目を通してはまた大事にしまっておく。恋文のようなものはない。その中の一通、「一九八八年七月廿一日夜」と日付がある大岡信からの手紙。当時、ぼくがほんとうにひさしぶりに出した詩集『水辺の光　一九八七年冬』のささやかな出版記念の会が東京六本木のレストランで催されたとき、先約の仕事があってどうしても来られなくなった大岡信が、思いがけなく速達郵便で送ってくれたメッセージだった。

大岡はその文中で、まず一九五〇年代にユリイカを発行所にしていたぼくたちの雑誌「今日」の合評会のことにふれている。よく集って議論し、活潑に、ときには激昂的に批評し合ったものだと…。ジョークや放言がとびかったり、梯子酒して終電に間に合わなかったこともあったろう。「今日」の創刊は五四年六月で、発行のペースはすこぶる遅く、五八年一二月の一〇冊で終刊した。その間、不定期で会合がもたれ、場所は神田神保町、パチンコ「人生劇場」の裏通りにあった小料理屋の二階とか、たまには南麻布の辻井喬の家とか、夏は水遊びを兼ねて岩田宏が住んでいた鎌倉へ、あるいはエリちゃんこと岸田衿子の北軽の山荘へ。都内のほかは人数も少なかったが、ぼくの記憶では、飯島耕一、大岡信、岩田宏、清岡卓行、岸田衿子、辻井喬、中島可一郎、難波律郎、長谷川龍生、吉岡実、平林敏彦…、ユリイカの伊達得夫もよくつきあってくれた。

話をもとに戻して、「今日」創刊前後の状況を記すと、五三年一二月に飯島耕一の第一詩集『他人の空』が出て、翌年大岡信は雑誌「詩学」五月号に初めて「戦後詩人論」を発表。九月にユリイカ版『戦後詩人全集』(全五巻)刊行開始、その第一巻にまだ一冊の詩集ももたぬ大岡の詩一〇篇が収録された。その時点で発行された「今日」第二冊(一〇月)に、飯島がぼくに紹介してくれた大岡が、詩「静けさの中心」を書いている。

飯島とぼくは五一年から二年間発行した同人誌「詩行動」の仲間だった。ここで彼は『他人の空』の原型になる作品を書くのだが、そのグループが解散後、数人が残って出すことになった「今日」は、従来の同人誌ではなく、「新たな詩人の共和国をつくる」という意識で、自由な仕組みの寄稿誌を構想していた。それがかたちになったのは二冊目からだが、大岡信を「今日」の仲間として呼んでくれたのは飯島だった。

二人は同じ大学時代からよく知り合っていたが、大岡は飯島の『他人の空』に関して、「注目すべきことは、血が空に「他人のようにめぐっている」ことを認識している点において、この青春はすでに、さまざまな秩序からはみ出してしまっている自分自身の対象化を、さりげないナイーヴな表現を通して、成しとげていた」(「感受性の祝祭の時代」)と高く評価している。「飯島君!」と大岡が冒頭から熱っぽく呼びかけた「詩学」の書評を読んだ飯島が「おれは大いに啓発された!」と興奮したことも、仲間うちで語り草になった。

たしか「戦後詩人全集」第一巻が出る直前のある日、ぼくは神田神保町の露地裏の喫茶店「ラドリオ」で、初めて大岡信と会った。すぐ向かいが有名な木造二階建ての昭森社ビル(?)で、そこに机一つのユリイカも入っていた。大岡は伊達と会う用事もあったのか、飯島と連れ立ってラドリオにあらわれた。たがいに詩を読んでいたから初対面の気がしなかったし、ぼくの希望はあらかじめ飯島からつたわっていて、すぐに予定の乾杯になった。その前年、大岡は「櫂」の同人になっていたが、「今日」には自由な寄稿メンバーとして参加してくれたのだ。ちなみに彼が「静けさの中心」を発表した号の目次には、黒田三郎、山本太郎、清岡卓行、飯島耕一、中村稔、安東次男ら、多彩な詩人の名が見られる。

次いで翌年三月発行の第三冊には、谷川雁、鶴見俊輔が参加し、大岡は評論「詩の必要」と、ぼくの新しい詩集『種子と破片』についての「私信」を寄せてくれた。部分的な引用になるが、「生理的な表象と抽象的な処理方法、これは『種子と破片』のきわめて大きな特色だと思うのですが、ぼくのように生理的な表象をあまり持たない人間には興味ある問題です。いわば臓腑と観念とが秤の左右で均衡しているところから生れる緊張感、これはぼくには新しい発見でした。臓腑にまで還元された人間が、依然として緊張を生みだすことができるということ、これは逆から言えば臓腑にまで還元されながら相変らず緊張を生むための片棒をかつがされる現代の人間の悲哀をも意味するわけでしょうが、ぼくには両様の意味で非常に面白く思われます…」

詩人にとって言葉とは何か。

ぼくは、のちに大岡が「人は道具として用いた言葉によって、自己の存在全体が逆に露わにされるのを感じたとき、そのような力をもった言葉を語り得るようになったとき、はじめて「自分の言葉」をもったことを知る」（「戦後詩概観Ⅲ」）と書いた文章を読み、「今日」に載った「私信」と合わせて、強い励ましのように感じたことを思いだす。詩を書く意味は「想像力と批評精神とが一致する場の探究」にあると教えられたのである。

その後も大岡は「今日」第七冊に詩「さわる」、八冊に「声」、九冊に「転調するラブ・ソング」、最後になった一〇冊に「鳥　二篇」を書いてくれた。時は一九五〇年代、みんな若かったが、当時の大岡信のイメージを、兄貴分の安東次男がうまく言いあてている。

「大岡信の詩は、ときとして限りない慰めとはげましを私に与えてくれる。私は、ここに私のしらなかった少年時の抜きさしならぬ美しさを発見して、ほとんど羨望のため息をもらすことすらある。…大岡はもっと悪人になれ、などという他人の巧言にたぶらかされずに、幸福の表情を絶対の地点にまで保ちつづけるがよい」（「あざやかな少年時の痕跡」）

ところが「今日」第二冊にやはり安東が書いた「飯島耕一の詩」というエッセイの一節が、対照的でおもしろい。

「飯島耕一が笑うと、遊びの仲間に入れてもらえなかった子供が玩具をひっかき回して、みんなで顔を見合わせて笑うときのような顔をする。ひっかき回された方の子供たちは、やがてそれと気づいて怒りだすのだが、飯島坊やはそのとき泣き笑いのような顔に変わる。その瞬間の切なさのようなものが、彼の詩を支えている…」

さまざまな個性の集合体であった「今日」の求心力は、この辺にあったのかも知れない。どこかで仲間が顔を合わせると、芸術論のボルテージが上がったかと思えば、いつかきわどいラブアフェアの話に変わっている。すべては通り過ぎてゆくのだが、ふりむくとあの頃がぼくの人生の楽園だったのだろう。しかし、ぼくたちの「今日」に翳りが見えはじめたのは五六年一〇月に月刊詩誌「ユリイカ」が創刊された後だと思う。すでに敗戦後一〇年が過ぎ、時代的な要請としても有望な新人たちが作品を発表する場所が必要になっていた。ぼくは伊達に乞われて初期の一年間、「ユリイカ」の編集に携わったから、そのなりゆきについては予感していた。

たしかに似通った性格の雑誌がおなじ出版社から出ることは得策といえないだろうが、伊達は「今日」のスポンサーだったわけではなく、時機が来たら日本の詩壇をリードする本格的な詩誌を出そうと腹を決めていた。一方、「ユリイカ」は詩と美術のジャンルにわたる芸術雑誌を目指すとがわかっていても、毎号執筆する詩人の顔ぶれが「今日」と重なるのは事実で、それも避けられないネックにはなった。取りあえずは二誌が平行していたが、「今日」が五八年一二月発行の第一〇冊を最後に姿を消した理由のひとつは、ぼくの責任放棄にあった。

あの頃、ぼくは詩がまったく書けなくなっていた。苦しみながら欠稿がつづくと、詩の世界から自分だけがはじきとばされるような恐怖をおぼえた。定職もないまま、生活は急速に破綻しかけていた。自分がどうしてもやりたかった「今日」を理由もなく放棄することはできないと思いながら、大岡や飯島に見られる「感受性そのものを、手段であると同時に目的とする」新しい詩の時代にどう向き合うべきか、わからなかった。そのような状況にあって、「今日」の仲間たちのある部分が結束して新たな運動を起こすのは、表現者として必然のことだった。「今日」最終号が出てからほぼ一年後の五八年八月、清岡卓行、大岡信、飯島耕一、岩田宏、吉岡実の五人が同人となって「鰐」創刊号が発行された。

それからおそろしいほど長い時間が経過していったが、ぼくはかつて自分が傷ついた詩の破片を、心のどこかに隠し持っていたのだろう。八七年の冬近く、ぼくが東京を離れて住んでいた海辺の家へ太田充広という未知の詩人が訪ねてきた。関西の大学時代にぼくの詩を読んだが、今はどこに書いているのか。長い空白があったことを告げると、想像はしていたらしく「ぜひ新しい詩集を出してほしい」という。固辞していたぼくもとうとう彼の熱意に負けて、翌年世に出たのが『水辺の光一九八七年冬』である。その出版記念会のために大岡信があの手紙を書いてくれたのも、ぼくにとっては信じがたい奇跡のような出来事だった。

ふたたび詩を書きはじめてから、もう二〇年以上になるが、むろん「今日」から「鰐」につながる時代を忘れたことはないし、これからもそうだろう。今もぼくははるかな空の高みから光の矢のように降って来る、若々しい大岡信の声を聴いている。

詩を書くぞ。
なにがなんでも、詩を書くぞ。
書かではやまじ。
狂つて書く。
踊つて書く。
死んでは書き、死んでは書く。

（「詩府」）

大岡君、こんどはきみの「ことば館」へ会いに行こう。

2012.5.30

九十代詩篇

水邊にて

夏が来ると
人目につかない水邊にかがんで
疾しい傷を洗っている

臆病者が摺り足でわたってきたのは
あやうい夢のふちだったが
暗がりに滑りこむ時代のすきまで
いったいなにをたくらんでいたのか

故なく異端の子に生まれ
今はもう帰りようがないあの故郷は

むざんに荒れ果てて
砂まじりの風にさらされている

非力であれば恥にまみれるか
ひときれの貧しい愛に逃亡するか
虚妄の島で死ぬ道もあったが
油照りの空から降りてくるのは
やぶれつつ振る旗の下で
散り散りになった仲間たちの
さみしい亡霊だった

時は滅びの地平にゆらぎ
死にそこねてゲリラにもなれず
詩のようなものを吐きだしてはきたが

囚われの日を何処へとむかうのか
いつからか
うしろ手につながれた者の意識で
この水邊をたどりながら

蕭条と
夏の日が暮れていく
水かさを増す流れのままに
喪の灯りは夕闇に消える

一点

孤独はもう恐れず
標的に集中していた
目的の遂行に
唯一点の的を尽くす
それに集中する
いとも美しきものが
かすかに舞っていようとも！

ただその一点に――
その一点に燃えて立つ

＊

詩《うた》がない
謎がある限り
わたしは恋文など書かないだろう

だれかをこんなに愛しながら
わたしは
どこで生きていることになるだろうか

明かりはしだいに暗くなる

雨が降っている
ああ　こんなに宇と仲良くなって
何年も経つというのに
わたしの空は晴れようとしない

詩

揺れる
ゆれている
やわらかく射す影に傷つきながら
ひねもす
最後の一日のため
詩で生活を表現する
詩が生活を打ちこわすとしても
その廃墟に立って
しゃがんで　傾いて
また立ち上がり
どこまでも

呼ぶことは忘れている
だれもが
はだしになって帰ってくる場所
かすかに水音がつたわってくる
幼いころから
ひそかに溺れることを学んで
もう死んでいたはずなのに

ちがう　ここは
どこかがちがうと知りながら

深夜　ひとり
灯りに向かって

ただひとりだけの人生を
留めおこうと
壊れかけた人形になって
さざめいて
揺れながら
まだ声援を送ってくれるあなたにむかって
旗を振ろうとする

叫び

何かをアピールしようとする
喉の渇き
不気味な銃口が目に浮かぶ
ことばの出ないまま
その口径をみつめている
あのとき
わたしは砂浜に立ちつくし
腑抜けになった貝をみつめていた

地球が一瞬描き出す
ふやけた風景のすべてを差し引くだけでいい

地平の抱負につながれて
ゴカイ…　ばかりが蔓延する
小さな世界があった
栄えはいらない
財もいらない
核心のない構造が不気味だった

錆びた機械を過褒へ運び出す
なぜあの世界の構造が不気味だったのか
銃口はだれにむかっていたのか

未完成のあの浜で
いきなり
真横から

つき飛ばされて
翼ごと折れてしまったのだと
おまえに告げたい
ｃｒｙ袋　腑を吐くには
賤しい友　―犬

ついには
必然の心中しかなかったと
なお訴える声がある
いったい　だれに　どのように
叫びつづけようとしているのか
世界の構造はまだ不気味なままだ

廃墟と錯乱——詩人復活の背後

三浦雅士

1

平林敏彦について私はこれまで二度、書いている。ひとつは、現代詩文庫版『平林敏彦詩集』(一九九六年)の末尾に寄せた「終末の魂——平林敏彦小論」であり、いまひとつは第八詩集『ツィゴイネルワイゼンの水邊』(二〇一四年)の挟み込み栞に書いた「詩にとって思想とは何か——平林敏彦という水邊に」という小論である。いずれもまず、平林が敗戦後の日本の詩壇にほとんど戦後詩を代表するかのように登場した詩人であったことにふれている。平林の第一詩集『廃墟』が一九五一年、谷川俊太郎の『二十億光年の孤独』が五二年、飯島耕一の『他人の空』が五三年、そして再び平林の第二詩集『種子と破片』が五四年である。谷川の『二十億光年の孤独』を除いてすべて書肆ユリイカの刊。

並べただけでも時代が分かり、その雰囲気が分かる。「詩にとって思想とは何か」に、私は「たとえば寺山修司の初期短歌に『種子と破片』の影響は歴然としているが、これは流行に敏感だった寺山が平林の詩に時代の先端を見ていたことを意味している」と書いている。この指摘で重要なのは、詩壇内部の人間ではない寺山の詩的感性を捉えたのが、平林の「廃墟」であり「種子と破片」であって、鮎川信夫や田村隆一の「荒地」や「Xへの献辞」ではなかったということである。

寺山のそういう感性に触れているのは、管見では大岡信だけである。これにはおそらく、寺山が詩壇出身ではなく歌壇出身の人間だという区分が大いに関係している。区分を無視したのは大岡くらいだけだったわけだ。文壇、詩壇、歌壇、俳壇を截然と区別するのは文学という広い立場から見ればほとんど笑止だが、いまなお日本文学を捉えている悪弊である。私小説という語を後生大事に守っているのと同じだ。表現がすべて私小説であるほかないのは、世界はただ私を通してしか現象しえないという事実を示すにすぎない。世界は幻想であるとはそういうことだ。プルーストだろうが、カフカだろうが、私小説であるほかないのは自明である。だからこそ研究者はすべて伝記にのみ関心を持つのだ。つまり、ほんとうは人間そのものが作品なのである。

ちなみに、『廃墟』『種子と破片』という詩集表題の付け方そのものに、平林のジャーナリスティックな勘の鋭さが示されていることに、ここで注意を促しておきたい。時代が何を要求しているか、明確に意識していたと言うべきである。平林の感覚は当時、冴えに冴えていたのだ。たとえば寺山を捉えたのは、平林のそういう感覚にほかならなかったと考えることができる。平林は自分ではそう思っていなかったようだが、きわめて優秀な編集者だったと私は思う。時代の編集者である。

2

平林の詩壇登場に輝きを添えたのは金子光晴だが——『種子と破片』のカヴァーに鮮烈な推薦文を書いている——、金子を含め、ここに挙げた詩人に私はみな会っている。一九六九年の創刊以後、詩誌『ユリイカ』の編集を担当していたからだ。清水康雄のはじめた第二次『ユリイカ』である。当初は社長ひとり社員ひとりの会社だった。社名は青土社だが、刊行物は当初は『ユリイカ』だけだった。第二次というのは伊達得夫が一九四八年に設立した書肆ユリイカ発行の詩誌と区別するためである。誌名の継承は、清水が伊達に私淑していたことによる。

私事に触れたのは他でもない。平林がこの第一次『ユリイカ』にじつは全面的に関わっていたことを指摘しておきたかったからである。詳しくは、平林自身が現代詩文庫版『平林敏彦詩集』に書き下ろした「Memorandum」（後に詩文集『言葉たちに——戦後詩私史』に収録）を参照されたいが、平林の書き方には他の登場人物への配慮というか遠慮が少なくとも私には強く感じられ、ときに正しい理解を妨げかねないことは注意しておきたい。「俺が、俺が」というところがまったくないのだ。平林が中心になってはじめた同人誌「今日」の刊行を請け負っていたのが書肆ユリイカであり、そこでやがて発行される詩誌が『ユリイカ』なのであり、その一九五六年創刊当初のほぼ一年、編集を手伝っていたのが平林なのだ。どう見ても平林が主役である。だが、平林はつねに自分を端役、せいぜい傍役であるかのようにしか書かない。そういう平林に私は深い敬意、さらに好意を覚えるが、しかし、平林のこの書き方は必ずしも客観的とは言えない。

平林は「Memorandum」で、当時のことを記すためにまず小田久郎の『戦後詩壇私史』から次の一節を引いている。

「書肆ユリイカの黄金時代の幕開けをシンボライズしているのは、詩誌「ユリイカ」の創刊である。私は創刊の動機として、戦後十年たった詩壇が新しい展開期にさしかかり、若い詩人たちが新しい発表の舞台を求めていたとし、その「時代的必然」が伊達を揺り動かしたと指摘した。巨視的、歴史的に見れば、まさにそのとおりであろう。／だが微視的、現実的な視点に戻して考えれば、同人詩誌「今日」の存在と影響が大きかったと思う」「飯島耕一によれば、伊達は絶えず（引用注、同人詩誌「今日」の）同人会に出席していたというが、この「共和国」という意識、「寄稿誌」という内容は、伊達にとって、極めて魅惑的であり、恰好のサンプルとなったに違いない」

引いた後に、平林はむしろこれを意外とし、「ぼくには伊達がそれほど「今日」を意識していたとはちょっと思えない。伊達にはそんな気配もなく、ぼくは「ユリイカ」が計画されたとき、もう「今日」を出す意味はなくなったと思ったくらいだ」と書いている。

私は、これは客観的に見て、小田のほうが平林よりもはるかに正確に事態を見抜いていたと思う。伊達は大いに「今日」を意識し、冷静に平林の編集の仕方を見ていたのであり、その流儀をそのまま『ユリイカ』に生かしたのである。だからこそ、創刊当初の『ユリイカ』の編集を手伝ってもらいたかったのである。これが普通の見方というものだろう。だが平林は、逆に、その後にさらに次のように書くのである。

「言いわけはしたくないが、当時ぼくはひどく虚無的になって生活もすさんでいた。「新詩派」や「詩行動」を解体した頃の意欲や情熱もなくなった。理由はともあれ怠惰な日常の中で、詩を書くことに自信をなくしたというのが本当のところだろう。仲間であった清岡、吉岡、飯島、岩田、大岡の五人が「鰐」を結成するに至って、ぼくは長い沈黙に入る」と。『鰐』の特徴を一言でいえば、当時の詩壇のグリーン車のようなものだ。

私は、平林の二十二歳年下だが、もしもう少し年齢が近かったなら、たぶんどやしつけていただろうと思う。実際、『ユリイカ』の編集者になって、数えるほどでしかないにせよ、そういうことがなかったわけではない。何が虚無だ、実存主義を気取りやがって、と。問題があるなら、さっさと離婚でも何でもしろ、と。それにしても『鰐』の五人の仲間は冷たすぎるのではないか。とくに飯島耕一は学生の頃から平林の身近にいた人物である。自己中心は詩人の常と言うべきか。小田、平林の記述の全体を把握すれば、『今日』から『ユリイカ』への移行が完了し、『鰐』が成立した段階で、その全体の展開にもっとも功績のあったものが、体よくお払い箱にされたようなものである。平林自身はしかし、そんなことは露ほども思っていなかったようである。

3

私はいまでも考え込む。『ユリイカ』において醸された編集の流儀を中心に考えれば、第一次と第二次という隔たりはあれ、平林と私のあいだには父と子にも似た因縁があるのである。ちなみに私を清水に紹介したのは那珂太郎であり、那珂は伊達の旧制高校時代の同級生かつ親友であった。那珂の詩集『音楽』が出たとき、それを手にしながら平林が「こりゃ、さすがに三越だね、格が違うよ」と喜んでいた姿が忘れられない。これが都会人の使う比喩か、と感心したのを覚えている。伊達が亡くなって五、六年後のことだが、平林が那珂に好感を持っていることを知って嬉しかった。当時、足しげく那珂宅に通っていたからである。『音楽』を生んだニヒリズムを確認したかったのだ。

好運と言うほかない事情があって、私は二十歳になるかならないかの段階で、那珂にも平林にも出会っているのである。『ユリイカ』に携わる数年前である。ちなみに、私を新宿のバー「ナルシス」へ連れて行ってくれたのは平林である。マッチの絵とデザインが辻まことで、私などにはまるで詩壇の聖地のような場所だった。偶然入ってきた中桐雅夫が平林を見てあっと息を呑み、まるで幽霊に会ったような表情を浮べたことがいまも忘れられない。詩から遠ざかっていただけではない、詩壇そのものから遠ざかっていたことがよく分かった。

後に、私は何度かそこで平林の妻で詩人の山口洋子を見もすれば、話もしているが——むろん平林同伴ではない——、口には出さなかったが何度か怒りを覚えたことだけは記しておく。平林はかなりの時を経て離婚し、別の女性と再婚するのである。『種子と破片』から三十四年後の一九八八年に刊行された『水辺の光　一九八七年冬』末尾の「覚書」に「私は信仰とめぐり会い、おぼろげにさぐりあてた生命観にもとづく思想、理念をいささかなりとも行動する機会に恵まれて、抑圧された精神状態からようやく脱することができた。かつての疎外意識や自己処罰のモチーフを生きる希望にかえて詩を書こうと、一九八七年冬、私はほとんど一気に迸るものを言葉にした」とある。
私の想像では、信仰とほぼ同じくして新しい女性とめぐり会ったのである。あるいは、女性こそが信仰の契機だったのかもしれない。詩が書けるようになった経緯の一端だと思うが、ここではこれ以上は触れない。

4

書いておくべきは、『水辺の光　一九八七年冬』が刊行されたときのことである。三十四年後の詩人復活である。詩壇が驚きに包まれたことは言うまでもない。だが、驚きは、平林の変貌にではなく、むしろ変貌していなかったことにあった。歴史的詩集と言うべき『廃墟』『種子と破片』と、現在ただいまの作品である『水辺の光　一九八七年冬』が、すこぶるスムーズに繫がりすぎていて、三十四年という長い年月の断絶も、飛躍も、変貌も、まったく感じられなかったということにあったのである。極論すれば、三十四年前の平林がそのまま再び忽然と姿を現わし、当時とまったく変わらぬ口調ですっと語りはじめたという具合だったのだ。私は驚き呆れ、感心した。そして、長い溜息を吐いた。これはいったいどういうことなのか、と考え込んだのである。

これは褒めることにもなれば、貶すことにもなる事態である。思想の持続性、文体の一貫性は称揚されるべきことであって非難されることではない。だがしかし、一九六〇年代、七〇年代、八〇年代の日本の変貌は、はなはだしいというも疎かである。この三十年のあいだに、高度成長、オイル・ショック、円高が次々に起こったのだ。旧左翼はむろんのこと、新左翼さえ往年の力を失いつつあったのであり、六〇年安保闘争の頃とは状況が決定的に違っていたのだ。いわんや、それ以前の日本とは、ほとんど別国かと思えるほどの違い方だったのだ。

事実、『水辺の光　一九八七年冬』刊行の翌年、一九八九年には天安門事件が、さらにその翌々年、一九九一年にはソビエト連邦の崩壊がある。日本だけではない。世界の全体が劇的に変化しているのだ。思想も文体も無傷であるということはありうるだろうか。たとえば吉本隆明によれば、日本では一九七二年が決定的な年であって、この年に生産資本主義から消費資本主義へ、第二次産業中心から第三次産業中心へと、基盤が変わったというのである。詩人の感受性がもしもきわめて鋭敏であるとすれば、時代のこの変化を写し取らないはずがない、と。私は吉本のこの指摘は的確だと思っているが、それは変化についてであって資本主義のありようについてではない。時代のこの変化には論ずべき事が山ほどあるが、むろんここはその場ではない。

当然のことだが、平林の『廃墟』や『種子と破片』、吉本の『固有時との対話』や『転位のための十篇』などの背後に描かれているのは、たとえば建築中の建物の人影のない現場であり、赤ランプの点滅する夜間の道路工事などであって、百貨店やスーパーマーケットの人混みでも活気でもない。消費社会はまだ始まっていなかったのである。平林の詩集は、文字通り、廃墟の種子と破片として記憶され、戦後詩の棚に坐りよく収まっていたと言っていい。

復活した平林が、それでは、八〇年代末から九〇年代に入って、消費社会の活況と空虚を詩に描いたかと言えば、そうではなかった。描かれるべき対象が変化した以上、文体も手法も変化しなければならないはずだが、そうはならなかった。吉本が評論活動において、マス・イメージ論、ハイ・イメージ論を展開し、その対象も、村上龍、村上春樹、高橋源一郎などへと移ってゆくのとは対照的に、往年の平林とほとんど変わらぬ姿勢で、今度は消費社会に対峙していたのである。

平林にとっては、消費社会もまた廃墟に変わりはなかったのだ。

5

平林のこの驚くべき一貫性はいったい何を意味しているのか。

私がまず考えたのは、平林敏彦という詩人の深層である。『廃墟』や『種子と破片』は戦後詩の傑作、戦後文学の成果などというものではない。それは何よりもまず、日本文学の底流の噴出と見なすべきなのではないかということだった。詩集『廃墟』冒頭の詩「廃墟」の最初の連と最後の連を引く。

蝶がとんでいる
なにごとも起らぬときのまの
たそがれの原を
きな臭い焼跡の風のなかを

蝶はあけがた
ひからびた汚物の上を
錆び朽ちた鉄材の上を
もう手の届かぬ明るみのむこうへ
さむざむと吹きながされていく

次に、中原中也の詩集『在りし日の歌』から「一つのメルヘン」を引く。「秋の夜は、はるかの彼方に、／小石ばかりの、河原があつて、／それに陽は、さらさらと／さらさらと射してゐるのでありました。」で始まる詩の後半の二連である。

さて小石の上に、今しも一つの蝶がとまり、
淡い、それでゐてくつきりとした
影を落としてゐるのでした。

やがてその蝶がみえなくなると、いつのまにか、
今迄流れてゐなかつた川床に、水は
さらさらと、さらさらと流れてゐるのでありました……

呼応関係は疑いない。似すぎているほどだ。だが、指摘するまでもないだろうが、中也にしても
ここで独創を展開しているわけではない。いわゆる複式夢幻能に典型的に示される日本文学の古層
を、それこそ「ひそかにひつそりと」噴出させているのである。
話はしかしここで終わらない。
鮎川信夫の、おそらく戦後詩のなかでももっとも有名な詩「死んだ男」の第一連、第四連、そし
て第五連の末尾四行を引く。

たとえば霧や
あらゆる階段の跫音のなかから、

遺言執行人が、ぼんやりと姿を現す。
――これがすべての始まりである。

いつも季節は秋だった、昨日も今日も、
「淋しさの中に落葉がふる」
その声は人影へ、そして街へ、
黒い鉛の道を歩みつづけてきたのだった。

きみはただ重たい靴のなかに足をつっこんで静かに横たわったのだ。
「さよなら、太陽も海も信ずるに足りない」
Mよ、地下に眠るMよ、
きみの胸の傷口は今でもまだ痛むか。

似ている。何ものかが登場し去って行く、深い憂愁を残して。
「蝶」は遺言執行人の別名などというのではない。だが、中也の詩においても平林の詩においても、「蝶」が彼岸の雰囲気を漂わせていること、死者の衣裳を纏っていることは否定しがたい。静けさと、悲哀を帯びたトーンが三作に共通し、それが、この世のものではないものの現出を思わせてしまうのである。現出こそが哀悼なのだ。

「死んだ男」もまた、戦後詩というよりも、ほんとうは日本の詩の古層に属していると言うべきなのではないか。平林の詩集にしても同じなのではないか。

鮎川や平林は戦後詩の担い手だったのではない、何よりもまず日本語の担い手だったのであり、戦後という時代はそのためにひとつの契機を提供したにすぎないのではないか、と反問することは、私には当然のこと、いやほとんど必然であるように思えた。

6

三篇の詩のさわりの部分を、紙幅に遠慮せず引いてしまったのは、ほかでもない、中也や鮎川にも共通する平林のトーンが、『水辺の光　一九八七年冬』のみならず、その後の詩集『環の光景 1990』『Luna^2　自乗の月』『月あかりの村で』『舟歌　*Bacarolle*』『ツィゴイネルワイゼンの水邊』を、さらには本書に収録された四篇の「九十代詩篇」にまで、ほとんど切ないほどに一貫していること、そしていっそう驚くことには、翻って「十代詩篇」をまで浸していることを実感してもらいたかったからである。

たとえば十代詩篇「斜塔」冒頭に置かれた詩「甕」は、その否定しがたい悲哀のトーンにおいて、この詩人が思春期においてすでに人生に向き合うその向き合い方――さらに言えば、俯き方――を、決定していたのではないかと思わせるに十分である。この悲哀はたんなる思春期特有の感傷などというものではない。

平林敏彦はこの最初期の段階においてすでに人生をひとつの廃墟とするその見方に染め抜かれていたのではないか、と、私には思われる。とすれば、三十数年という長い沈黙の後に書かれた詩篇がその初期に書かれた詩篇とほとんど変わらぬ色調で現われたというのは、少しも驚くべきことではなかったということになる。

人生に対する俯き方では、先に挙げた三作のなかで、平林の作品が突出しているように私には思われた。私はこうして、詩人としては、平林は鮎川よりも一回り大きいのではないかという思いに度々、襲われるようになった。鮎川は、短編小説集『厭世』などにおいて私に強い印象を与えていたが、そういう表現をも含めたうえでの鮎川信夫論はいまなお書かれていないのではないかという疑念がいっそう強くなったのである。そして、散文家、思想家としての鮎川は別として、詩の書き手ということでは、平林のほうが鮎川を上回るのではないかと考えるようになった。私は鮎川を尊敬していたので――徹底的に抽象的な人生！――、この考えは強烈だったのである。

平林の廃墟のイメージは戦後社会によってもたらされたものではない、人生をひとつの廃墟として捉える思想はすでに青春期の段階で形成されていたのだ。とすれば、参照されるべきはむしろ、廃墟の画家として有名なカスパー・ダヴィッド・フリードリヒのような存在ではないか。代表作のひとつは『アイヒヴァルトの修道院』であり、一般に広く知られているが、平林の挿画に用いたいほど雰囲気に通い合うものがある――ほとんどつねに後ろ向きの人影！――。没後長く忘れられていたにもかかわらず、二十世紀に入って再発見されたこの画家は、廃墟の構図、荒涼とした光景の提示の仕方において、いまでは多くの人々を魅了するにいたった。宗教的背景も詳しく研究されるようになったために魅力がさらに深まったと言っていい。廃墟は宗教を呼び寄せる。宗教もまた廃墟を呼び寄せる。

むろん、詩人と画家、平林とフリードリヒを較べようとしているのではない。平林をたんに戦後詩人の典型としてのみ捉えるのではなく、平林という人間とその人生に比重を置いて考えてみてはどうか、と示唆しているにすぎない。

7

『ツィゴイネルワイゼンの水邊』の最後から二番目に詩「錯乱」がある。冒頭を引く。

父と暮らした記憶はない
ぼくがごく幼い頃　とつぜん父は家を出ていったきりついに帰らなかった
両親のあいだに何があったかぼくは知らないが　ある日　母が不思議なことを言った
おまえにほんとのことを教えてあげようか

涙ぐみながら薄くわらっている顔がこわくて　ぼくは震えた
いいかい　あの女がお前の父親にこう言ったんだって
あんたが好きだ　せめて三日でいいからいっしょの家に住んでみたいって
いきなり鉛のかたまりでも咽喉に突っ込まれたように　ぼくはたじろいだ
出征兵士を送るのか
どこか遠くから風に乗って　軍歌をうたう濁声が聞こえてきた

もしこれが事実にもとづくとすれば、「出征兵士を送る」とあるから、日中戦争すなわち一九三七年（昭和十二年）以降、平林十三歳以降、つまり中学生になった頃のことではないかと推測される。

詩は間をおいて八行ほどの第二連が置かれ、その後に＊印で区切られ、「（その　付け足しに）」と小活字で示したうえで、「母さん　ごめんね」と呼びかけ、「じつは母さんが死ぬ五、六年前に一度だけあのひとと会ったことがある」という詩行が続く。

父が最後まで自分のことを気にしていたというのである。

平林の詩では異例である。『水辺の光　一九八七年冬』の詩「月影」など例外がないわけではないが、世間話に紛れてもおかしくはない口調で自身の体験を語っているのである。詩篇中、「人生は錯乱だ」という語があるが、しかし、表題はそこから採られているというよりは、このような詩を書くこと自体が詩人には自身の「錯乱」に思われていたからではないかと疑われるほどだ。いわゆる私小説に近い内容だからである。平林がもっとも嫌ったことだ。いずれにせよ「錯乱」という語には注意を要する。すべての起点でありうるからだ。

語れていることが事実であることは、先にふれた「Memorandum」に、「土木技師だった父が突然家出して消息不明になったのは、ぼくが四歳になる前だった。ある女性と駆け落ちしたことがあとで分かったが、その後は母が働きに出てぼくと妹を育てた」とあることからも明らかだろう。文はさらに「環境のせいにしたくないが、小学校の頃からぼくは何かにつけて反抗的で、教師に手を焼かせた。詩を書く素地があったのかも知れない」と続いているから、肯定的か否定的かはおいて、この事件が詩人であることを選び取った自分の人生とまったく無関係であるとは思われていなかったことが分かる。

人生すなわち廃墟という思いがこのような家庭環境から来たと言いたいわけではない。だが、これを些細な家庭環境として見過ごすわけにはいかない。詩「錯乱」には二人の女性の息遣いが生々しく定着されていて、それは、言ってしまえば、平林の意図を超えているからだ。それはまた、固有名詞を超えている。こういうことはどこにでもありうるし、ありうるその一つひとつが十分に生々しいのである。そこに、「人間が生きるって、こういうことなんだよな」と、嘆息させるような何かが潜んでいるからだ。

平林はそこから逃れたくて、これらのすべてを廃墟、つまりすでにみな終わってしまった惨劇のようなものとして捉えたかったのだろうか。仮にそうであるとすれば、その事実は、何よりもまず自分自身に隠されなければならなかっただろう。廃墟は自分の人生の形象であってはならず、戦後日本の現実の形象でなければならなかったのだ。

本書『斜塔から』には、平林二十三歳の評論「架空の近代――北園克衛論ノオト」「欺瞞者の文学」「三好達治論」「近代詩に関する二三の批判」などが収録されているが、読む者を辟易させるほどに性急かつ生硬なその筆致が、にもかかわらずきわめて真摯な響き、歯を食いしばりでもしたような必死さを伴っているのは、そこに抜き差しならない個人的必然が隠されていたからである、私にはそう思える。

そして二十三歳の平林は、これらの評論において、とりあえずは自身の必然として、廃墟を時代の形象にすることに成功したのだ。時代も読者もそれを肯定したのであり、平林もまたそれを信じた。こうして関心の比重は現代という廃墟、廃墟としての現代に移るわけだが、背後にはしかし、平林自身にも理解しきれない何かが潜みつづけるのである。「錯乱」に定着された母の姿が単純ではない理由だ。

8

先に鮎川の『厭世』に触れた理由もそこにある。

『厭世』には、「偶然の目」という、自身の母を主題とした短篇小説が収録されているが、そこに描かれた母は、平林が描いた母とはまったく違う。

出だしは「私の最も古い記憶といえば、関東大震災の時のものである」というものだ。一九二三年九月一日。鮎川満三歳。母は妹と逃げ、「私は誰か（それはたしかに男だった！）に抱きかかえられて外に連れだされ」たという。むろん、最後まで明記していないが、二十歳前後の若い母が、誰か男と会っていて、そういう仕儀になったのではないかと疑っているという設定であることは歴然としている。それが「！」の意味だ。少し長くなるが末尾の数節を引く。大震災から半世紀後の現在の会話ということになる。

「あのとき、ぼくを連れだしてくれたのは誰なの？」と切り出してみた。

「さあ……」と言って、母は口を噤み、あいまいな表情になり、ちょっと警戒の色を浮べた。

「近所の人？」と、私はかまわず誘導尋問をつづけた。

「いいえ……通りがかりの人ですよ。工事か何かで近くにきていたんでしょ」と母はすこし間をおいて怯んだ声で言い、「あのときは、なにしろ、アキコを抱き上げるのと、箪笥が倒れるのとほとんど同時だったからねえ」と弁解するような口調でつけ加えた。

私は「どんな人だった？」と訊こうと思ったが、やめた。そうか、通りがかりの人だったのか、その人には子供はなかったのだろうか、私を母に渡すとき、何かお説教めいたことを言ったのではあるまいか、などとあらぬことを考えはじめていた。

その沈黙を不自然に感じたのか、

「おまえ、何かへんなことを書く気じゃないでしょうね？」と母はこわい顔をして、一本釘を刺すように言った。大地震当日から一万七千三百＊＊日目にはじめて発した私の質問は、よほど母をびっくりさせたらしい。

私は心から愉快になって大声で笑った。それは、あたかも心理的に無重力の世界に入って、自分がついに何者でもなかったことを発見したような喜びであった。

私にとって、母は、いつも必然の人でありすぎる存在である。しかし、私の記憶が、偶然を滅ぼしていないと知った瞬間、母は羽衣天女のように軽くなる。必然的に私を生み、必然的に私を育て、今では必然的にリウマチを持病として立居振舞が不自由になっている母が、とつぜん重力から解き放たれて、みるみるうちに天高く、私の視界から遠ざかっていく。


私は当時『ユリイカ』の編集者だったので、鮎川はもちろん、その母のこともよく知っている。最初は鮎川の妻かと思ったほど、若くて美しい婦人だった。当時、鮎川五十一歳、その母は、はるかに若く見えたが、七十歳前後だったのではないか。何度か伺ったことがあるが——鮎川はそこを自宅代わりの原稿の受け渡し場所にしていたのである——、ある日、私の自宅に突然電話がかかってきた。会社に電話したら風邪で休んでいるというので心配になったというのである。恐れ入った。

こういう経験は皆無だった。一瞬、公私の別が消えた驚きに襲われ、狼狽した。この短篇がいつまでも忘れがたい理由のひとつかもしれない。

だが、あくまでもひとつにすぎない。『厭世』が忘れられない理由の大半は、当然ながら、鮎川の「偶然の目」のあり方に驚嘆したということなのだ。母もまた自由な他者のひとりであっておかしくはない、けれど、それを恐れながらも、逆にそれを確証したいと願う自分もまた存在しているという事実は、いったい何を物語るのか？

私が、平林とその母との関係に注目したように、鮎川は、自分自身と自分の母の関係に注目しているのである。これは詩の主題ではありえない、短篇の主題であるしかない、と、鮎川は考えたに違いない。鮎川には自身の無意識を——つまり偶然を——許さないところがある。詩人というよりは、むしろ思想家だと述べた理由だ。

思想家としての吉本隆明の最大の功績は「対幻想」という概念を提起したことであると私は考えている。ここでは詳述できないが、「対幻想」すなわち母子関係こそ世界の始まりなのである。まず、母が世界なのだ。鮎川の母だけではない。「その秋　母親は美しく発狂した」（「腐刻画」）という形で最初に登場する田村隆一の母にしても、同じだ。事実であれ幻想であれ、たいした違いではない。そのなかに平林の母をおくと、世界が少し違っていることが分かる。平林の母の背後には生活がある。

出会って何度目かに、平林が「田村も鮎川も、もともとモダニストだったんだよ」と呟くように語った言葉が忘れられない。事実、戦前戦中、田村も鮎川もモダニストの詩誌に書いていたのである。戦後、吉本が時代のスターになるにつれ、『荒地』は思想とともに語られることが多くなったが、モダニスト、とりわけ戦前戦中のモダニストはむしろ軽薄の代名詞だったのである。軽薄には金がかかる。ちなみに、大岡信の詩壇登場が注目されたのは、平林の『廃墟』刊行の翌々年、一九五三年八月号「詩学」に発表された春山行夫論「現代詩試論」においてであり、翌五四年五月号同誌掲載の「鮎川信夫ノート」でその声価は決定的になったと言っていいが、いずれもモダニストの軽薄を鋭く衝く文章である。平林の呟きはまさにこの文脈において聞かれなければならないと私は思う。大岡は「平林は自分たちの世代にとってお姉さんのような存在だった」と何度か私に語っていたが――どこかに書いてもいる――、思えば意味深長な言葉である。兄ではなく姉なのだ。

むろん、平林が田村や鮎川を尊敬していたのは、彼らが生粋のモダニストだったからである。平林もまた同じ資質のもとにあったからだ、と言っていいが、しかし鮎川や田村は裕福であった点で平林とは少し違っていたのではないかという気がする。何かを背負っている母と、背負っていない母の違いと言ってもいい。

探求すべきことはほとんど無限だという語で終えるほかない。が、すべてを踏まえて読みなおすと、最後の詩と言うべき「九十代詩篇」の、そのまた最後の二篇、「詩」と「叫び」がやや違った響きをもって迫ってくるような気がする。二篇の最後尾を並べる。

ただひとりだけの人生を
留めおこうと
壊れかけた人形になって
さざめいて
揺れながら
まだ声援を送ってくれるあなたにむかって
旗をふろうとする

いったい　だれに　どのように
叫びつづけようとしているのか
世界の構造はまだ無気味なままだ

（みうら・まさし／評論家）

平林敏彦著作目録

『廃墟　平林敏彦詩集』
発行日　一九五一年八月三十一日
発行者　伊達得夫　発行所　書肆ユリイカ
九〇ページ　一五三ミリ×一三七ミリ
上製本紙カバー　定価二〇〇円
【収録詩篇】
廃墟　未来　夜　死　桟橋にて　ある雨の夜に　拒否　陶酔　蠅　蠅　蠅　蠅　東京　東京　東京　盛夏　河　花　舞台　遅刻者　壁のむこうがまわつてくる　唄　泥　薔薇　或る街区　麥　夜　街　駅前広場　鞭　熱い屋根　羽搏きを撃て　夜へ　鳩　／後記

『詩集　種子と破片』
発行日　一九五四年十月十五日
カバーそで　種子と破片について　金子光晴
発行者　伊達得夫　発行所　書肆ユリイカ
製作　日本印刷工業
二三九ページ　一八七ミリ×一三五ミリ
上製本紙カバー　函　定価四〇〇円
【収録詩篇】「一九五一年より一九五四年まで」
1　破片　不幸な空　冬の流域　魚の記録　砂の記録　射ぬかれた夏　声　美術館で　ひもじい日日　うつくしい終末　女たちへの距離　ちいさな窓　広場　2　馬　今日　死について　愛について　晴れた日にも　蛇　未来　灰　冬の男　橋　馬鹿な秋　墓地の冬　地下へ　手術室から　神　晩夏　運河の夜　3　影の部分　毒　夜はだれかが　亡命　日常　明日　空腹な馬　流れる町　現代　混血　風景　少年　黄昏に　夜の酒場で　／後記

『水辺の光　一九八七年冬』
発行日　一九八八年六月一日
装幀　吉岡実　カット　落合茂
序　Letters　長田弘
発行者　太田充広　発行所　火の鳥社
印刷　ナニワ印刷　製本　小幡製本所
一二四ページ　二一五ミリ×一五五ミリ
上製本紙カバー　定価二五〇〇円
【収録詩篇】
A：1987～1988　鳥の歌　少年の日　冬の旅　新年
歳月　生涯　絵皿　そして今　幻灯　水は軽やかに
遠い光　生活史　予感　未来　一夜の風で　海へ　祈り　転生　暗愚　兵隊ススメ　晩夏　平和の星　月影
おれたちは何も　ドヤ　年の瀬　童謡　屈辱　幸福時代　B：1955～1958　春　場所　雨の日の　歴史
夕暮れまで　風景　海溝　生きる　／覚書

『環の光景 1990』
発行日　一九九〇年十月三十一日
装幀　芦澤泰偉
発行者　小田久郎　発行所　思潮社
印刷　若葉印刷　製本　博報堂
一二八ページ　二四七ミリ×一八八ミリ
上製本紙カバー　定価二五七五円
【収録詩篇】
a　環の光景：地　水　火　風　空　b　黙示の夏　荒野には　ホモサピエンス　草の匂い　途上　走る　蝶を見る　海辺の町で　薄明の空に　過ぎゆく時
狙撃手の目　ミクロコスモス　浮遊するもの　夢のかなたに　あの人に　c　夢の往還：1低空で爆音が
聴こえる　2遠くを見る　3この小惑星の水辺に届く
4マリリンがまだ無名の女優だった頃　5花が枯れて
6ここに在ることは　7今日／世界は　8無数の胞子がこぼれる森に来て　9岸辺の葦にたゆたう朝の光
10微塵に散りしぶくもの空に満ち

『磔刑の夏　一九九三』
発行日　一九九三年八月三十日
発行者　小田久郎　発行所　思潮社
印刷　若葉印刷　製本　小高製本
一一一ページ　二三一ミリ×一五九ミリ
上製本紙カバー　定価二八〇〇円（本体二七一八円）

【収録詩篇】
春の祭の　磔刑の夏　ひとつ秋の　冬の光　＊　異端の辞書を引きながら　果肉のひとかけらを餌に　地の果てから　黙示の時　虫の遠景　Blues　Requiem　女に　何処　＊　Cosmology
＊第五回富田砕花賞

『[Luna^2]――白乗の月』
発行日　一九九五年七月三十日
装幀　成瀬政博
詩　平林敏彦　絵　成瀬政博
発行者　平林敏彦　発行所　ぽえむはうす青猫座
印刷所　PRART中信凸版印刷　製本所　渋谷文泉閣
四八ページ　二三三ミリ×一五五ミリ　上製本カバーなし　定価一六〇〇円
【収録作品】「」：詩作品　『』：絵作品
「月」『①Dance with my light』／「花畑」『②Spring light』／「破片」『③Pieces of broken cloud』／「部屋」『④Little night』／「一日」『⑤Reading of one day』／「潮の道」『⑥Fish in old songs』／「言葉」『⑦Boy of the summer』／「叫び」『⑧Position of the face』／「白夜」『⑨An opening of dreams』／「風景」『⑩Bird, moon and the boy』／「行方」『⑪A thing founded in the journey』／「愛」『⑫On the bridge』／「手紙」『⑬From a far country』／「ノスタルジア」『⑭Lane in the nostalgia』／「橋」『⑮Cord bridge』／「港町」『⑯Boy's day』／「時代」『⑰Fruits of life』／「馬車」『⑱Secret towns』／「冬」『⑲Illusions of the back street』／「少年」『⑳Wings of the boy』

『現代詩文庫142　平林敏彦』
発行日　一九九六年九月一日
装幀　芦澤泰偉
発行者　小田啓之　発行所　思潮社
印刷　凸版印刷　製本　越後堂製本
一五九ページ　一九〇ミリ×一二五ミリ
並製本　定価一二〇〇円
【収録詩篇】
詩集〈廃墟〉から
廃墟　未来　夜　死　ある雨の夜に　河　遅刻　壁の

むこう　薔薇　或る街区　爆ぜる　街　熱い屋根

詩集〈種子と破片〉から

破片　不幸な空　冬の流域　魚の記録　砂の記録　射ぬかれた夏　美術館で　ひもじい日日　うつくしい終末　今日　死について　蛇　未来　灰　秋　明日　時代

詩集〈水辺の光一九八七年から〉

歴史　春　風景　雨の日の　鳥の歌　少年の日　冬の旅　新年　歳月　生涯　絵皿　そして今　幻灯　水は軽やかに　予感　一夜の風で　祈り　暗愚　月影　年の瀬

詩集〈環の光景〉から

環の光景　黙示の夏　荒野には　ホモサピエンス　草の匂い　途上　走る　海辺の町で　薄明の空に　狙撃手の目　ミクロコスモス　浮遊するもの　あの人に　夢の往還

詩集〈礫刑の夏〉から

春の祭の　礫刑の夏　ひとつの秋　冬の光　異端の辞書を引きながら　果肉のひとかけらを餌に　地の果てから　黙示の時　虫の遠景　Blues　何処

未刊詩篇から

夢の中でも　幻鐘　安曇野通信1　安曇野通信2

エッセイ

Memorandum

作品論・詩人論

平林敏彦の詩　大岡信／種子の再生　辻井喬／週末の魂　三浦雅士

裏表紙紹介　長谷川龍生

『月あかりの村で』

発行日　一九九八年八月十五日

装画　成瀬政博「Remove the moon」（表紙）「All you want to do is fly?」（口絵）

発行所　青猫座　印刷　プラルト

九六ページ　二一四ミリ×一三五ミリ

上製本透明カバー　定価不明

英訳詩集『IN THE MOONLIT VILLAGE』と二冊まとめて入る紙函あり

【収録詩篇】安曇野　一九九四―一九九八

深淵　自由　村の一日　約束　草の光　夢のほとりで　異風景　宙の舟　日の果て　誰かに　あの女　夕映えのあと　晩春ノート　秋のたより　中空に　過ぎゆく

時に　エルネスト・チェ・ゲバラの帰還　冬の森

英訳詩集『IN THE MOONLIT VILLAGE』
Printing : July 1. 1999
Illustration : Masahiro Naruse
Translator : Hironobu Fukazawa , Kevin M. Leahy
Publisher : Toshihiko Hirabayashi
Publication site : AONEKOZA
Printing office : Hokushin Printing Inc.
四八ページ　二一三ミリ×一三四ミリ　並製本
『月あかりの村で』と二冊まとめて入る筒函あり
【CONTENTS】Azumino 1994〜1998
ABYSS : FREEDOM : A DAY IN THE VILLAGE : PROMISE : SPARKLING GRASS : ON THE BRINK OF A DREAM : ALIEN SCENERY : FROM THE HEAVENS : BY SOMEONE : THAT WOMAN : AFTER THE EVENING GLOW : NOTEBOOK FOR LATE SPRING : A LETTER IN AUTUMN : IN MIDAIR : WITH THE PASSING OF TIME : THE RETURN OF ERNESTO CHE GUEVARA

『舟歌　*Barcarolle*』
発行日　二〇〇四年十月三十一日
装丁　加々美真絹
発行者　小田久郎　発行所　思潮社
印刷　オリジン印刷　用紙　王子製紙、特種製紙
八二ページ　二三一ミリ×一四七ミリ
上製本透明カバー　定価二四〇〇円＋税
【収録詩篇】
I　いつも目を細めて　ビーチホテル　故郷　一期　青空　舟だまり　雪の日に　冬の手紙　封印　II　たまゆら　コスモス　幻の夏　港町で　小さな窓　行く手　今日あなたはどこで　／あとがき
＊第二十三回現代詩人賞

『戦中戦後　詩的時代の証言　1935-1955』
発行日　二〇〇九年一月十日　第一刷
装幀　思潮社装幀室
発行者　小田久郎　発行所　思潮社
印刷所　三報社印刷　製本所　小高製本工業
三六九ページ　一九六ミリ×一三八ミリ
上製本紙カバー　定価三八〇〇円＋税

＊第十二回桑原武夫学芸賞

『遠き海からの光』
発行日　二〇一〇年七月三十一日
装幀　森本良成
発行者　小田久郎　発行所　思潮社
印刷　三報社印刷　製本　小高製本工業
八三ページ　二三一ミリ×一四七ミリ
上製本透明カバー　定価二四〇〇円＋税
【収録詩篇】
i　冬の骰子　流謫の人　帰還　幻の光　北辺暮色
ii　雨　夜の鏡　あばら家　波の音　終章　iii　六月のサーカス　青い渚で　草の穂　薄月夜　渡世　／あとがき

『ツィゴイネルワイゼンの水邊』
発行日　二〇一四年七月二十五日
装幀　中島浩　栞　詩にとって思想とは何か――平林敏彦という水邊に　三浦雅士
発行者　小田久郎　発行所　思潮社
印刷　三報社印刷　製本　小高製本工業
九六ページ　二三一ミリ×一四七ミリ
上製本透明カバー　定価二六〇〇円＋税
【収録詩篇】
i　その場所へ　ひとつの星　青き刃　港町で　廃屋　何処へ　ii　幽界の夏　消息　忘れ得べき日　海の声　亡霊たち　iii　ひとすじのけむり　冥い海　からっぽ　幸福　錯乱　瑠璃の青　／あとがき
＊第十七回小野十三郎賞

『言葉たちに　戦後詩私史』
発行日　二〇二一年六月十日
発行者　上野勇治　発行　港の人
装画　清宮質文《初秋の風》
装丁　港の人装本室　印刷製本　創栄図書印刷
二一五ページ　一九五ミリ×一三二ミリ
上製本紙カバー　定価二二〇〇円＋税
【収録作品】
『新詩派』創刊号（一九四六年）より
青春の門／燃ゆる衣裳
記憶
Memorandum／わかものたちは雨のなか

memorandum 1967-1988／居住地転々

詩人群像

「蒼ざめた vie の犬を見てしまった」君へ　田村隆一から三好豊一郎への書信（一九四六年）／六十年前の詩誌「今日」に参加した哲学者鶴見俊輔の手紙／信州発　中村真一郎さんの書翰／飯島耕一のこと／なぜ詩を書かないのか　長田弘「秋の理由」一九六七年――／辻井喬との出会い／逢いたくて／いつか何処かで／河合幸男詩集『空幻の花』の奇蹟　幻の悲歌を書いた少年とその時代／Y校の詩人たち／モダニズム詩人、長田恒雄との再会／夏の終わりに　詩人たちのメッセージ

詩

夢の中でも／小さな旗のごときもの／草の舟／幽界の夏／鯰　catfish ／荒れはてた冬の庭で／その場所へ／何処へ／言葉たちに

平林敏彦自筆年譜

＊書名は奥付の表記を採用した。

（吉原洋一記）

詩誌『新詩派』『詩行動』『今日』書誌

『新詩派』

創刊号　第一巻第一号
発行日　一九四六年三月十日　編集者（代表）平林敏彦　発行者　坂本勝治　発行所　一心読書会

（無題・巻頭詩）
〈詩〉
並木に寄せるソネット　笹沢美明
海　佐川英三
歩いてゐる　小田雅彦
旗を焼く　杉山静男
デルタ　園部　亮
午後　瀬木次郎
敗れたれど　川口魚彦
黄昏　神保　肇
楡　秋谷　豊
竹　柴田元男
雪の翳　平松一馬
公園ニ咲ク花　富塚漢作
木霊―菱山修三氏に―　福田律郎
雨滴　扇谷義男
冬歌　石渡喜八
野菊―堤千代氏に―　吉田善彦
花のある流れ　古原政子
愛情の正体　池端かつ代
朝の器楽　伊藤千代子
燃ゆる衣装　平林敏彦
〈散文〉
今日の詩人　近藤　東
青春の門　平林敏彦
民主文学への道　貝山　豪

浅井十三郎素描　吉田善彦
詩の政治性　柴田元男
詩語の周囲　園部　亮
編集後記　（編集部）

第一巻第一号
発行日　一九四六年六月一日　編集者　平林敏彦
発行者　清水栄　発行所　新詩派社

表紙絵　坂路と松　故八木重吉
〈作品〉
表2　石　田村隆一
表2　翳　田村隆一
梅　村野四郎
羽搏きを撃て　平林敏彦
邂逅　高田　新
埋立地　園部　亮
望郷　鏑木良一
春の告示　吉田善彦
巷に光あり　根本　満
薔薇公園　富塚漢作

美しき朝　久野　斌
現実　沓澤米三郎
晩秋　保坂加津夫
絵　前田和子
落葉松　田村郷美
爪を砥いでゐる　土橋治重
業　福田律郎
〈散文〉
手紙　一九四六年早春　田村隆一
世代は動く　柴田元男
芸術の権利・義務　園部　亮
個の発掘　平林敏彦
無名人の言葉　貝山　豪

第一巻第二号
発行日　一九四六年七月一日　編集者　平林敏彦

〈作品〉
壁　三好豊一郎
夜　平林敏彦
紙上不眠　田村隆一

草むら　岡安恒武
耐へがたい二重　鮎川信夫
すべての恍惚を　八束竜平
〈評論〉
現代詩人に求めるもの　笹沢美明
転形期の詩精神　高田 新
羅甸区　柴田、園部、貝山、高田、吉田、平林

第一巻第三号

発行日　一九四六年八月一日　編集者　平林敏彦

〈作品〉
熱い屋根　平林敏彦
鳥瞰図　園部 亮
トルソについて　鮎川信夫
母の扇　高田 新
葉つぱの詩　土橋治重
火焔の記憶　泉沢浩志
跫音　大谷芳枝
型づくりもの　大谷芳枝
歴程　牧 章造

〈座談会〉
詩の新しい展開に就て　高田新、貝山豪、園部亮、
柴田元男、平林敏彦、牧章造
編集後記　平林敏彦

第二巻第一号

発行日　一九四七年四月二十日　編集者　平林敏彦
発行者　田中民人　発行所　新詩派社九州支部

〈作品〉
Dépare ―鴉―　牧 章造
河二篇　泥／港口　園部 亮
噴水　あれは亡びゆくごく詰まらない火事《ファウエル》なのさ　中島可一郎
耐えがたい喪失　たなかたみひと
東京の断面　毛利 昇
舞台　平林敏彦
〈評論〉
壺井繁治論ノート　平林敏彦
詩に於ける人間性の問題　―詩集「果実」から―　柴田元男

壺井繁治詩集「果実」について　佐々木陽一郎
〈詩壇時評〉
現代詩精神確立の足場　高田　新
後記　平林敏彦

第二巻第二号
発行日　一九四七年六月一日　編集者　平林敏彦

〈作品〉
毛利昇詩集哀歓抄三篇　さうしよう／道ひとつ／帰って来た人　毛利　昇
家　佐々木陽一郎
氷河のように　たなかたみひと
甍の歌　山村　祐
駅で　山村　祐
〈評論〉
財産目録　中島可一郎
小野十三郎論ノオト　彼とその詩集について　平林敏彦
書簡　―批評について―　牧　章造
〈詩壇時評〉
啄木と勤労詩について　高田　新
後記　平林敏彦

第二巻第四号
発行日　一九四七年十月一日　編集発行者　平林敏彦　発行所　新詩派社

編集ノオト　〈T・H〉
〈作品〉
乞食少年　牧　章造
わたしたちの歴史　毛利　昇
曇天の帰還　中島可一郎
〈変革の歴程（7）〉転落の刻　高田光一
水害罹災者のためのギエン金　佐々木陽一郎
詩二章　原野／寒夜　川崎覚太郎
曇天の日の沙漠を遠く　村田春雄
〈評論〉
『暗愚小伝』批判―高村光太郎と三好達治について―　平林敏彦
抗議　平林敏彦
「詩・現実」の問題をめぐつて―「北川冬彦論」抄―

〈新詩派雑記〉OCT 1947　柴田元男
化物談議　中島可一郎
後記　（平林）

第二巻第五号

発行日　一九四七年十一月一日
編集発行者　平林敏彦

ノオト　（H）
〈作品〉
ひるがえさねばならぬ富士に旗を　高田　新
化粧の倫理　田中冺人
シルエットポエム　こほろぎの歌二景　山村　祐
〈評論〉
十一頭の三才駒　―新詩派論―　中島可一郎
〈詩壇時評〉
『プロレタリア詩批判』の批判　平林敏彦
〈新詩派雑記〉NOV 1947
とぼけた「世代」　田中冺人
感想　佐々木陽一郎
挑戦から抹殺え　村田春雄

『詩行動』

第一号　第一巻第一号

発行日　一九五一年十二月一日　編集者　平林敏彦
発行者　柴田元男　発行所　詩行動社

表2　ピエール・エマニユエル詩集『自由はわれらの歩みを導く』序文より（一九四六年刊）飯島耕一訳

〈作品〉
木霊　難波律郎
誕生　山崎正一
夜　飯島耕一
夜　野鳥義明
午後八時の海　秩父幹人

夜の歌　柴田元男
明日　平林敏彦
弔歌　別所直樹
海の肉体　志沢正躬
洗濯おんな　川崎覚太郎
受胎　藤間哲郎
囚はれの街　金　太中
〈現代詩の方位〉
拠りどころなき精神　森道之輔
詩とヒューマニズム　柴田元男
詩の伝達性について　志沢正躬
詩人の孤独　平林敏彦
〈作品時評〉　園部　亮
長島三芳『黒い果実』／平林敏彦『廃墟』／小野十三郎「小鳥の国」／岡田芳彦「もう沢山だ、死人の森は」／土橋治重「一つの平原」
雑記　難波律郎・志沢正躬・平林敏彦

第二号　第二巻第一号
発行日　一九五二年一月一日　編集者　平林敏彦
発行者　柴田元男　発行所　詩行動社

表2　ジュール・シュペルヴィエル『詩人をめぐって』より（詩集『誕生』一九五一年刊・附録）　飯島耕一訳
〈作品〉
月明の下で　中島達夫に　飯島耕一
海月　金　太中
原始　別所直樹
銭夢　入江元彦
五月の野の、明るさよ　児玉　惇
郷愁　志沢正躬
黒い祈りの夜　難波律郎
邂逅　藤間哲郎
黄昏に　平林敏彦
蛇　平林敏彦
絶嶺　森下日吉
工場　新倉　滋
〈評論〉
詩に於ける発想の場　山崎正一
〈作品時評〉超俗の詩心　柴田元男
佐藤春夫「還暦歌」「浦の水仙」／金子光晴「ある序

曲」／吉田一穂「非存」（以上『群像』１９５２年
　１月号）
表３　雑記　　　　　柴田元男、飯島耕一
表３　同人の顔１　難波律郎　　　平林敏彦

第三号　第二巻第二号
発行日　一九五二年二月一日　編集者　平林敏彦
発行者　柴田元男　発行所　詩行動社

表２　詩行動 Snap
〈作品特集〉
夜の歌　柴田元男
冬　森道之輔
腐臭　別所直樹
群盲と言う奴　森下日吉
胡椒時代　児玉　惇
蟲　秩父幹人
靄のなか　中島可一郎
砦の冬　難波律郎
海月　金　太中
蜥蜴　飯島耕一

道化　花岡　昭
凍夜　川崎覚太郎
白鳥の死　志沢正躬
冬または沈む日日　山崎正一
明け方に酔っぱらい、タルホ氏ホタルを取つてゐる　入江元彦
墓地の冬　平林敏彦
〈作品時評〉近作五篇からの問題　藤間哲郎
村野四郎「現代の冬」「わが降誕節」／鶴岡冬一「仇敵」／北村太郎「黒い冬」／小野十三郎「石庭」／木原孝一「声」（以上「詩学」１９５２年１月号）
雑記　平林敏彦、野島義明
表３　同人の顔２　藤間哲郎　別所直樹

第四号　第二巻第三号
発行日　一九五二年三月一日　編集者　平林敏彦
発行者　柴田元男　発行所　詩行動社
表２〈作品時評〉　森道之輔
壺井繁治「雑踏」（『文芸』二月号）／池田克己「掌の上」（『群像』二月号）

〈作品〉
影を背中につけた動物たち　飯島耕一
太陽ですら黒点が…　入江元彦
夢または死の論理　山崎正一
野　難波律郎
氷結　片田芳子
死臭　別所直樹
河口にて　平林敏彦
冬　森道之輔
〈評論〉
現代詩の暗さ・危機意識　志沢正躬
THE VOCATION OF THE POET IN THE MODERN WORLD　DELMORE　SCHWALZ　詩人の天職について　デルモア・シュワルツ、児玉惇訳
同人の顔（3）飯島耕一　金　太中
表3　デルモア・シュワルツについて　児玉　惇
表3　雑記　（H）

第五号　第二巻第四号
発行日　一九五二年四月一日　編集者　平林敏彦
発行者　柴田元男　発行所　詩行動社

表2　イヴォン・ブラヴァル著『詩の探求』より
（一九四七年刊）　飯島耕一訳
〈作品〉
晩夏　難波律郎
蛇　平林敏彦
戦争または恋人　山崎正一
魔法　志沢正躬
夜の歌　柴田元男
柳の木と橋桁のある風景　片田芳子
囚われの都市　金　太中
青い腕　秩父幹人
黄昏の散歩者　森下日吉
昼の運河　別所直樹
〈ランダァル・ジャレル詩抄〉
プロシヤの森での野営《キャンプ》／捜索飛行　児玉惇訳
〈評論〉
金子光晴論　飯島耕一
ランダァル・ジャレルについて　児玉　惇
〈作品時評〉
谷川俊太郎「今日」／本郷隆「運命」／山本沖子「山

路をのぼる夢」／北川幸比古「朝」／山本太郎「チヤルメラ・マーチ」／藤島宇内「白骨の島は歌ふ」（以上「新潮」3月号「現代詩人抄」）／「ジャポネ・ア・ラ・コレール」（「詩と詩人」106集）／浅井十三郎「絵画独立小学校」／高橋新吉「風の吹きまはしで」／島崎曙海「台風遭難」

雑記　（M）

表3　同人の顔（4）柴田元男　山崎正一

第六号　第二巻第五号

発行日　一九五二年五月一日　編集者　平林敏彦

発行者　柴田元男　発行所　詩行動社

表2　W・H・オーデン「正方形と長方形」Squares and Oblongs 1951から　編注、訳者不詳

〈作品〉

桜物語　児玉　惇

街　志沢正躬

病舎にて　平林敏彦

冬の人　森道之輔

日本列島・古代　山崎正一

人間というもの　片田芳子

乳癌＝あずけた言葉の思い出に＝　入江元彦

壁　野鳥義明

影を背中につけた動物たち　飯島耕一

〈ピィタア・ヴィーレック詩抄〉

アフリカの空気／カルタゴよ、さらば　児玉惇訳

〈評論〉

別所直樹論―市井のヒューマニズム―　森道之輔

別所君の詩によせて　小山　清

別所直樹詩集について　十返　肇

〈作品時評〉

北川冬彦「季節」（「群像」四月号）／三好達治「砂上」（「改造」四月号）

海外書紹介　エッセイ集「Poet at Work」（1951）

表3　ピイタァ・ヴィーレックについて　編注、執筆者不詳

表3　雑記　（H）

表3　同人の顔（5）別所直樹　平林敏彦

第七号　第二巻第六号

発行日　一九五二年六月一日　編集者　平林敏彦

発行者　柴田元男　　発行所　詩行動社

表2　ピイタア・ヴィーレック「機械時代における詩人」1948より　編注、訳者不明

〈作品〉

橋について　柴田元男
橋とアルルカン　飯島耕一
傷のある絵画　志沢正躬
臨港線　難波律郎
群衆　金　太中
幻影の人　山崎正一
空の掛橋　森下日吉
夢と橋（橋その一）　滝口雅子
陸橋の夢　野鳥義明
橋　片田芳子
君待ち橋　別所直樹
風景　平林敏彦

〈評論〉

近代アメリカ詩における科学と価値――Waggoner氏の著書をめぐつて――　児玉　惇

〈作品時評〉　亜木礼太

佐藤春夫「新緑」（「読売新聞」五月三日）／柳沢健「植村大尉の墓前にて」（「詩学」五月号）／草野心平「日記」（「群像」五月号）／安藤一郎「METAMORPHOSE」（「GALA」四号）／安西均「マス・コミユニケイションと現代詩」（「詩学」五月号）

表3　別所直樹詩集出版記念会

表3　雑記　〈H〉

表3　同人の顔（6）平林敏彦　難波律郎

第八号　第二巻第七号

発行日　一九五二年七月一日　編集者　平林敏彦

発行者　柴田元男　発行所　詩行動社

表2　ジヨン・シアデイ『一般文化の読者に』より抄訳　K

〈作品〉

境界　難波律郎
ビルの屋上での朝の歌　飯島耕一
真昼　金　太中
傾く地上のはしに来て　滝口雅子

俯瞰　片田芳子
蜥蜴　野鳥義明
白い火　藤間哲郎
〈評論〉
吉田一穂論　志沢正躬
風俗詩の問題　児玉　惇
詩の本質について　山崎正一
〈作品時評〉　ロンサール
三好達治「駱駝の瘤にまたがつて」／許南麒「火縄銃の歌」
同人の顔（7）森道之輔　柴田元男
表3　雑記　〈H〉

第九号　第二巻第八号
発行日　一九五二年八月一日　編集者　平林敏彦
発行者　柴田元男　発行所　詩行動社
表2　編集メモ　〈H〉
〈作品〉
何処へ　難波律郎

アメリカ色の、青空の国で　児玉　惇
言葉について　飯島耕一
血臭　別所直樹
浮游芥　別所直樹
〈評論〉詩における技術と態度
手淫的命題提出にたいするプロテストとして　中島可一郎
詩に於ける技術と態度　山崎正一
散文傾斜の弁　別所直樹
〈作品時評〉　TOM
黒田三郎「微風の中で」／吉野弘「爪」（以上「詩学」六月号）／「荒地詩集」
同人の顔（8）山崎正一　志沢正躬

第十号　第二巻第十号
発行日　一九五二年九月一日　編集者　平林敏彦
発行者　柴田元男　発行所　詩行動社
表2　編集メモ　〈H〉
〈作品〉
夕暮から夜へと　森道之輔

豚　平林敏彦
燈台　山崎正一
失われた日本　片田芳子
あたらしいレールは　滝口雅子
再び、再び！（ポエトリ誌五月号所載）
ピィタア・ヴィーレック、児玉惇訳
附記　児玉　惇
〈評論〉詩における技術と態度
技術についてのメモ　平林敏彦
えらばれた態度　飯島耕一
〈作品時評〉
田村隆一「立棺」／加島祥造「Light Verse」／木原孝一「無名戦士」（以上「荒地詩集」一九五二年版）
同人の顔（9）片田芳子　柴田元男
表4　リチヤアド・エバアハート「詩についてのノート」より

第十一号　第二巻第十一号
発行日　一九五二年十月一日　編集者　平林敏彦
発行者　柴田元男　発行所　詩行動社

表2　編集メモ　〈H〉
〈作品〉
小さな窓　滝口雅子
風に寄せて　別所直樹
愛について　平林敏彦
暖簾　中村里彦
車　秩父幹人
Cigarette　野鳥義明
〈評論〉
詩と科学への夢想＝一つの憧憬として＝　児玉　惇
〈作品時評〉
長島正芳「音楽の時」／上林猷夫「都市幻想」
同人の顔（10）志沢正躬　平林敏彦
表4（無題）　ピータア・ヴィーレック

第十二号　第二巻第十号二
発行日　一九五二年十一月一日　編集者　平林敏彦
発行者　柴田元男　発行所　詩行動社

〈作品〉

雨のなかに　志沢正躬
秋の日の思想　飯島耕一
空しい思考　片田芳子
葬列　秩父幹人
下着　中村里彦
〈評論〉
中原中也小論　飯島耕一
〈作品時評〉
竹中郁「この人」／近藤東「寒い女」（以上「ポエトロア」第一集）
表3　雑記　〈H〉
表3　同人の顔（11）児玉惇　森道之輔
表4　ポエトリ誌二月号所載、C・D・ブリドン「英国の放送詩」

第十三号　第二巻第十二号
発行日　一九五二年十二月一日　編集者　平林敏彦
発行者　柴田元男　発行所　詩行動社
表2　ミドリの信管で、花を……
ダィラン・トマス　訳者不詳

〈作品〉
われらの夜の歌　森道之輔
化石についてのノート　葦　恭三
落葉時代　児玉　惇
嘲笑　山崎正一
蒼い馬　滝口雅子
秋　別所直樹
朝の葬列　別所直樹
鉄橋　野鳥義明
風景　平林敏彦
〈評論〉
行動への誘《いざな》い　志沢正躬
近代詩の伝統と未来―詩ははたして偉大か？―
S・スペンダー、児玉惇訳
廃墟に立つて―主張と実作の乖離―　柴田元男
表3　雑記　〈H〉、〈M〉
表3　同人の顔（12）野鳥義明　森道之輔

第十四号　第三巻第一号
発行日　一九五三年一月一日　編集者　平林敏彦

発行者　柴田元男　　発行所　詩行動社
表2　ダイラントマスの詩について　　児玉　惇
〈作品〉
その文書に署名した手は……　ダィラン・トマス、児玉惇訳
五月の堅果　ルイス・マクニイス、児玉惇訳
言葉について　飯島耕一
薄暮　片田芳子
朝の歌　志沢正躬
石について　葦　恭三
死について　平林敏彦
〈評論〉
詩の現実〈1〉　中島可一郎
〈作品時評〉　（X）
「詩学年鑑」／金子光晴「くらげの歌」／田村隆一「立棺」／村野四郎「亡命」／黒田三郎「妻の歌える」
表3　雑記　〈H〉、〈S〉
表3　同人の顔（13）滝口雅子　難波律郎

第十五号　第三巻第二号
発行日　一九五三年二月一日　編集者　平林敏彦
発行者　柴田元男　　発行所　詩行動社
〈作品〉
夜明けの襲撃で、殺された人々の中に……　ダィラン・トマス、児玉惇訳
今宵も誰かが……　平林敏彦
眼とパチンコ　志沢正躬
父の記　児玉　惇
はりがねの冬　山崎正一
船尾につづく白い水尾　いささか前世紀風に　飯島耕一
生涯　滝口雅子
〈評論〉
詩の現実2　中島可一郎
〈作品時評〉　〈Y〉
秋山清「詩のテーマと方法についての感想」（「新日本文学」一月号）／野間宏『文学の探求』
表3　雑記　〈H〉
表3　同人の顔14　入江元彦　平林敏彦

表4　"Achievement in American Poetry,1900～1950"by
Louis Bogan

第十六号　第三巻第三号

発行日　一九五三年三月一日　編集者　平林敏彦
発行者　柴田元男　発行所　詩行動社

〈作品〉
袋のなかの兵士は……　中島可一郎
忠誠と雲の物語　児玉　惇
愛する息子　志沢正躬
無言歌　別所直樹
樹精　別所直樹
影の部分Ⅰ　平林敏彦
〈評論〉
詩の現実3　中島可一郎
〈作品時評〉　〈Z〉
「荒地詩集」一九五三年版
表3　雑記　〈H〉
表3　同人の顔15　中島可一郎　平林敏彦
表4　"Achievement in American Poetry,1900～1950" by
Louis Bogan

第十七号　第三巻第四号

発行日　一九五三年四月一日　編集者　平林敏彦
発行者　柴田元男　発行所　詩行動社

〈作品〉
辺境にて　柴田元男
夜の花　滝口雅子
眺望　片田芳子
げろの時代　葦　恭三
水兵記　飯島耕一
狐のささやき　山崎正一
大きな足　入江元彦
〈評論〉
詩の現実4　中島可一郎
〈作品時評〉avril1953　〈X〉
西脇順三郎「アン・ヴァロニカ」（「GALA」一号）
表3　雑記　〈H〉
表3　同人の顔16　葦恭三　柴田元男
表4　（無題）　T.kodama

第十八号　第三巻第五号
発行日　一九五三年五月一日　編集者　平林敏彦
発行者　柴田元男　発行所　詩行動社

〈作品〉
アルファベット（エグゾルチスム）
アンリ・ミショオ、飯島耕一訳
早春　滝口雅子
くらい舗道には　片田芳子
影の部分　平林敏彦
蹉跌〈古雑誌の架空の現実を嘲い給え〉　葦　恭三
破れた窓　本野多喜男
愛について　鈴木繁雄
〈評論〉
集団的ポエジーについて　志沢正躬
〈作品時評〉mai1953　〈Z〉
吉田一穂「ネガ・レアリテ」（『ポエトロア』第二輯）〈H〉
表3　雑記
表4　（無題）　T.Kodama

第十九号　第三巻第六号
発行日　一九五三年六月一日　編集者　平林敏彦
発行者　柴田元男　発行所　詩行動社

表2　Herbert Read
〈Poeme〉
四等病室　中島可一郎
路々　飯島耕一
旅―志賀高原へ　志沢正躬
人々のなかに　滝口雅子
悪の瞬間　片田芳子
復活祭の午後　本野多喜男
中国について（悪夢の一章）　児玉　惇
影の部分　平林敏彦
立川　山崎正一
〈Critique〉juin1953
時評の時評　〈Y〉
「新潮」の場合　〈Z〉
表3　編集雑記　〈H〉

第二十号　第三巻第七号

発行日　一九五三年七月一日　編集者　平林敏彦
発行者　柴田元男　発行所　詩行動社

〈Poeme〉
雨季　平林敏彦
脱出のうた　中島可一郎
旅　難波律郎
窓について　鈴木繁雄
城のほとりで　児玉　惇
〈評論〉
現代詩の再生　飯島耕一
〈Critique〉
失望について　志沢正躬
水鳥の正体　中島可一郎
表3　編集雑記　〈H〉

第二十一号　第三巻第八号

発行日　一九五三年八月一日　編集者　平林敏彦
発行者　柴田元男　発行所　詩行動社

〈詩〉
ハーバート・リード作品抄　Ⅲ恐怖／Ⅵ亡命者／廃船（以上「戦争風景」より）　児玉惇訳
われらの夜の歌　森道之輔
娼婦の上で　山崎正一
〈Critique〉
小説　小説　小説　児玉　惇
馬鹿合戦　山崎正一
〈批評〉
Zへの手紙　平林敏彦
ポウの『目』　中島可一郎

第二十二号　第三巻第九号

発行日　一九五三年九月一日　編集者　平林敏彦
発行者　柴田元男　発行所　詩行動社

〈詩〉
壁の中で　柴田元男
空と汗　Ⅰ暁のレクイエム／Ⅱ汗ばんだ掌／Ⅲゆうぐれの印刷女工のレシタティヴ／Ⅳ海豚の夢　飯島耕一
〈批評〉

柴田元男詩集『天使望見』を繞つて…
詩を改造する精神　志沢正躬
柴田元男論ノート　天使はどこへ行つたのだろう？
（天使望見）　森道之輔
抗議としての感想　平林敏彦
T・Sエリオットの価値思想について　山崎正一
〈Critique〉
表3　連作詩の周辺　志沢正躬

第二十三号　第三巻第十号
発行日　一九五三年十月一日　編集者　平林敏彦
発行者　柴田元男　発行所　詩行動社

〈詩〉
謎　ジユール・シユペルヴイエルに
アンリ・ミシヨオ　飯島耕一訳
ヘンリイ・トリイス作品抄　或る戦闘機乗りの死／征服者／憑かれたる庭　児玉惇訳
生の影　滝口雅子
或る日　難波律郎
訪問者　別所直樹
原にて　葦　恭三
すべての戦いの終わり　I他人の空／II砂の中には…／III世界中のあわれな女たち　飯島耕一
未来へ　予感／未来へ　鈴木繁雄
不在　井上岩夫
砂の記録　…Zに　平林敏彦
彼の行動―耳について―　片田芳子
〈詩劇〉
高原〈1〉　山崎正一、志沢正躬

第二十四号　第三巻第十一号
発行日　一九五三年十一月一日　編集者　平林敏彦
発行者　柴田元男　発行所　詩行動社

〈詩〉
単純さ　アンリ・ミシヨオ、飯島耕一訳
魚の記録　平林敏彦
さらさらと、水は流れる……　児玉　惇
口紅を塗る者　片田芳子
〈詩劇〉
高原〈II〉　山崎正一、志沢正躬

〈Critique〉novembre 1953　〈I〉
『荒地』の現代詩人論
表3　一九五三年の終りに—編集雑記—　平林敏彦
表4　『詩行動』一九五三年度作品目録（13号から24号まで）

別冊　第三巻第十二号
発行日　一九五三年十二月一日　発行所　詩行動社
それぞれの渦流から、河へ——『詩行動』二年度の歩み——　児玉惇（飯島耕一・平林敏彦 補筆）
附記　H

『今日』

第一冊
発行日　一九五四年六月一日　編集者　中島可一郎
発行者　伊達得夫　発行所　ユリイカ
〈作品〉
この共和国　マニフェストに代えて　（無署名）
種子　種子／樹木／船の上で／テーブルの上を　飯島耕一
表紙とカットについて　（無署名）
現代詩人論　児玉　惇
牛のいる風景／秋　難波律郎
広場のあさとゆうぐれの歌　平林敏彦
糞尿処理場／リットリア　中島可一郎
〈評論〉
ピカソ小論　岩瀬敏彦
ニシワキジュンザブロウ論　中島可一郎
〈書評〉
飯島耕一詩集　他人の空　金　太中、難波律郎

第二冊
発行日　一九五四年十月一日　編集者　中島可一郎
発行者　伊達得夫　発行所　ユリイカ

〈作品〉
聖灰祭　山本太郎
静けさの中心　大岡　信
通信　中島可一郎
不吉な恋人たち　清岡卓行
かくされた太陽、ロ　飯島耕一
街　中村　稔
樹　安東次男
らくだの葬式　鶴見俊輔
岬にて　難波律郎
ちいさな窓　平林敏彦
物語　1はなびらのころ／2鴻毛記／3女／
4ひかりと皮膚／5こどもの合唱／
6この夏――映画「恐怖の報酬」をみて　児玉　惇
〈評論〉
個人の経験とは何か　黒田三郎
詩の困難な時
オーブリイ・ド・セリンコート、児玉惇訳
〈今日 Critique〉
一つの感想　飯島耕一
ベン・シャーンについて　岩瀬敏彦
飯島耕一の詩　安東次男
編集後記　（無署名）

第三冊

発行日　一九五五年三月十五日　編集者　中島可一郎　発行者　伊達得夫　発行所　書肆ユリイカ

〈作品〉
帰館　谷川　雁
沈黙　黒田三郎
エリュアールの墓――十一月十八日　P・エリュアール
の二周忌に――　飯島耕一
朝　鈴木　創
春の祭　難波律郎
嫉妬《ジェラシー》二篇　ケーブルカーの中／瞠視慾　長谷川龍生
歴史　平林敏彦
ふあんたじいあ・もんたあな　山本太郎
浮説―Meine Weltanschaunung―　児玉　惇
婆々（ダイアローグ）　中島可一郎
〈評論〉

詩芸術に期待するもの　高桑純夫
詩の必要　大岡　信
〈書評〉
中島可一郎『子供の恐怖』について　清岡卓行
中村稔『樹』について―いたましい自由―　平林敏彦
平林敏彦『種子と破片』について　中村　稔、大岡　信
山本太郎の詩―詩集『歩行者の祈りの唄』について―　黒田三郎

第四冊

発行日　一九五五年七月十日　編集者　中島可一郎
発行者　伊達得夫　発行所　ユリイカ

〈作品〉
子守唄のための太鼓　清岡卓行
なまぐさい春　平林敏彦
時計　鈴木　創
ある晴れた日に　鈴木　創
君たちのことを考えてあげられない（谷川俊太郎に　飯島耕一

手術日の電気楽器　飯島耕一
聖火曜日　飯島耕一
オレは突き刺す………　難波律郎
即興無題　山本太郎
青年（あるいは　世代）　児玉　惇
〈評論〉
新しいリズム・新しいうた　中島可一郎
日本の詩の反省　児玉　惇
〈共同研究〉中野清見著「新しい村つくり」
日本農業近代化のすぐれた範例　岩瀬敏彦
日本農民像の一典型を描く　立石　巌
レイシズムの悪疾をねじふせた思想　児玉　惇
編集後記　（K）

第五冊

発行日　一九五六年四月一日　編集者　中島可一郎
発行者　伊達得夫　発行所　書肆ユリイカ

〈作品〉
メニュー泥棒　鈴木　創
流弾　鈴木　創

水の下で　鈴木　創
Variation　花崎皐平へ　鈴木　創
影について　鈴木　創
夢　児玉　惇
父をうつ　児玉　惇
さびしい人——或る朝鮮人へ　児玉　惇
欲しい　児玉　惇
せむしの人　児玉　惇
鳥を呼ぶぼくのつとめ　飯島耕一
古い写真によせて　難波律郎
アブダラ—古い写真によせて—　難波律郎
ぼくらは　うたう　金　太中
おーい　古里よ　金　太中
近づく場所　平林敏彦
運転士　中島可一郎
〈評論〉
椎名麟三「美しい女」について　岩瀬敏彦
〈今日〉
ペシミズム　岩田　宏
ある告発者　平林敏彦
ぼくの資格　飯島耕一
〈書評〉
飯島耕一詩集「わが母音」　那珂太郎
加藤周一著「ある旅行者の思想—西洋見物始末記—」　中島可一郎
（編集後記）　（可）

第六冊

発行日　一九五六年十二月一日　編集者　平林敏彦
発行者　伊達得夫　発行所　書肆ユリイカ

〈作品〉
昇って行く降って行く二つの廃墟　飯島耕一
変わる　中島可一郎
間奏曲　鈴木　創
仕事　吉岡　実
くらくら—《ballad》風に……—　山口洋子
機関車DX二五六五号　広田国臣
音無姫譚《ものがたり》（一）　岸田衿子
走る　平林敏彦
最後の道　多田智満子
少年・夢　難波律郎

序曲と鎮魂歌　1序曲（一九三二―三六）／
2鎮魂歌（一九三六―四五）　岩田 宏
生涯　辻井 喬

〈評論〉

「生活」というふりだしの地点から　児玉 惇

編集後記　（無署名）

第七冊

発行日　一九五七年三月一日　編集者　平林敏彦
発行者　伊達得夫　発行所　ユリイカ

〈作品〉

牧歌　吉岡 実
実在のかけ橋　長谷川龍生
初期詩篇より　1空／2矢／3刀／
4夢ののちに／5わがピアニスト　清岡卓行
笑いさんざめくあなた　児玉 惇
さわる　大岡 信
ほそいうらめしげな音――映画「ヘッドライト」に　岩田 宏
うたいながら駆け足で……　山口洋子
明日のために生きない　金 太中
きれぎれの歌　辻井 喬
証明　かもしかよ……／空　田中清光
凩の女――一人の声・赤ん坊の泣き声・
凩の音による――　岸田衿子
アニリンブラックの唄　広田国臣
大地の勲章　難波律郎
鮫の歌　多田智満子
ぼくを作る途中　鈴木 創
悲劇　飯島耕一
生きる　平林敏彦

〈評論〉

アルファベット―あるいはアンリ・ミショー序説の序
章―　飯島耕一

〈一幕物〉

資格検査はつづけられています　中島可一郎

第八冊

発行日　一九五七年六月一日　編集者　平林敏彦
発行者　伊達得夫　発行所　ユリイカ

〈作品〉
この暗い波に似た夜は　飯島耕一
津波の……（長詩「平和」の第七章）　岩田　宏
或女ドラム叩きの話――太鼓の音、一人の
　女の声による――　岸田衿子
Metronome　鈴木　創
タンポポと菠薐草　広田国臣
闘技場／失意　多田智満子
火口　山口洋子
ナルシスのうた　児玉　惇
ぼくには裂けた枝でも　田中清光
恋文　辻井　喬
消息　平林敏彦
声　大岡　信
初期詩篇より　6青くうすき刃／7シガレット
　による幻想／8札／9牌／10商船の夜／11知ら
　れざる山／12音楽への祈り　清岡卓行
単純　吉岡　実
〈評論〉
「詩人」の畸型性について　児玉　惇
〈今日〉
プチグリヨン財布窃盗事件をめぐる二つの記録及び付
　記　飯島耕一
かおとかお　岸田衿子
お茶と同情　岩田　宏
回転木馬――われは酒徒　山口洋子
「ユリイカ」抄　伊達得夫
批評の良心　清岡卓行

第九冊

発行日　一九五八年七月一日　編集者　入沢康夫
発行者　伊達得夫　発行所　書肆ユリイカ

〈作品〉
転調するラヴ・ソング　大岡　信
女神がひとり　山口洋子
喪服　吉岡　実
青空のように　鈴木　創
阪東長二郎　難波律郎
真昼の白い灯台の下で　岸田衿子
日曜の詩三つ　おそすぎる帰り／三月九日日曜日／
　すばらしい日曜日　岩田　宏

時計のはなし　金　太中
みにくい想像力を　広田国臣
矮樹　田中清光
ハラルからの手紙　清岡卓行
きこりの物語　入沢康夫
生活技術　中島可一郎
〈今日〉
父と子についての寓話―戦争責任批判について―
児玉　惇
パイプはブライヤア〈ユリイカ抄〉3　伊達得夫
〈書評〉
「ミクロコスモス」と海　岸田衿子
「吉本隆明詩集」について　多田智満子
「夏至の火」　広田国臣

第十冊

発行日　一九五八年十二月一日　編集者　入沢康夫
発行者　伊達得夫　発行所　書肆ユリイカ

〈作品〉
廃園　山口洋子

時刻表　鈴木　創
塔　田中清光
野分の騎手　辻井　喬
ガランバチ国夜話（I）戦争〈若いアシナカ蜂
決意のこと〉　中島可一郎
山高帽　吉野　弘
歴史的現実　むすめに／やさしい酔いどれ　岩田　宏
鳥　二篇　ひるがえる鳥／さわぐ鳥　大岡　信
遠い国の女から　多田智満子
ライラック・ガーデン　バレー〈ライラック・
ガーデン〉より　吉岡　実
〈散文〉
ひも〈ユリイカ抄のうち〉　伊達得夫
エリュアール「二人の夜々」論　飯島耕一

初出一覧

十代詩篇
四二頁を参照。

散文Ⅰ

個の発掘　『新詩派』第一巻第一号　一九四六年六月
架空の近代——北園克衛論ノォト　『詩と詩人』
　第六十七集　詩と詩人社　一九四七年九月
欺瞞者の文学　『コスモス』第七号　コスモス書店
　一九四七年十月
三好達治論（1）　『鱒』第四号　赤絵書房
　一九四七年十月
三好達治論（2）　『鱒』第五号　一九四七年十二月
三好達治論（3）　『鱒』第六号　一九四八年二月
近代詩に関する二三の批判　『新日本文学』
　第一巻第十一号　新日本文学会　一九四七年十一月
危機の自覚——現代詩の革命について
　『文学』岩波書店　一九四八年九月号
詩人の孤独　『詩行動』創刊号　一九五一年十二月
小野十三郎論　『詩学』詩学社　一九五二年七月号
『荒地詩集　一九五三年版』
　『近代文学』近代文学社　一九五三年四月号
Ｚへの手紙　『詩行動』第二十一号　一九五三年八月
日記　『詩学』一九五四年三月号
黒田三郎詩集『ひとりの女に』
　『詩学』一九五四年十月号
大岡信小論　『詩学』第十巻第六号臨時増刊号
　一九五五年六月
ぼくらが詩に求めるもの　『文章倶楽部』
　牧野書店　一九五六年一月号
詩人の声　『詩苑』第二号　日本詩人協会
　一九五六年三月
詩人研究　金子光晴（原題「詩人論」、特集「詩人研究　金子光晴集」の一篇）
　『詩学』一九五六年二月号
戦後詩の主題　『詩学』第十二巻第九号臨時増刊号
　一九五七年七月
さびしい夏——志沢正躬を悼む
　『詩学』一九六六年八月号

散文Ⅱ

「今日」の会　『ユリイカ』青土社　一九七一年十二月号
生の証として自分を焙り出す詩を書こう　『詩学』一九九二年九月号
「荒地」の impact　『現代詩手帖』思潮社　一九九三年二月号
自在な夢の詩人――先達詩人としての山田今次　『詩学』一九九三年六月号
時代を超えて　『現代詩手帖』一九九四年六月号
「帰館」のことなど――追悼・谷川雁　『現代詩手帖』一九九五年四月号
暁天の星・田村隆一　『現代詩手帖』一九九八年十月号
詩が燃焼する坩堝――長谷川龍生の現在（原題「詩が燃焼する坩堝　信州の居酒屋で」）　『現代詩手帖』二〇〇二年七月号
第二次大戦戦下の若い詩人たち――わたしの詞華集　『現代詩手帖』二〇〇七年三月号
辻井喬と詩誌「今日」のこと　『現代詩手帖』二〇〇九年七月号
鮎川信夫がいなければ……――追悼・牟礼慶子　『現代詩手帖』二〇一二年四月号
忘れ得べき詩――追悼・長島三芳　『現代詩手帖』二〇一二年九月号
林芙美子について　一九四八年「新風」　『現代詩手帖』二〇一四年四月号
「今日」から「鰐」へ――大岡信の手紙にふれて　『大岡信ことば館便り』第九号　大岡信ことば館　二〇一二年六月

九十代詩篇
水邉にて　『交野が原』第八十三号　交野が原発行所　二〇一七年九月
一点　『午前』第二十一号　午前社　二〇二二年四月
詩　『午前』第二十二号　二〇二二年十月
叫び　『午前』第二十三号　二〇二三年四月

＊本書に収録にあたって
表記は原則として、新字体、現代仮名づかいに改めた。詩作品の仮名づかいは発表当時のままとした。

平林敏彦（ひらばやし・としひこ）

詩人。一九二四年横浜市生まれ。十代から詩作をはじめ、『若草』『文芸汎論』『四季』などに投稿し、掲載される。戦後、復員後間もない一九四六年三月に詩誌『新詩派』を創刊、田村隆一、鮎川信夫らが寄稿した。『新詩派』終刊後『詩行動』『今日』を創刊、五六年に創刊された詩誌『ユリイカ』の編集に携わるなど、多くの詩人たちと交流をもつ。一九五一年、第一詩集『廃墟』を上梓、五四年に第二詩集『種子と破片』を刊行した。五〇年代後期から約三十年間の沈黙を経て、八八年に第三詩集『水辺の光　一九八七年冬』を出版。以後、詩集に『磔刑の夏　一九九三』（九三年、第五回富田砕花賞）、『舟歌　*Barcarolle*』（二〇〇五年、第二十三回現代詩人賞）、『ツィゴイネルワイゼンの水邊』（二〇一四年、第十七回小野十三郎賞）など旺盛な詩作活動を続ける。一九九一年、横浜詩人会会長に就任。戦前から戦後にかけての詩人たちの動向を記録した『戦中戦後　詩的時代の証言　1935-1955』（二〇〇九年）で第十二回桑原武夫学芸賞。二〇一二年、長年の業績が認められ、第十八回横浜文学賞を受賞。二〇二五年四月六日逝去。

斜塔から

二〇二五年四月十八日初版第一刷発行

著者　平林敏彦

発行者　上野勇治

発行　港の人
神奈川県鎌倉市由比ガ浜三―一一―四九
〒二四八―〇〇一四
電話〇四六七―六〇―一三七四
ファックス〇四六七―六〇―一三七五
www.minatonohito.jp

装丁　港の人装本室

印刷製本　創栄図書印刷

ISBN978-4-89629-456-9